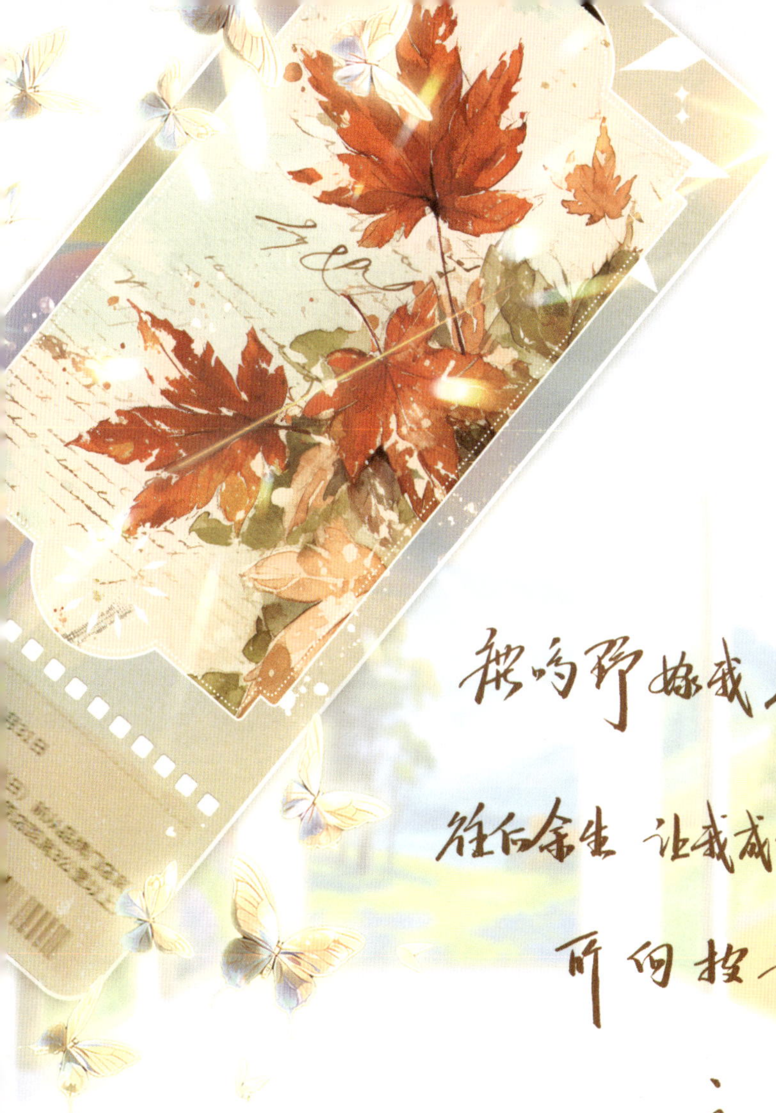

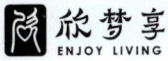

好一个乖乖女

我煞费苦心/著

江苏凤凰文艺出版社

图书在版编目（CIP）数据

好一个乖乖女 / 我煞费苦心著. -- 南京 : 江苏凤凰文艺出版社, 2025. 6. -- ISBN 978-7-5594-9551-8
Ⅰ. I247.5
中国国家版本馆CIP数据核字第2025P4G980号

好一个乖乖女

我煞费苦心 著

责任编辑	王昕宁
特约编辑	马春雪　茶小贩
装帧设计	青空·阿鬼
责任印制	杨 丹
特约监制	杨 琴
出版发行	江苏凤凰文艺出版社
	南京市中央路165号，邮编：210009
网　　址	http://www.jswenyi.com
印　　刷	三河市兴博印务有限公司
开　　本	880毫米×1230毫米　1/32　插页4
印　　张	9
字　　数	210千字
版　　次	2025年6月第1版
印　　次	2025年6月第1次印刷
书　　号	ISBN 978-7-5594-9551-8
定　　价	49.80元

江苏凤凰文艺版图书凡印刷、装订错误，可向出版社调换，联系电话 025-83280257

目录

第一章	第二章	第三章	第四章	第五章
旗袍美人	你的名字	鹿二小姐	情侣手机	暗脉少主
001	017	045	073	099

第六章	第七章	第八章	第九章	第十章
◯终结异地	◯没有软肋	◯爱我一下	◯鹿鸣于野	◯撞碎南墙
135	169	203	237	265

第一章
旗袍美人

今天的鹿家很热闹，一大早秦家的人就来接亲，欢声笑语不断，唯有三楼最深处有间房上了锁。这个房间是鹿家最隐蔽的地方，不仅需要连爬三层楼，还要绕一下才能抵达。

鹿鸣于在这里住了十年。

她的房间很小，只能放下一张床和一张书桌，墙角支起了一个画板，没有多余的地方摆放椅子，她画画要么坐在床上，要么站着。眼下，她就在这里画画。屋子里十分静谧，只有画笔与纸张的摩擦声。一门之隔，两个世界。

到了中午，鹿家开始送嫁。在亲朋好友的祝福中，新娘鹿芊被新郎秦潋抱上婚车，接往男方家。鹿芊是鹿鸣于的堂姐，她大伯的女儿，鹿家的大小姐，今日是她与秦家长子大婚的日子，秦家是西子城世家之一，鹿芊是高嫁。

当喧闹彻底消失后，窄小房间的门口响起开锁声。鹿鸣于快速将眼前的纸翻了个面，重新固定好，再换了只手拿笔，潦草地画了几下。

"咔嚓——"房门打开，管家王奇恭敬地开口："鹿二小姐，请出来用餐。"

鹿鸣于放下画笔，起身下楼。这顿午餐只有她一人吃，鹿家人要么跟着婚车去了男方家里，要么去酒店布置婚礼晚宴，总之，全家都很忙碌。除了她和祖母。

鹿鸣于独自一人坐于长餐桌旁，她的座位在最下首。哪怕一个人吃，她也只能坐在这里。管家王奇站于餐桌旁，尽职尽责地给她递上或撤下餐盘。王奇做事一丝不苟，古板而没有情绪，日复一日年复一年做着相同的事，像个机器人，不暴露情绪，也没有弱点。

鹿鸣于安静用完餐，起身往后院走，但通往后院的门锁着。王奇出现在她身后，道："二小姐，您不能去后院。"

鹿鸣于："王管家，我只是散步，看看银杏树。"

王奇微笑，重复了一遍："二小姐，您不能去后院。"

鹿鸣于："知道了。"她只能回房间，架起画板继续画画。

晚餐时间，人来人往的酒店大厅里，段休冥遇上了穿着正装而来的詹祥，他站定，偏头，用眼神询问对方。

詹祥解释道："有个远房亲戚在这里办婚礼，冥哥一起沾沾喜气？"

段休冥："行啊。"

詹祥："嗯，那我先陪哥你去换件衣服。"

段休冥："换什么衣服？"

"冥哥，你……"詹祥观察着他，问，"你穿浴袍参加婚礼啊？"

段休冥："不行？"

詹祥又看了眼他脚上的那双酒店拖鞋，目光复杂："行……"

谁敢管段休冥穿什么衣服？但浴袍加拖鞋的组合实在是太炸裂了！他身材高大，走路生风，再加上那充满攻击性的样貌，引起了大量关注，不像是来沾喜气，更像是来砸场子的！

詹祥终究没敢把人往宴会领，在门口戽了。他擦着汗道："冥哥，要不你去二楼包厢？那里也可以看到婚礼现场，吃的喝的都有,还有露台通室外,能抽烟……"

段休冥没什么表情地看着他,也不知是喜是怒。

詹祥表情像是要哭:"哥,我们这是在外地!你这么高调我害怕!"

段休冥挑眉:"我去包厢。"

詹祥:"太好了哥!"

段休冥往二楼走,找到一处无人的包厢,进去开了瓶酒,倚在栏杆旁看着楼下宴会厅。他对婚礼没什么兴趣,但拒绝不了沾喜气。

此时婚礼已经开始,司仪热情洋溢,宴会厅里灯光明亮。段休冥目光扫视全场,停留在某处。角落里站着一名年轻女子,看样子应该是没有位置坐。她穿着一身珠光白的旗袍,黑色长发挽起,衣服不合身,有些大,甚至像宴会礼宾部的制服——但人很漂亮。不是简单的好看,而是浑然天成的美,漂亮得与周围人甚至整个宴会都格格不入!一圈人都在看她,有些远处的还站起来看,投在她身上的目光比那对新人还多。

不久后,一名伴娘走到这名女子身旁说了什么,女子就跟着走了。段休冥不再关注,又扫视了一圈,没什么趣事,便端着酒走到露台。

无聊的婚礼。

这包厢在拐角露台,一面敞开与包厢连着,栏杆往下就是大厅,另一面则直通室外。段休冥端着酒来到室外的露台,坐下看风景,还拉上了半截窗帘,隔开身后的宴会灯光。

这家酒店建在湿地内,"甲木参天,植立千古",自然风光无敌。段休冥初次来西子城,就被眼前这满目森绿的城中景吸引。

正当他观赏着远处的巨大古树时,"吱呀"一声,这间包厢的门被打开,传来命令声:"听说你会画画?给我画一幅婚礼现场。"

随后"啪嗒"一声,门又被关上了。

段休冥偏头看了眼室内,伴娘走了,留下了旗袍美人。隔着窗帘的视觉死角,她没察觉到露台上有人,自顾自地支起画板,右手拿起画笔,开始作画。她脊背挺得很直,很瘦,头发挽起,露出的脖颈白皙纤细得仿佛一掐就断,哪怕是背影都美得惊人。

真好看,但也够无聊!

段休冥闭上眼小憩,周围安静下来。也不知过了多久,现场响起了热烈的掌声,婚礼来到了最关键的环节——新郎亲吻新娘。

段休冥睁开眼,扫了眼包厢内。这女人作画的能力倒是可以,时间短,不够她精雕细琢,但将婚礼的重点勾了出来,色感搭配很浪漫。只是……一点儿灵魂都没有!让她画就画,让她干什么她就乖乖干什么,整场婚礼一口没吃,就在这儿画了,无趣死板又逆来顺受,白瞎了这副惊世容貌,令人失望!

段休冥再次闭上眼,像是睡了过去。

许久后,大厅内又响起掌声。这回是婚礼的最后环节——抽奖,奖品丰厚。

喜气沾完了,段休冥睁开眼,准备离开。他拉开窗帘踏入室内,正好看到那女子左手一甩,"啪"的一声将画笔丢在了地上!他差点儿忘了,这里还有个无聊的女人在画画!

鹿鸣于听到动静,回身看向后方。一个穿浴袍的男人,随性到脚上还踩着酒店拖鞋。

他不是西子城人。

男人身躯高大挺拔,头发半干往后拢,面部无一点儿遮挡,露出全部五官和轮廓,剑眉星目自带威慑力。通过敞开的浴袍能看到他的胸肌,线条感流畅而精干,像蓄势待发的猎豹!这具身体,真是威风凛凛。

两人相隔不到两米，段休冥没看她，目光笔直地审视着那幅画。这画神还原婚礼现场，新郎亲吻着新娘，二人在粉色花瓣中相拥，但……多了一笔。

在大片浪漫的粉白色背景上，她用血红色画了一个骷髅。那骷髅像是活了，要从画里冲出来咬人，铺满！覆盖！毁灭！撕扯着恐怖与血腥！下笔的张力极其强大，吸引眼球，是看一眼就忘不掉的画面。颜料还没干，沥着红色的痕迹，一路往下蔓延，毁了整个婚礼背景！

段休冥惊艳地看着这幅画，目光移向一旁的地面，是她刚扔的红色画笔。他重新看向她。

"漂亮！"段休冥惊叹了一句，不是夸容貌，而是由衷赞赏她的灵魂！明处忍，暗处狠！

只见她淡漠地看着自己，并没有被抓包的恐慌，目不斜视地端详着他的脸，问："单身？"

段休冥不禁挑眉："是。"

紧接着，她目光下移，停顿在他胸膛上。而后，他就听到她说："睡一个？"

段休冥一时间都怀疑自己听错了。在这幅血色骷髅的毁灭感中，他察觉到了眼前这个女人的表里不一。她穿着淑女甚至传统的不合身的旗袍，优雅地侧身而立，嘴角微微扬起，笑不露齿，仪态满分。但她的眼神实在太锋利了，细看暗藏着光，像一把被冰封的淬火刀刃！

"不睡？那算了。"话落，她转身离开。

段休冥看着她就这么打开门走了。他敛了下浴袍衣领，不紧不慢地跟出去。他没反应过来，得思考一下。除了思考她的那句话，还有个微妙的点。段休冥清楚地记得，她最初是右手作画，但画完骷髅,她用左手扔了画笔。

思索中,他来到走廊,看到她径直走向一名帅气的服务员小哥,就要开口。段休冥猛地快步上前,赶在这女人发疯前,一把将她拉进怀里。

他体魄很强健,都没用力她的手腕就红了,但她没什么反应,淡然地抬眼看来,一点儿感情和温度都没有。段休冥扫过她的脸和身材,冷笑:"行,睡!"要睡就睡最漂亮的!

话音落下,他拽着鹿鸣于就走!

不久后包厢内,一群人推门而入,然后爆发出了尖叫:"啊!谁毁了这张画?!"

"太可惜了……画得这么好看!"

"这骷髅好恐怖啊!是谁在这上面涂鸦?!"

"该死,那死女人去哪儿了?抢了我婚礼的风头,让她画画怎么还提前走了?也不知道等我来验收,害得这幅画被人涂鸦!"

"鹿芊姐,那不合身的衣服不是你逼着她穿的吗?"

"闭嘴!"

"话说她是谁啊?真的太漂亮了——"

"闭嘴!"

酒店深处,被树林包裹的独立庭院套房。

鹿鸣于感受到一股大力,男人单手将她扛起,把她扔在了床上,完全没有怜香惜玉的意思。但关键时候,他忽然意识到有什么事情不对劲。

段休冥看着身下近在咫尺的绝美面孔:"你疯了?"

鹿鸣于:"没有。"

段休冥皱着眉:"你怎么不说?"

鹿鸣于："这有什么好说的？"

段休冥打量着她的脸，道："你这女人怎么疯疯癫癫的？脑子正常吗？"颜值拉满，精神异常？

鹿鸣于："再正常不过，还继续吗？"

段休冥沉默半响，避开她的目光。鹿鸣于笑了一下："你对谁都这么温柔吗？与外表不符。"

他气场强大到让人不敢与之对视，体格健硕到能一拳把她打死，分明是典型的食肉动物！但就在刚刚，他变得极其温柔。

段休冥没有立即回答，过了很久后来了一句："第一次。"

这回换鹿鸣于惊讶了。

不知过了多久，段休冥停了下来，抱着她挪到了另一侧。她好轻，单手就能抱起。

段休冥声线很沉："能开灯吗？我想看看你。"

鹿鸣于没说话，却直接将床头柜上的灯打开。昏黄的灯光射过来，照亮她优美的身段。段休冥却闭上了眼。

鹿鸣于看着眼前的人："你不是想看？"

她也看到了他，果然身材劲爆。宽肩窄腰长腿，人鱼线、腹肌堪称完美，力量感爆棚。

段休冥偏过了头，视线挪开，良久后才重新看来。这一次，他轻轻落下好几个吻，边吻，边看着她的笑脸。段休冥压抑着什么，问："你怎么回事？"

鹿鸣于："喜欢啊。"

段休冥："你连我是谁都不知道，就喜欢？"

鹿鸣于："吻技喜欢。"

那双眼睛依旧疏离、锋利。段休冥吻了她的眼睛："你果然没有心。"而后下移，吻上她的双唇。

夜晚，段休冥听着淋浴间的声音，套上浴袍，推开玻璃门来到庭院的藤椅前坐下，点了支烟。他也是疯了，跟着这女人一起发疯。

不久后，鹿鸣于穿戴整齐，走了过来。

段休冥皱眉，这是什么意思？他还未开口询问，就见到她用葱白的指尖抽出了他烟盒中的一根烟，火光一闪，轻车熟路地点燃了烟。她也没看他，就这么望着远处，轻轻吐出烟圈。

段休冥打量着她，问："你到底什么情况？人格分裂？"

鹿鸣于没有回答，只是将烟掐灭，淡笑道："不好抽。"

段休冥："这么熟练，我还以为你经常来一根呢。"

鹿鸣于："是你的烟不好抽。"

段休冥起身："我冲个澡，出去给你买女士烟。"再买点儿吃的，她在婚礼上一口没吃。

鹿鸣于无声而笑，走向院门，没有任何犹豫地开门走了。

段休冥整理好出来时，看到的是空无一人的庭院。

次日，詹祥一脸蒙地问："谁？"

段休冥："昨天婚礼上，穿旗袍的，最漂亮的那个！"

詹祥疯狂摇头："没有这么个人啊！"

段休冥都气炸了："你眼睛是瞎的？她比明星还漂亮，只画了个淡妆！"

詹祥迷茫地再次摇头："真那么漂亮我肯定有印象，但确实没有比明星还漂亮的旗袍美人啊！"

段休冥脸色很差，冷笑："行，我昨天遇到个女鬼是吧？"

詹祥一时不知道怎么回事儿，段休冥盯着他。

詹祥："叫什么？我去问一圈。"

段休冥更烦躁了："不知道！"

詹祥震惊:"啊?那怎么找?"

段休冥都懒得说话。一眨眼人就没了,一秒钟都不带犹豫!绝情,真不愧是自毁画作的狠人。

詹祥觉得不对劲,便问:"冥哥,你昨天参加的婚礼……是我舅公的金婚吗?"

段休冥一愣:"金婚?"

詹祥用力点头:"你……你跑错了?"

段休冥:"昨天这家酒店同时举办了几场婚礼?"

詹祥:"五场。"

段休冥定定地看过去:"找!"

詹祥都快给人跪下了:"冥哥!这不是我们自己的地盘,你让我怎么找?还是别人婚礼上的宾客!"

段休冥:"你舅公?"

詹祥哭丧着脸:"都隔多少辈了?十几年见不着一面的远房亲戚啊!"

段休冥咬牙切齿:"一点儿人脉都没有?"

詹祥:"冥哥!我也是第一次来西子城,这离香江多远啊?"

段休冥一句话都不想说,烦躁地闭上了眼,脑子里全是她昨夜的那几声,以及那双惊心动魄的眼睛。

詹祥观察了一下,道:"冥哥,我以前一直以为你对女人不感兴趣。"

段休冥忽地睁开眼,眼神锐利。

詹祥忙摆手:"不是那个意思,我的意思是……江南女子,温婉的那一款?不会吧。"

段休冥眉头紧锁:"她像个鬼的江南女子!"

詹祥接不上话,听这形容和语气……不对劲!难道对方欠钱不还？詹祥又道："大活人不至于人间蒸发，要不报警？"

段休冥想骂人！

鹿芊大婚后第二天就回门了，她的新婚丈夫没有出现。晚餐时桌上相当热闹，除了祖母，鹿家的男女老少都在。鹿鸣于依旧坐在下首位角落，安静地用餐。

鹿芊冷冷地瞥了下首位一眼，大声道："鹿鸣于昨天在我婚礼上大出风头还闹事！"

鹿鸣于并未抬头："我整场婚礼都不在宴会厅，在包厢画画，没有出风头，更没有闹事。"

鹿芊瞪着她："那幅画被人涂鸦了！画了个血红色的骷髅，全毁掉了！你为什么不在原地看着？！"

鹿鸣于解释道："我只是有些饿，就提前走了。"

鹿芊冷笑："你饿一会儿会死？都是那个骷髅害的，我回门老公都没陪我，他们家的人说什么寓意不好。你就是没脑子！"

大伯母杜文馨也看向下首位，皱着眉："鸣于，你作为世家子女，要注意在外形象，一场婚礼下来到处都是讨论你的，什么乱七八糟的人都来打听，搞得像什么样子？"

鹿芊："就是，要不要脸啊？！"

大哥鹿霖开口道："好了，别说了，她什么都没做。"

鹿芊暴怒："哥，你为什么帮她说话？！我都说了把她锁起来，不许她去参加我的婚礼，你为什么非要带她去？"

"笃笃。"这时大伯鹿秋良敲了敲桌面："都少说两句，礼数呢？"

桌上顿时一静。

鹿秋良看过来，道："鸣于，饭后来我书房。"

鹿鸣于："是。"

书房内，鹿秋良端坐于桌后，戴着金丝框眼镜翻看一本书，另一只手上把玩着一串橄榄核，盘出"嗒嗒"的摩擦声。他仪态很儒雅，是标准的世家富商的模样。鹿鸣于站在桌前，没有位置坐。

约一小时后，鹿秋良终于抬起头，问："你想去后院？"

鹿鸣于："大伯，我也是鹿家人，不能在自己家走动吗？"

鹿秋良："你祖母身体不好，不要去打扰她。什么时候想通了，什么时候让你见她老人家。三个月，还是三年，你自己选。"

鹿鸣于沉默着没有出声。鹿秋良柔和的目光落在她身上，缓缓道："只要你同意，就能随时见到你祖母。"

鹿鸣于吐出两个字："去死。"

鹿秋良低头翻书，声音温煦："背一遍《女诫》。"

次日，一个穿着漂亮裙子的年轻女子来到鹿家，是徐家的掌上明珠，徐素月。鹿家人见到她纷纷上前打招呼，热情异常。

鹿霖："月月回国啦？放假？"

徐素月："我是毕业回国了！"

鹿霖哄着道："看上去还小嘛，我们月月永远十八岁！"

徐素月不满："我二十二岁了！别再说我小！"

没多久，鹿鸣于出现在客厅，徐素月上前挽住她的手："鸣于，我们出去玩！"

鹿鸣于抬眼，看向鹿家其他人。

鹿霖上前："我送你们过去？"

徐素月跳脚："不要！好烦！"

鹿霖笑着赔礼:"好。"

徐素月不由分说地拉着鹿鸣于就往外走。一出去,徐素月就紧张道:"鸣于,怎么说?"

鹿鸣于:"机场。"

徐素月双眼放光:"太刺激了!走!"她开着车一路飞驰,边开边"哇哇"大叫,"鹿鸣于,我真是惊呆了!你竟然敢玩离家出走的把戏,我都没尝试过!"

两人同龄,相识于十二岁。徐素月已经很多年没见过这么疯狂的鹿鸣于了,昨天晚上接到电话的时候,她兴奋得直接失眠!

鹿鸣于看着她:"你回去要挨骂了。"

徐素月挑眉:"那又怎样?"

徐家和鹿家是世交。鹿家祖父不在了,祖母身体不好,已有没落趋势。徐家则截然相反,两位老人身体硬朗,且在西子城有一定地位和话语权。徐素月是徐家这代唯一的女孩,父亲又是徐家当代领军人物,她得宠的程度没得说,犯再大的错也有人兜底。

"话说你去哪儿啊?"徐素月开口问。

鹿鸣于:"英格兰。"

徐素月震惊:"啊,你要去欧洲?你这离家出走一上来就这么猛啊!"

鹿鸣于笑了下:"伦敦,读研。"

徐素月震惊大喊:"你牛!"

鹿鸣于:"保密。"

徐素月:"我肯定保密啊!鹿家人都有病,除了你哈——对了,是什么学校?"

鹿鸣于:"皇家艺术学院。"

徐素月再次大叫:"啊,全球艺术院校 Top 1!你好牛啊!怎么通过的?!"

鹿鸣于看着她兴奋的样子,也跟着笑:"我的作品集你看过。"

徐素月想到什么,问:"这种顶级学府学费很高吧?鹿家不是不给你钱吗,你资产证明怎么搞定的?生活费、住宿等问题呢?还有,你什么时候考的雅思?"不能细想,一想全是难度!反正徐素月没想明白!

鹿鸣于:"你记不记得半年前,你春季假期回国那段时间?"

徐素月一愣:"记得!你说你房间小,在我家地下室画画,是不是画了好大一幅?"

鹿鸣于:"嗯,我寄到妖都的一家画廊,卖掉了。"分成后再交税,资产证明正好卡着"皇艺"的最低标准过线。

徐素月惊呆了:"那幅画卖了那么多钱?!我的天啊,鹿鸣于你就是个天才!"

鹿鸣于:"买家大方,我也没想到。"

徐素月还在叫:"但你的布局和规划也太精细谨慎了,竟然还特地找了妖都的画廊。难怪鹿家什么都不知道,连我都没察觉一点儿!哎,你突然一下子就要飞伦敦了啊!"

鹿鸣于被她逗笑了。

徐素月皱起眉,问:"那你祖母怎么办?"

鹿鸣于脸上的笑容消失,道:"他们整整三年不让我见,没必要耗下去了。"

她的房间在主楼三楼的最深处,祖母的房间在后院小楼,明明在同一座宅子,三年间,鹿家却硬是让两人连面都没见上。

祖父走得早,鹿家由大伯鹿秋良说了算。鹿鸣于的父亲是鹿家次子,当年放弃了继承权,跟着鹿鸣于的母亲去了妖都。鹿鸣于在妖都出生、生活、上小学，原本一家三口很幸福，可她十二岁时，父母出车祸双亡，鹿家人把她接到了西子城。从此之后，一切都变了。

徐素月骂了句什么，道："那你别管了！吃好住好，钱不够跟我说，我给你打，你好好读书，我养你！"

第二章
你的名字

三个月后，从香山澳出发的一艘巨型邮轮缓缓驶入公海，内部灯光璀璨夺目，到处都是纸醉金迷，娱乐场更是人影攒动。

电梯从顶层缓缓往下，门打开后，立即有数名保镖上前挡住众人视线。走在正中间的是一名穿着黑色无领西服的高大男子，他走路生风，一晃而过，众游客根本来不及看清。他身旁还有一名年纪与之相仿的年轻男子，同样步伐很大，寸步不离。

严天佐穿着花衬衫，跟在段休冥身后半步的位置，絮絮叨叨，说个不停："冥哥，我也想去西子城！等事情结束了，让詹祥跟我换换好不？"

段休冥没搭理他，心情不怎么样。

严天佐没看到他的神色，还在说："听詹祥说西子城美到爆炸啊！我也想看参天古树扎堆，也想在树林里的酒吧里喝茶！"

段休冥诡异地扯了扯嘴角："西子——"

严天佐来劲了，开始激动："对！西子城出西子啊，好想去！等香江的事收尾，冥哥你把我也带上呗，我想看江南美人！"

段休冥嘴角的弧度消失，眼神发冷，步伐也迈得更大。好一个西子城西子，好一个江南美人！找了三个月，这人跟人间蒸发了似的！

严天佐终于观察到了段休冥的脸色，顿时低头不再说话。他说错什么了？

邮轮餐厅内,一张餐桌旁坐着三女一男,鹿鸣于正在用餐。

徐文俊看过来,问:"鸣于,你什么都不玩吗?最后一天,要不要一起去娱乐场?"

鹿鸣于摇头:"我没钱。"

徐文俊大方道:"没关系啊,玩小的,我请你玩。"

鹿鸣于还是摇头:"我不赌。"

徐文俊又道:"不玩也行,一起进去看看?来都来了。"

徐素月瞪了对面人一眼:"哥,你烦不烦?一直问问问!她说了不去,你聋了啊?!"

徐文俊没再说话,但情绪很差。

鹿鸣于更差!她在香江机场落地后,脑子抽风,突然想来香山澳见见世面,寻找一下绘画灵感。因为听说邮轮的主人爱收藏名画,这里挂着很多世界名作的真迹,她这才上了这艘邮轮。结果遇到了南下游玩的三人组!

刚遇上时双方相对无言。徐素月当时都惊呆了,她没想到鹿鸣于会出现在这里,然后反应过来,皇艺是一年三学期制,三个月正好读完一学期,此时是假期。徐素月很无语,真没想到还有这种巧合,香山澳离西子城那么远,这都能遇上!早知道两人先互通一番了。

桑琪倒在徐文俊怀里,撒娇道:"我想玩。"

徐文俊伸手搂住她:"今天带你好好玩,我俩玩个够。"

徐素月:"我也要去,谁也别拦我。"

徐文俊:"你当什么电灯泡,年龄够了吗?二十一岁以下不能进!"

徐素月大喊:"我已经二十二了!"

徐文俊喊来服务员买单,笑道:"二十二岁也是小孩,你悠着点,别回去被爸爸骂。"

徐素月更生气了:"那鹿鸣于呢?她也是二十二岁,你怎么就非要她去?我看你就是有病!"

徐文俊:"我管着她的原因,你是真不知道还是在跟我装?三个月前你任性妄为,搞得鹿伯伯都急疯了!"

徐素月:"多大点儿事,不就是旅游三个月?"

徐文俊训斥:"你是你,她是她!她是大家闺秀,谁跟你一样天天在外面野?我看你就是被宠坏了!"

桑琪开口劝架:"好了好了,别吵了,亲兄妹吵什么?"

餐后结完账,三人没有直接去娱乐场,而是将鹿鸣于送到了房间。

徐文俊:"你别跟月月一样任性,离家出走三个月很过分,等邮轮靠岸我就送你回去。"

鹿鸣于点着头:"好。"

关上门前,徐文俊又叮嘱道:"别乱逛,这里毕竟是公海,不是西子城,不安全。"

"咔嚓!"房门闭合。

鹿鸣于安静地坐在床上,用右手解开手机屏幕锁。她的手机是双系统,此时在副系统里,未接电话和未读信息已经塞满了。刚打开,来自西子城的电话就响起。果然徐文俊已经跟鹿家人说了。鹿鸣于没接电话也没看信息,将手机转回主系统,然后起身。她东西不多,只有一个手拎式旅行包,提了就走。

这艘邮轮很大很豪华,这三天她被徐文俊死死盯着,没好好参观过。鹿鸣于来到大厅,迷茫地走走逛逛。这里放置着各种大型天价摆件,墙上果然挂着名画,每一样都价值不菲。她站定于一幅画前，一站就是十分钟。

旁边旋转楼梯上，正要往下走的段休冥脚步一顿，定在了中间。

周围保镖也跟着停下。严天佐没注意前方，差点儿撞在一名保镖身上，好不容易才刹住了车。他疑惑地扭头："冥哥？"

段休冥盯着前方的那一抹身影，伸手做了个手势，保镖们无声后退，消失在拐角处。严天佐指了指自己，用眼神询问。段休冥手还未放下，双指小幅度地动了动，严天佐立即后退，用比保镖们更安静的脚步退到了楼上。

这是段家最高等级的噤声屏退手势，一般都是用在很危险的谈判场合。严天佐快速进入状态，甚至伸手摸上了自己的后腰，一双眼睛透着杀气。他不知道发生了什么事，但他要时刻保持最佳备战姿态，冥哥发令，他就第一时间冲出去！

就这样，在一群人严肃至极的气氛中，段休冥整理了一下衣领，抬脚一步步走下楼梯。

这时，鹿鸣于正站在画前，内心惊叹不愧是世界名作，并未发现有人靠近。段休冥在她身后站了会儿，她还是没发现，甚至挪动脚步准备观赏下一幅名作。

段休冥抬手，"啪！"打了个响指。她回头，有些诧异，是那个人。

今天他倒是没穿浴袍，但也没那么正式，无领西服的外套内是一件T恤。头发打理过了，很帅气的港式背头，露出饱满的天庭，让人可以看到他优越的额骨。他真的对他的五官很自信，两次见到都是没一点儿遮挡。她能感受到他的随性和张狂，他身上有她求而不得的某样东西。

段休冥嘴角挂着若有若无的弧度。不承想，竟在这里遇到她，不是在西子城，而是在公海，在他的船上。他没说话，就盯着她那双眼睛看。

倒是鹿鸣于看他的目光很奇怪："单身？"

段休冥挑眉时眼中带笑："不然？"

"再睡一个？"她道。

段休冥皱眉。三个月不见，上来就睡，聊都不聊。他打量着她，目光扫过她的旅行包，心情一下子糟糕至极！然后他就笑了，笑得有些嘲讽。

"好！"他伸手，如同三个月前那般用力，将她拽走。

旋转楼梯拐角处，严天佐一整个傻在那儿，跟一群保镖大眼瞪小眼。

段休冥把鹿鸣于拉进专属电梯，电梯门一关他就亲了上来。凶狠、暴力！他力气很大，单手禁锢着她使她不能动弹，她甚至都没机会看电梯前往了哪一层。

"叮——"电梯门打开，段休冥横抱起她，大步走向尽头的那扇门，又是一次用力地将她推在床上，快速宽衣解带，带着惩罚的意味！

汹涌中，她开始笑。

段休冥压抑着情绪："除了我，你还找过几个？"

鹿鸣于："没找。"她眼睛里透露的神色很坦然。

段休冥看了她一会儿，问："弄疼你没？"

鹿鸣于有些惊讶于他的转变。

他低头，吻了她的那双眼睛，又吻住双唇。这次，气息夹杂了不一样的情绪。良久后，他又问："真没找？"

鹿鸣于说得很无所谓："我有必要骗你？"又不认识。

段休冥突然问："上次我要是没拉住你，你会跟那服务员说什么？"

鹿鸣于微愣，道："问路。"

段休冥顿了顿。

鹿鸣于："你在意啊？"

段休冥心想，能不在意？他鼻腔中发出一阵沉沉的闷响，长而久远，缠绵缱绻。

邮轮行驶中，月光下的海水似银，鹿鸣于被他弄醒，晨光挥洒时，又被他吻醒。灼热的气息喷洒在耳畔，他的呼吸越来越重。

"告诉我你的名字。"他的声音带着某种暗涌的深沉。

鹿鸣于轻轻地笑："不重要。"

段休冥："你能不能有点儿心？"

她神情淡漠。他低头亲吻她的眼角："你的眼神一直是这样？"

鹿鸣于又发出一声轻笑。他双唇往下，摩挲着她的唇瓣，眼睛半睁半合地看着她，眼眸中的幽深变化了一下。突然，他吻得贪婪又深入！

"想过我吗？"他贴着她的唇角，问得很深情。

她还是不作答。

事后，她推开他去洗澡。段休冥套上浴袍，就坐在外面的沙发上等着，她出来时果然已经穿戴整齐。

他定定地看着她，问："又要走？"猜到了。

鹿鸣于点头算是回应，走向房间门。算算时间，邮轮即将靠岸。

"等等！"段休冥叫住她。

鹿鸣于回身，用眼神询问。段休冥斟酌着用词，问："我，你还满意吗？"

鹿鸣于目光扫过他的浴袍，淡然一笑："很不错。"他貌似没睡,还精神抖擞的。

段休冥嘴角勾了勾,撕了张桌上的便笺,快速写下一串号码,递过去。他说得很认真:"有需求找我,别乱来。"别找其他人。

鹿鸣于两指捻起便笺,笑着问:"随叫随到?"

段休冥颔首:"随时奉陪。"

鹿鸣于有些漫不经心:"我该给你钱吗?"说完,她反手将那便笺扔进垃圾桶,开门离去。

房门闭合,独留段休冥一人呆呆地盯着垃圾桶。

鹿鸣于来的时候是被抱着快速走过的,没看清路,现在才发现这里只有一个房间。她走向电梯,结果发现她没有权限使用,无法前往任何楼层,旁边的应急通道门也锁了。

身后"咔"的一声,唯一的房门打开,段休冥依旧穿着浴袍,大步而来,一脸凶神恶煞。他一手扣住鹿鸣于,另一手快速将她手中的手机夺过来。

"解锁。"他紧紧盯着鹿鸣于,不容反驳,眼中的压迫感都快冲出来!

她依旧不害怕,不慌张。少顷,她伸出左手拇指,解开了手机屏幕。段休冥将手机塞回她手上,就这么继续盯着她:"扫,加我。"

鹿鸣于眼底闪过了一丝玩味,照做。段休冥一挑眉。她这眼神什么意思,觉得好玩?

好友申请快速通过。段休冥问:"你在香山澳待几天?我带你玩?"

鹿鸣于:"不玩了,要走了。"

段休冥有些火大:"你是有什么天大的事非要走?!"一次两

次都是这样!

鹿鸣于:"父母的事算不算?"

段休冥:"合情合理。"话落,他往电梯内的面部识别处一探,电梯恢复运行。

"不许删,不许拉黑。"他警告的同时,松开了对鹿鸣于的钳制。

电梯门缓缓闭合,段休冥看着电梯一层层往下。还真是走得毫不犹豫!

他回到房间,翻看起她的个人资料,一条朋友圈都没有。昵称是"YE"。英文?拼音?什么意思?

邮轮抵达港口,回到香山澳。鹿鸣于快速上岸,穿梭在人群中,最终消失不见。

不久后,徐家兄妹从电梯下来。徐文俊看了一圈:"鸣于不在这里?房间里也没人。"

桑琪有些吃醋了:"文俊,你怎么一直关注她啊?"

徐文俊皱起眉:"其他事你都能管,但我跟她的事你少问。"

桑琪瞬间脸色变得难看。徐素月则是在一旁面无表情地刷手机,直到一条信息跳出来,她收了手机,大步走向出口。

徐文俊喊了声:"月月?"

徐素月:"鸣于已经下邮轮了。"

徐文俊:"你怎么不早说?!"

徐素月:"关你屁事!"

徐文俊:"又是这招。你是疯了吗,徐素月?"

徐素月猛地站定在原地,回头看着他:"你才是疯了!你什么东西啊,你管她?!"

徐文俊大怒:"我是你亲哥!你跟我这样讲话?!"

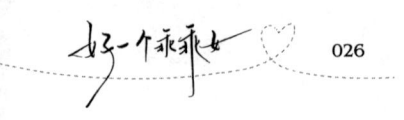

徐素月："我真是无法承认一个蠢货是我亲哥！"

桑琪连忙上前站在两人中间，劝道："亲兄妹别动气，为了一个外人没必要。"

妖都，公墓。一辆出租车驶来，停下。鹿鸣于付钱，手捧鲜花下车。但这时，一辆车开到她身旁，快速停稳，驾驶位和副驾驶位的车门同时打开，下来两名壮汉，将她一前一后拦下。

鹿鸣于停下脚步，看向旁边的车。车门缓缓而开，一双擦得锃亮的黑色皮鞋踏出，男人西装革履，长腿一迈向她走来。高挺的身姿，优雅的步伐。他不急不缓地走到鹿鸣于面前，然后伸手，"啪"的一个巴掌，毫不犹豫地甩在她脸上。

"你果然在这里。"鹿霖冷声道。

鹿鸣于抬眼与之对视："你没这个脑子，大伯猜到的？"

鹿霖："别把人当傻子！"

鹿鸣于开始分析："但他也不能确定，应该是兵分两路，你来这里碰运气，鹿芊在香江机场堵人，那里的保镖更多，十几二十个？哦……不对……"说着，她忽然又否定了自己的猜测，改口道，"去香江机场的是大伯本人，对吗？"

鹿霖的声音从齿缝中挤出："鹿鸣于，你的心机还能再深一点儿吗？！"全部猜中了！

鹿鸣于眸光锋利："还真是大动干戈。"

鹿霖再次扬手："你还敢露出这种眼神？"

鹿鸣于直视着他："你在我父母面前打我，晚上不怕做噩梦？"

鹿霖面目瞬间狰狞："我不怕死人！"

鹿鸣于："我父母过世后，你从没来过吧？你确定不去看看你的小叔和小婶婶？"

鹿霖声音带着嘲讽："我不承认她是我婶婶。"

鹿鸣于微笑："我妈妈比你妈妈漂亮一百倍。"

"闭嘴！"鹿霖怒骂。

鹿鸣于双眸凌厉："我妈妈没跟我爸爸合葬，都是你爸爸故意安排的。你爸爸心理变态，对我妈妈——"

鹿霖："你给我闭嘴！"

他抬手想打她，鹿鸣于快速开口："哦，对了，我这张脸要是被你打坏了，你猜你爸爸会怎么发疯？"

鹿霖猛地掐住她脖子，恨不得杀了她！优雅不复存在，鹿鸣于三两句话把他变成了一个恶魔。鹿鸣于却仿佛不知道疼，就这样看着他疯了一样地掐自己。最终，两名保镖上前将两人拉开。

鹿霖好不容易冷静下来，深呼吸，一抬头却又看到她的眼神，充满了挑衅。他恶狠狠道："我真想把你的眼珠子挖出来！"

鹿鸣于看着他笑："小丑。"

鹿霖又一次失控："鹿鸣于！"

鹿鸣于却拿着那束花，转身走向公墓。

"你给我站住！你不许去！"他大步追来。

鹿鸣于头也不回："今天这墓我扫定了，除非你杀了我。"

"鹿鸣于！"鹿霖大吼着，但他不敢再踏前一步，他害怕这个公墓。他冲两名保镖呵斥："你们是瞎了吗？！快把她给我带过来！"

两人立即上前，在公墓的入口处将鹿鸣于拦下。

鹿鸣于抬眼，面色苍白地问："我都走到了这里，还是不能进去？"

两人有些于心不忍，但都摇了摇头。

鹿鸣于苦笑:"我把花放在门卫那儿,让工作人员送进去,行吗?"

两人点头。鹿二小姐真的太可怜了!

鹿鸣于走到门卫处,放下鲜花。两名保镖觉得没必要所以没跟,只是用眼睛盯着,以防她逃跑。鹿鸣于背对着两名保镖,快速从旅行包中拿出什么,压在花束下。她冲门卫低声交代的同时,拿出手机用最快的速度发了条信息。前后不过一分钟,她就转身离开。

两名保镖松了口气,带着她走向那辆车。鹿鸣于将手机握在手里,旅行包则放进了后备厢。

车内,鹿霖坐在后排等着。车门打开,鹿鸣于钻进去,与他并排而坐。

鹿霖冲她伸出手:"手机上交!"

鹿鸣于没有任何反抗,将手机关机递上。

鹿霖:"你谁也别想联系!徐素月也不可能再掩护你,同样的戏码不会成功两次!"

鹿鸣于始终一声不吭。

鹿霖扫了她一眼后,突然看向后备厢。那个包……

鹿鸣于在这时开口:"我口渴。"

鹿霖无视她的诉求。

鹿鸣于:"哥哥。"

鹿霖皱起眉,看向她。

鹿鸣于:"霖哥哥,记得我小时候这么喊你吗?我们那时候关系很好。"

鹿霖猛地大喝:"你给我把嘴闭上!"

鹿鸣于在笑:"呵,小丑。"

鹿霖咬牙切齿："你真的，好恶毒！"

鹿鸣于："你们逼我的。"

鹿霖拳头握紧，恨意横生，记忆一下子冲了出来，在大脑里乱撞。他原本并不知道爸爸的龌龊心理，是多年前，鹿鸣于故意引诱杜文馨发疯，父母在争吵中将秘密说了出来。当时鹿霖就站在旁边，听到了全部。鹿鸣于也在，当时她眼中那种戏谑的意味，他至今都记忆犹新！她在报复他。

十年前，鹿鸣于刚来鹿家的时候，与鹿芊爆发了争执。鹿霖坚定不移地站在了亲妹妹鹿芊那边，看着才十二岁的堂妹鹿鸣于被关了三天禁闭，出来时浑身是伤。堂兄妹的情谊在十年前就不复存在了！

香山澳的一家餐厅内，桑琪看着彼此不搭理的兄妹俩，没什么心情再劝了，两人一路吵到酒店，再吵到餐厅，让桑琪知道了不少事，令人难受的事。

原来那个美到惊人的鹿鸣于跟兄妹俩祖上是世交，两家来往密切。徐素月和鹿鸣于同龄，徐文俊比两人大两岁。徐文俊追过鹿鸣于，整整三年，没追到！他十四岁就认识了十二岁的她，青梅竹马。桑琪第一次知道这些事。

桑琪跟徐文俊是大学校友，她也是二十二岁，他比她大两届，大三的时候追的大一的她，两人在那时很恩爱，此时她心灰意冷。

三个人安静吃饭，谁也没有发出声音。徐素月突然看了眼手机，起身拎着包就打算走。

徐文俊喊住她："你又想干什么？！"

徐素月很冷漠："你少管！"

徐文俊也跟着站起身："是不是鸣于的信息？你把手机拿给

我看！"

徐素月走得更快了，甚至跑了起来。徐文俊想追，桑琪却拉住他，有些恼怒："徐文俊，你再这样我们干脆分手算了，大学四年不说，我甚至来到你的城市工作，你尊重过我吗？"

徐文俊皱起眉，叹了口气后重新落座："吃饭吧。"

徐素月冲出餐厅，快速上了辆出租车，问："师傅，你的车能入境吗？"

司机摇头："不能哦！"

徐素月："那去海关口。"

行驶没多久，前方拐弯处驶出了一辆劳斯莱斯，横停在主干道上。紧接着，后面一辆接一辆的劳斯莱斯驶出，总共九辆，护送着最中间的那辆绝版车，在主干道上玩了个快速变阵，却始终确保八辆车围着中间那辆。主干道上其他车都停在原地，等这九辆车离开后才启动。

徐素月看得惊叹："全劳斯莱斯的车队？这种拐弯变阵帅呆了啊，豪华！"

出租车司机的普通话很蹩脚，道："第一次见吧？我们本地的经常能看到。"

徐素月好奇地指着前方："中间那辆是私人定制？"

司机惊讶："你怎么知道？"

徐素月："我喜欢玩车嘛，这辆不是任何一款在售和限量的，只能是定制的。这车叫什么名字？"

司机："冥影，全球唯一。"

徐素月："哇，这名字，是哪个大人物的车啊？"

司机竖起大拇指："是香山澳的霸主，大家都称呼他公海大鲨鱼！"

徐素月:"好霸气的称号!大鲨鱼……难道他在公海上有船?"

司机:"不是小船,是邮轮,不止一艘!"

徐素月笑了:"哇,开眼了!他们这是要去哪儿?"

司机:"应该是去香江。"

徐素月一愣,而后缓缓分析:"香山澳到香江也就两个小时,却如此大阵仗……这些车不会都防弹吧?除了中间那辆,八辆车里全是保镖?"

司机惊讶:"小姑娘懂得好多啊!"他本来没打算多聊,毕竟公海上的事不能多说,但被勾起了聊天欲望,忍不住多讲了一些:"很多人想对付他。这人做事太绝,把惹过他的全逼走,小船都不放过!还有好多人在邮轮上欠钱,疯魔了,想除掉他。"

徐素月挑眉:"这么狠!不怕过刚易折?"

司机摇头:"年轻气盛嘛!而且他来头大,是香江顶级豪门的公子,背景和底气都足!那豪门分为明暗两脉,他走暗,手段当然血腥咯!"

徐素月:"暗是什么意思?不会是一些脏活儿吧?"

司机:"几十年前是,现在没那么夸张。"

徐素月点了点头:"所以公海的那些邮轮,都是香江豪门暗处的产业?"

司机笑着道:"不是家族的,是他自己的产业!"

徐素月惊讶地问:"他都做过什么,能拥有这些?"

司机:"具体不清楚,只知道他在国外长大,十六岁回到香江,十八岁解决过家中一场重大危机,也就是回国晚,不然香江现在早就洗牌了。"

徐素月:"有点儿传奇,之后就开挂了?"

司机:"对!家族给了他一笔资金,短短几年他就在香山澳发展起来!据小道消息说他救过家主的命,相当受宠。现在更是压了家族继承人一头,手足反目,很嚣张!"

徐素月又问:"他叫什么名字啊?"

司机摇头:"不知道,暗脉都是豪门隐秘,我们小人物怎么可能知道?就喊他'大鲨鱼'!"

徐素月笑了起来:"姓氏呢?这种家族应该很出名。"

司机发了一个音:"Dun-in!"

徐素月蒙了:"杜?丢?"

司机抓耳挠腮,死活都讲不出来普通话的那个音怎么念。这时,出租车抵达了目的地。徐素月下车冲向海关口,不再纠结这个问题。

入境后,徐素月又拦下一辆出租车,上车就开口:"师傅,去妖都!"

司机很惊讶:"从这里开到妖都啊,跨市?"

徐素月:"对!麻烦开快点,直接飙车,我加钱!五倍!"

司机一脚油门:"冲!"

徐素月用最快的速度抵达妖都的一处公墓,她冲到门卫处,开口喊:"保安叔叔!请问有个超漂亮的女孩子放了东西在这里吗?"

保安队长看着她问:"你叫什么名字?"

徐素月:"今天我想杀个人!"

保安队长好笑地看着她,起身:"嗯,暗号对了,我去给你拿。"不久后,他将一束花和一本护照递过来。

徐素月大大地松了一口气:"谢谢叔!"

保安队长摆手:"不客气,不过她没进去,放了东西就走了。"

徐素月："嗯！我替她扫墓！"

她翻出手机信息，依照鹿鸣于发来的墓位号对照着进去找。找到后，徐素月看着墓碑上的名字，惊讶得合不拢嘴。

此时的鹿鸣于已经被鹿霖带着前往妖都机场。他朝她伸手："证件。"

鹿鸣于打开旅行包翻出身份证递上。鹿霖看着这一幕，突然想到了什么，他猛地将旅行包夺过来，将所有东西翻了个遍，问："你护照呢？还有通行证？"

鹿鸣于："我没有护照也没有通行证，你在说什么？"

鹿霖大吼："那你怎么去的香山澳？你把我当傻子吗，鹿鸣于？"

鹿鸣于没忍住笑了出来，点着头："对啊，霖哥哥。"

鹿霖气的胸口一阵阵起伏，他盯着她逼问："你这三个月到底去了哪儿？应该不是通行证，你用的是护照……护照在哪里？快点说！"

所以之前在车上，她是故意激怒他，让他陷在记忆和情绪里，无法自拔，导致理智消失，无法冷静地想到翻旅行包这一层，她还特地将旅行包放在了后备厢……现在时间过去很久，再回去找是不可能了。

这个堂妹城府极深，做事向来一环扣一环，一定留着后手。他玩不过她，整个鹿家，只有他的父亲鹿秋良能压制她！鹿霖气得牙痒痒，鹿鸣于却满脸笑意地看着他，像在看一个跳梁小丑。最终，鹿霖的声音从牙缝里挤出："你永远别想再见到祖母！"

鹿鸣于面上的笑容消失，目光充满了攻击性："你也永远得不到正常的亲情和父母的爱。"

鹿霖闭上了眼，再次睁开时里面恨意滔天："我的家，都被你毁了！"

鹿鸣于冷漠地直视他："是你们逼我的。"

当晚，鹿鸣于回到西子城鹿家。通往后院的门还是上着锁，有好几把，她进不去，奶奶出不来。此时是晚上九点，后院的里屋中，鹿芊在。

祖母名叫陶雅兰，年纪很大，患有阿尔茨海默症。此时她躺在摇椅上，眼睛看向窗外的月亮。

鹿芊在逗着她，她一点儿反应没有。鹿芊："祖母！别看银杏树啦，您看看孙女！"

陶雅兰回过神来："孙女？"

鹿芊趴在祖母膝盖上，道："我离婚了，刚结婚半年就离婚了，好难过，祖母不送点首饰安慰我吗？"

陶雅兰推开她的脑袋："你这女娃娃，别趴我腿上，还问我要东西，我不认识你。"

鹿芊有些不高兴了，道："祖母！我是您的孙女鹿芊呀！"

陶雅兰皱眉："你不是我孙女，我孙女是小野！"

鹿芊面上浮现怒气，站起来呵斥道："你可能是患了阿尔茨海默病，家里没有人叫小野！"

陶雅兰眼眶一下子红了："你胡说，我孙女就叫小野！"

鹿芊脸色阴沉："小野小野，整天就知道小野！"她气得推了老太太一把，然后摔门而出。绕过长廊，鹿芊看到了在门口站着的鹿鸣于。她一挑眉，站在了玻璃门处开口："你想不想见祖母？"

鹿鸣于抬起头看她："想。"

鹿芊双手抱胸："那你求我。"

鹿鸣于:"求你,我的姐姐,请让我见一见奶奶。"

鹿芊面上带着嘲讽:"跪下来求我。"

鹿鸣于笑道:"听说你离婚了,你前夫在外面养了十几个情人?"

鹿芊的傲气一瞬间荡然无存,她大吼了起来:"鹿鸣于,你这个贱人!"

鹿鸣于:"你生什么气,你不是结婚之前就知道这些吗?是鹿家非要跟秦家沾上关系,现在他腻了,要跟你离婚,我猜,好多人在笑话你吧!"

鹿芊瞪大了眼睛,气到颤抖:"你!鹿鸣于!"

她愤怒地拿出钥匙开锁,当开到最后一把时,"唰"——鹿鸣于忽然冲进去,并一把将那些锁拽开,扔进了旁边水池中。

鹿芊惊呆了,但不等她反应过来,鹿鸣于已经跑到了后院的那处房子,开始拍门。此时她的目光发着亮,比月光还要亮:"奶奶!快开门!小野来看你啦!"

"吱呀——"门从里面打开,陶雅兰的手伸出来:"小野。"她高兴得脸上满是褶子,明明走不稳,却急着要扑过来。

鹿鸣于一把抱住她:"奶奶!"

鹿芊追了过来,脸色铁青!

鹿鸣于瞥了眼身后,带着陶雅兰进屋,一把关上门,"咔嚓"一声将之反锁!鹿芊开始疯狂地拍门吵闹大骂!鹿鸣于没有理会,扶着祖母进里屋躺好,给她盖了条毯子。

陶雅兰看着她直笑:"小野,爸爸妈妈在妖都怎么样?"

她老年痴呆很严重,不记得事,也不记得人。选择性遗忘了中间十年的记忆,只记得鹿鸣于。

鹿鸣于笑着点头:"都好,工作忙走不开,不能回来看您。"

陶雅兰拍着她的手："小野来看我就行啦！"

鹿鸣于握住祖母有些冰凉的手："奶奶，多穿点衣服。"

陶雅兰："我不冷。我还想跟小野去骑马，去动物园喂狮子、老虎，去游乐园玩过山车！"

鹿鸣于笑了出来："奶奶，我那时候调皮不懂事，带着您瞎玩，您现在可不能玩这些。"

陶雅兰一脸的不高兴："我能玩！你出去玩要带上我的！"

鹿鸣于笑着道："嗯，下次一定。"

老人身体不好，精力不足，说了会儿话就睡着了。鹿鸣于拿来更厚的毯子给她盖上，然后走出里屋，在起居室静静地等着。没多久，门口响起了杜文馨的声音："鹿鸣于，你给我出来！"

鹿鸣于不急不缓地开门，走出去。

杜文馨下意识高高扬起手想打人，但鹿鸣于看向她身后。杜文馨皱眉，回头，鹿秋良站在那里，身后站着鹿霖。杜文馨收回手，道："鹿鸣于私自跑进来，她需要一点儿教训。"

鹿秋良手抬了抬，指着鹿鸣于红肿的脸："谁打的？"

鹿鸣于看向鹿霖。

"啪！"一个重重的巴掌抽在了鹿霖脸上。鹿霖被打得趔趄了两步，头偏在一边，嘴角瞬间溢出了血。鹿芊吓得捂住嘴，杜文馨则是疯了一般大喊起来："鹿秋良，你敢打我儿子？！"

后院吵了起来。鹿鸣于则是直接抬脚从这四人身旁走过，回到三楼那个幽闭的房间。

深夜，鹿鸣于的房门被敲响，然后钥匙转动，鹿霖直接开门走了进来。刚刚的那两下敲门并不是询问是否可进，只是走个流程。鹿鸣于坐在书桌前，冷淡地看着他。

鹿霖叹了口气，问："你永远不会原谅我，对吗？"

鹿鸣于诡异地笑了下："你说的哪件事？"

鹿霖："十年前，你被关禁闭的事。"

鹿鸣于："我为什么要原谅你？"

鹿霖皱起眉："知道真相后爸爸已经惩罚过鹿芊了，在此之前，她从来没有挨过打！"

鹿鸣于眼中冒出了寒光："那么在此之前，我难道挨过打，关过禁闭？"鹿鸣于厉声道，"我爸爸妈妈会把我关在没有窗户、没有光线的杂物间，铐上手铐脚镣，用藤条抽我整整三天？"

鹿霖心情有些复杂。

鹿鸣于咄咄逼人："我全身上下哪里没被打过？嗯，我亲爱的哥哥？"

鹿霖低头，道："我的错，是我没查清楚。"

鹿鸣于："晚了。"

鹿霖抬头："你非要把事情搞成这样子吗？我们是兄妹，鹿芊是你姐，我们是有血缘关系的亲人！"

鹿鸣于："那你也去关三天禁闭，被藤条抽打，再在伤口上撒点盐。"

鹿霖的眉头深深拧起："你怎么这么恶毒？"

鹿鸣于轻笑了声："你活得好像一个笑话啊，鹿霖！"

"鸣于，你不要这样说！"鹿霖难过地上前了一步，想拉她的手。

鹿鸣于突然仰头，道："大伯的书房就在三楼，我一喊就有人来，若是被他知道你偷了钥匙进我房间，你说你会不会被关禁闭啊？"

鹿霖瞬间瞳孔一缩。

鹿鸣于："手机还给我。"

鹿霖有些后悔地说道:"我交给我妈了。"

鹿鸣于:"去拿回来。"

鹿霖皱眉:"有点儿难,她想解锁查你的信息。"

鹿鸣于一字一顿:"去拿回来!"

鹿霖:"鸣于!你——"

鹿鸣于轻轻开口:"啊——"

鹿霖:"我知道了!明天拿给你,一定!"他退出房间,关上了门。

鹿鸣于疲倦地垂下头,深叹了口气。好累。

次日一早,鹿鸣于就被鹿秋良喊到了书房。这次,他给她安排了座位,不用站着了。

鹿鸣于静静地坐着,一言不发。鹿秋良看着她,然后拿出了几张照片,递过去。鹿鸣于抬头时瞳孔一缩。那是奶奶躺在病床上的照片,身形消瘦,身上插满了管子。鹿鸣于拳头一瞬间握紧,指尖发白!

鹿秋良的声音还是那么温煦,说话不急不缓:"我给你发消息了,你没有看吗?"

那三个月里,他什么手段都用过,但她明显不知道这些。因为斗不过,所以干脆屏蔽了信息,心无旁骛。

鹿秋良眯起眼,把玩着一串橄榄核:"鸣于,你安分一点儿,你祖母身体很不好,随时会进ICU。"

鹿鸣于看向他:"她是你的亲生母亲,你疯了吗?"

鹿秋良神色平淡:"我听不懂你在说什么,我的母亲生病了,当然需要就医,要好好治啊。"

鹿鸣于感觉到浑身血液冰凉,鹿秋良的语气却很温和:"你看你,不懂事,玩什么离家出走,你祖母都病成这样了也不知道回家。"

鹿鸣于控制着自己颤抖着身体，一个字都说不出口。

鹿秋良："看来过去是我给你的自由太多了。"

鹿鸣于深吸一口气，低下了头。

鹿秋良微笑："乖，背一遍《女诫》给我听。"

中午，鹿鸣于没下楼吃饭，管家让人把饭菜送到了她房间。鹿秋良白天一般都不在家，此时在公司，鹿家长桌上坐着杜文馨、鹿芊和鹿霖三人。

鹿霖安静用餐，母女俩聊了起来。

鹿芊："妈，她跑就跑了，爸爸还非要把她抓回来！当年是小叔自己要走的，那她就不该姓鹿！爷爷奶奶都偏心她，我真是要气死了！"

杜文馨很不满："你离了婚，脾气都变差了，以后不要这样说话，被外面的人听到会怎么看我们鹿家？"

鹿芊："又没外人！"

杜文馨吩咐道："你去给鹿鸣于准备一些新衣服。"

鹿芊震惊地抬起头："妈，你在说什么？"

杜文馨："等她脸消肿了，你带她出去见见世面，找个世家子弟嫁了，尽快。"

鹿芊大喊："我的婚姻黄了，却要给她谋划？"

杜文馨点头："还要找个比鹿家厉害的世家，很有话语权的那种。"

鹿芊大声道："妈，你是不是疯了？当初是小叔让鹿家蒙羞，让整个西子城看我们鹿家的笑话，她凭什么还能用鹿家的身份去联姻？"

杜文馨拍了拍鹿芊的手:"听话,妈能害你?"

鹿芊依旧愤怒:"我不同意!我不承认她是鹿家人,妈你难道忘了她刚来鹿家时有多狂妄?"

杜文馨安抚道:"没让你给她挑良婿,我巴不得她嫁给乞丐才好!重点是话语权比鹿家大,能盖过你爸,你懂不懂?"别人不知道,她还看不出来?这次鹿鸣于离家出走三个月,鹿秋良像是疯了一样,杜文馨再也难以忍受!

鹿芊听得一愣。

杜文馨小声道:"这些事你装在心里,不能让鹿鸣于和你爸知道。"

鹿芊用力点了下头!

鹿霖这时起身:"我吃完了,你们慢慢吃。"然后上了楼。

杜文馨觉得奇怪,问:"鹿霖,不去公司啊?"

鹿霖脚步一顿:"我现在这张脸,怎么出门?"

杜文馨心疼地看着儿子:"妈一定帮你报复她!"然后与女儿低声交谈起细节。

鹿霖没再说话,上楼后拐了个弯,走进杜文馨的化妆间,开始翻找手机。没找到,他刚想去杜文馨房间找,就听到母女来在楼梯上谈话,随后一起走进了房间。

鹿霖上了三楼,敲门。他没拿钥匙,没法直接开门。

门被从里面打开。鹿鸣于看到他,问:"手机拿来了吗?"

鹿霖:"还没找到,你再等等,应该在我妈房间。"

鹿鸣于静静地看着他。

鹿霖:"去不了,我妈和我妹进去了,在说悄悄话。"

鹿鸣于:"她们说了什么?"

鹿霖:"在聊爸爸打我的事,她们很生气。"

鹿鸣于玩味道："竟然没聊我，不可思议。"

鹿霖皱眉："这你都怀疑？也在聊下一次怎么折磨你，毕竟是你害我被打。"

至于其他事，他没说。在亲妈亲妹和堂妹之间，他当然选择前者。

香山的一处半山豪宅内，段休冥看着手机上的对话框。不回信息？不是一小时两小时，是已经过去一天，不止二十四小时。他想了想，又发了一条过去，继续等。到了下午，她还是没回。好的，她没有心！

段休冥直接订了最快的航班。几个小时后，他抵达了西子城机场。詹祥开着一辆无比拉风的大牛来机场接人，颜色是非常帅气的暗夜绿。

"冥哥，不是说在香江待几天吗，怎么突然来了？唉！我这车怎么样？"他问。

段休冥反问道："人找到没？哪家的姑娘？"他现在都怀疑她是不是西子城人。

詹祥无奈："我说哥啊，西子城足有一万六千平方千米，人口更是有一千多万！"

段休冥："你不是能力挺强的？怎么回事？"

詹祥头皮发麻："没有照片，没有姓名。这里是内地，不是国外！有些事不方便做，我大海捞针！冥哥！做个人吧！我的命也是命啊！"

段休冥："YE。"

詹祥："啊？"

段休冥："应该是拼音，她名字的一个音。"

詹祥一时不知该说什么。难度很大，救命啊！

第二天，鹿霖在同样的时间敲响鹿鸣于的房门。她已经连续两天没出来了，只等着饭菜送进去。

刚开门，她依旧第一时间伸手，只说了两个字："手机。"

鹿霖有些恼怒："你态度好点！"

鹿鸣于冷漠地看着他。鹿霖同样神情漠然："手机被送到了黑商手上，拿不回来。"

鹿鸣于："那你可以去死了。"

鹿霖咬着牙床："你要还是这种态度，爸爸会让你抄一百遍《女诫》！果然出去三个月，你那股狂妄劲又冒出来了是吧？"

鹿鸣于："天生的，反骨。"

鹿霖冷笑："不过你竟然用双系统，你用小号都干了什么？"

鹿鸣于嘴角一勾："手机自毁功能真好用。"

他们还真敢查，但什么都没查到，反而毁掉了那部手机。而这位堂哥也只是在跟她拉扯。都是假的。

鹿霖知道自己一句话暴露了，便盯着她冷声道："鹿鸣于，你真的坏到了骨子里！"

鹿鸣于还是那句话："你们逼的。"

此时，西子城一处公寓内，段休冥正玩着手中飞镖。两天了，她还是不回信息，语音发过去也没反应，跟失踪了一样。又玩人间蒸发那一套！

詹祥走进来，道："冥哥，我认识一个人叫贺松，问出来了点东西，他说那场婚礼有人统一了口径，想问的都问不到。"

段休冥抬眼看来："故意的？"

他们三个月前就打听到了那场婚礼，新人来自西子城两个世家。她当时是跟伴娘走的,他们自然问了女方那边,结果回复都是不认识,说是临时找的演员。现在这是又扯回到那个世家了。

詹祥倚在门边,点头:"也查到统一口径的原因了!"

段休冥挑眉:"问的人多?"

詹祥目露惊叹,开始鼓掌:"哇,哥,你猜到了!那场婚礼过后,未婚的世家子弟都在打听那人。"

段休冥冷哼:"都打听?"这么多人要抢?

詹祥耸了耸肩膀:"但还是没打听到具体的情况,那些人的态度很奇怪,故意瞒着,跟怕丢人一样。她会不会是私生女?"

段休冥:"她不像。"

画骷髅时那股桀骜的劲儿,也不像养女。她不是以上两种,更不是什么大家闺秀,段休冥也想不明白怎么一回事。

詹祥:"那应该就是世家子女,我找来了一份西子城世家名单,核心人物都在这里了。"

段休冥拿起来扫了眼,扔在桌上:"她没坐主桌。"

詹祥苦着脸:"边缘人物更难找了,还不知道具体名字,那数量更多!"

段休冥没什么表情,不知喜怒。

詹祥:"哥,我用点极端的手段?不过惹事谁摆平?特殊时期我们不能暴露啊!"

段休冥烦躁得很!

詹祥眨了眨眼睛,问:"过几天有个私人聚会,就在那林中酒廊包场,人多,说不定能打听到什么,去不去?"

段休冥掷出手中飞镖,"嚓"的一下正中红心!他道:"去。"

詹祥看了眼那飞镖:"哥,你好吓人!她到底欠冥哥你多少钱

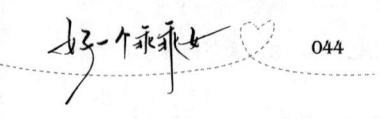

啊？这债追得好急。"

段休冥皱眉："谁跟你说她欠我钱？"

詹祥一愣："那你费这么大劲找她干什么？"

段休冥："拍拖！"

第三章

鹿二小姐

鹿家。

大伯书房里多了一张桌子，鹿鸣于正伏案抄书，抄了一遍又一遍。鹿秋良坐在办公桌后盘橄榄核，金丝框眼镜的镜片擦得很亮，他也不做其他事，就这样一直看着她抄。鹿鸣于连续抄了三遍，放下笔。

鹿秋良看着她，温文尔雅道："乖，早点睡。"

鹿鸣于强忍着恶心，起身大步向书房门走去。

鹿秋良叫住她："礼仪，又忘了吗？"

鹿鸣于深吸一口气，放缓了脚步，走到门边。

"小野。"身后中年人的男低音喊了她一声。

"砰"的一声，鹿鸣于重重摔门而出！

又是三天后，晚上八点，林中酒廊开始了日常营业。这家酒廊建在西子城湿地林中深处，非常幽静隐蔽。刚开没几个月已经出名，评分极高，很受欢迎，但不怎么对外开放，因为总是被人包场，被西子城的一群世家子弟当成了私人聚会场所。

酒廊内部别有洞天，像个小迷宫，庭院连通着外部的一部分森林，每隔几步就安置着户外藤椅。此外，还有一处水池景观地，天气好的时候，室内外皆宜。

此时，段休冥就坐在这水池旁，看着池中锦鲤游来游去。

几天了，他都懒得数。发过去的每条信息都石沉大海，对面这是跟他玩了一手彻底无视？能把人气死。

身后不远处的角落，詹祥正在跟一位名叫贺松的年轻人聊天。

贺松是西子城这么多世家子弟中詹祥特地选出来的一位，他获得的大部分消息都来源于此人。詹祥很会聊，不断套取着信息。贺松则是看上了詹祥的那辆兰博基尼，想借来开开。

时间稍晚些时，大门口的人声传来，约好前来的世家子弟陆续入场。酒廊里的人喝了起来，还有人自带了年轻女伴或男伴。徐家兄妹已经回到了西子城，今天也都来了。

鹿芊带着鹿鸣于出现。鹿芊打扮得花枝招展，一点儿都没有刚离婚的伤感，一进去就熟稔地跟众人打招呼。鹿鸣于穿着一件白色的无袖过膝连衣裙，头发梳成马尾，化着淡妆，标准的乖乖女扮相。

她一进来，人群中的徐素月就跳起来大喊："哇，鸣于，你也来了！你今天好漂亮！"然后人就直接冲过来搂住了鹿鸣于的胳膊。

鹿芊目光扫过她们挽在一起的手，道："月月，实在不好意思，鸣于不懂事，在香山澳给你们添麻烦，让你们担心了。"

徐文俊看着鹿鸣于挪不开眼，半晌后才回答："没事。"

桑琪上前打招呼："鹿鹿，又见面了。"

鹿鸣于依次跟人问好。

徐素月不管其他人，拉着鹿鸣于就往角落走："怎么回事？给你发信息没反应。"

鹿鸣于："手机被没收，自毁了。"

徐素月怒骂："他们有病啊！事态升级成这样，至于吗？还好他们以为你是旅游，要是知道你是去上学，还是那么好的学校，怕不是要发疯！"

鹿鸣于:"谁说不是呢?"

徐素月又问:"要不我现在带你去我家拿护照,直接跑路?"

鹿鸣于幽幽道:"奶奶身体不好。"她现在的情况跟被软禁没什么区别,而奶奶生活不能自理,大伯多的是手段和理由。

徐素月皱起眉:"好没底线,这样威胁你。你假期多长?"

鹿鸣于:"不到一个月。"

徐素月有些急:"时间太短了,真是骑虎难下!"

鹿鸣于:"只能申请延期开学,或者休学一段时间。"

徐素月看着她那张脸,突然笑道:"我以后叫你'小野'好不好?"

鹿鸣于:"看到了?"

徐素月俏皮地眨了下眼睛:"你跟你妈妈长得超级像!"

鹿鸣于笑了下,徐素月又问:"鹿芊怎么会带着你出来?"

鹿鸣于:"不知道,管她呢。"

徐素月:"你跟西子城世家都没来往的啊,来干吗呢?"

鹿鸣于:"随便找个人杀。"

徐素月震惊:"啊?你精神状态还好吗?"

两人还没说上几句,鹿芊就高喊:"鸣于,过来跟大家打招呼!"

鹿鸣于走过去。鹿芊笑着向大家介绍:"这是我妹妹鹿鸣于,很乖很听话,一直养在深闺。"

人群中爆发了惊叹声——

"哇!这不是鹿芊姐婚礼上的那个美人吗?"

"原来是本地人,鹿家二小姐!"

"怎么鹿二小姐从来没露过面啊?"

"鹿芊姐!你们鹿家也太会藏了!"

"亲妹妹吗?"

鹿芊眼神怨毒了一下,笑着点头:"嗯,亲妹妹。"

这是对外的说法。鹿家不承认小叔的存在,尤其是鹿秋良。其实可以对外宣称鹿鸣于是鹿家养女,但杜文馨不允许,说是亲生的管起来方便。可实际上,这是对鹿秋良的一种警告!

室外,段休冥睁开眼看着这一幕。他冲身后比了个手势,詹祥立即上前,俯身在他耳旁。

段休冥指着室内:"她。"

詹祥连忙抬眼望过去,然后就瞪大了眼睛。确实美,比明星还漂亮!难怪冥哥看了眼就念念不忘。

詹祥连忙点头:"马上!"

段休冥从坐躺改为正坐,看着鹿鸣于在人群中那副乖乖女的模样。真是会装!

詹祥转身走到角落,拍了拍贺松的肩膀:"来活儿了。"

贺松一脸兴奋:"什么什么?"

詹祥笑着道:"里面那个穿白色连衣裙的美人,去打听清楚,我的那辆大牛就借你开。"

贺松直接一个敬礼:"没问题!"人都来了还能打听不到?

不久后,贺松小跑着回来。他有点儿紧张,因为知道段休冥才是幕后大老板,而小老板詹祥都能开大牛,可见大老板的实力有多强。

段休冥面无表情:"她是谁?"

贺松:"鹿家二小姐,鹿鸣于!"

段休冥:"哪三个字?"

詹祥立即递来纸笔。贺松惊叹于詹祥的准备充足,快速写在纸上。

段休冥拿起来看了眼，而后冷笑着一丢："鹿鸣于，真是个好名字。"鹿鸣于野，人如其名！

贺松附和着点头："对，她名字很好听。"

段休冥："说说看，她的情况。"

贺松连忙说道："鹿家家主的小女儿，不过不得宠。"

段休冥："她几岁？"

贺松："今年二十二。"

段休冥又问："她一直这样低眉顺眼？"

贺松点头："没脾气，乖乖女一个，说是养在深闺二十几年。"

段休冥忽然笑得意味深长："好一个乖乖女！"

贺松有些不解他的语气和态度，用询问的目光看向詹祥。詹祥也不解，观察着道："她看上去确实很乖，不会从来没喝过酒吧？"

贺松："肯定是滴酒不沾啊！第一次出来见世面，她姐亲口说鹿鸣于是逆来顺受的类型，特别适合……"适合联姻，而且还是那种非常不好，为家族牺牲的联姻。不过后半句话他没说出口。其实目的很明显，长这么漂亮却一直不见人，突然以这种乖乖女的形象出现，必然是有所图。

段休冥倏地偏头，道："用你的本事把她骗过来。"他不能去，一去人就跑了，乖乖女腹黑又会玩！

贺松看了眼被众人包围的鹿鸣于，顿时头疼不已。怎么骗？但最终他还是硬着头皮去了。

鹿鸣于站在人群中，鹿芊就在她旁边。大家都是一个圈层的人，对从未露面甚至第一次听说的鹿家二小姐非常好奇。大家七嘴八舌的，问题有点儿多，把鹿鸣于问烦了。

鹿芊俯在她耳边，轻声道："乖一点儿，别忘了你现在的身份，给鹿家丢脸，爸爸会生气，妈妈会打死你。"

鹿鸣于微笑："全鹿家就你最蠢，少说两句吧。"

鹿芊大怒："你！"

鹿鸣于笑容很完美，还伸手整理了一下对方的裙摆："注意形象，丢鹿家的脸，你同样会被罚，我会添油加醋。"

鹿芊不再说话，只有胸口因为愤怒而上下起伏。两人说话靠得近，声音很轻，没人听到。

徐文俊感慨道："姐妹俩关系真好啊！"

徐素月看傻子一样看了他一眼。

没多久，贺松前来打招呼："喝一杯吗，鹿二小姐？"

鹿芊笑着拒绝："贺少，我妹妹不喝酒。"

贺家在世家中的地位不低，但贺松不够脏！鹿芊一方面想把鹿鸣于快点嫁出去，一方面又不希望鹿鸣于婚姻太好。

贺松心道一声"果然"，又问："那要不要喝果汁？"

鹿鸣于："好。"

徐素月举手："我想喝果酒！"

贺松："我去给你们拿。"

鹿芊瞪了鹿鸣于一眼。鹿鸣于起身去洗手间，鹿芊转身去了另一桌，她又不是真的想带鹿鸣于结交朋友，她看到鹿鸣于就烦！

洗手间里，鹿鸣于洗了个手，然后就站在洗手池旁发呆。

桑琪从里面走出来，同她打了个招呼："鹿鹿。"

鹿鸣于回过神来，微笑："你好。"

桑琪也微笑："我明天还要上班，先回去了，你好好玩。"

两人一前一后走出去，遇到了在外面等候的徐文俊。桑琪挽住他的手道:"走吧?"

徐文俊站着没动,看着鹿鸣于关心道:"不适应吧?那帮人玩得花,你要不去外面坐会儿?"

此时贺松拿着果汁走来:"唉,那我带她过去?"

"麻烦贺少。"徐文俊点头,冲鹿鸣于开口,"鸣于,我先送我女朋友回家,一会儿回来找你。"

桑琪笑得有些僵硬:"鹿二小姐,再见。"

贺松将果汁递上:"室外有处景观很漂亮,走!"

鹿鸣于接过,然后跟着他离开,前往室外。

贺松替她推开门,道:"就是这里,很安静,鹿二小姐先休息一会儿。"

鹿鸣于依照鹿家教她的礼仪,冲着他微微鞠躬:"谢谢。"

贺松:"不客气。"他转身,关上门,然后当着鹿鸣于的面将门反锁了。

鹿鸣于抬眼直视着他,眼神带着藏不住的锋利,贺松这个举动,好巧不巧踩在了她的雷点上!锁门,禁闭……她想把他刀了。

贺松完全没想到她会露出这种眼神,吓了一跳。好在詹祥很快出现,拍着他的肩膀:"跟我一起守门。"

贺松惊魂未定,小声问:"詹哥,你看到了吗?"

詹祥很淡定:"嗯,看到了。"

贺松:"她刚刚想杀了我!"

詹祥:"她心里肯定是这么想的。"

贺松:"说好的乖乖女呢?"

詹祥却笑了出来:"淡定,又不会真的杀了你。"

他不了解鹿鸣于到底是什么样的人,但他了解自家老大段休冥。那种狠人,怎么可能会喜欢乖乖女?再漂亮也不会!段休冥的理想伴侣是战友，而非宠物，要么武力相当，要么能力超绝。

鹿鸣于看了两人一会儿，奈何谁都不与她对视，隔着玻璃门和一定距离，她也听不清两人聊了什么。鹿鸣于不再坚持，转过了身，身后是大片的湿地森林，满目的参天古树。这家酒廊就藏在城市中心的湿地森林深处，被林木包围，闹中取静，若是白天来看风景一定绝佳，可现在是晚上，观赏不了，而她，心情不佳。

鹿鸣于看着夜中树林，一时间没有动，直到右侧传来打响指的声音。她侧目看去，稍远的地方摆放着户外桌椅，有一个人大摇大摆地坐在藤椅上，一瞬不瞬地看着她。他似乎只穿无领款的西服，搭配衬衫或T恤。港风背头，五官硬朗，眸色凛冽，浑身充满强烈的侵略感！他其实长得很帅，但因为不爱笑，给人感觉很凶。

鹿鸣于抬脚走了过去。

这是个避开室内喧闹的幽静之处，户外藤椅藤桌一边靠着水池景观，一边直通湿地森林。鹿鸣于落座在男人对面，将果汁放下，开始观察。藤桌上有几瓶酒和两个空杯，男人的手边还放着两盒烟，一盒拆开的男士烟，一盒未拆的女士烟。鹿鸣于拿起桌上的一瓶酒，给自己倒了一杯，一饮而尽。

段休冥屈指一弹，将女士香烟弹过去，刚好停在桌沿，她的手边。他对力量的控制有点儿可怕。

鹿鸣于看着这一幕，道：“会有味道。”乖乖女抽烟会被打死！

段休冥伸手将烟拿了回来，而后望着她，音色深沉，一字一顿地念出：“鹿鸣于？”

鹿鸣于：“问到了？”

段休冥漠然地扯了扯嘴角：“你的名字不错，鹿鸣于野，取自

《诗经》？不愧是江南世家，文化人。"

鹿鸣于回望着他，问："你叫什么名字？"

"段休冥。"他的声音强劲而有力。说罢，他提笔在纸上写了下来，随手一划，将纸划到了鹿鸣于面前。又是刚刚好的力量和角度。

鹿鸣于拿都没拿起来，只垂眸瞥了眼，淡然点评："你很凶啊。"

段休冥"呵"了一声："不及你，拽得令人望尘莫及！"吊人胃口。

鹿鸣于看着池中锦鲤，眼底的幽光一闪而过："你是哪里人？"

段休冥："你问籍贯的话，香江。"

鹿鸣于："听不出来，你普通话很好。"

段休冥："你呢？又是哪里人？"

鹿鸣于微笑："当然是西子城。"

段休冥："一点儿不像。"

鹿鸣于看向他，嘴角挂着一个弧度："那我像哪里的？"

段休冥眼神带上了穿透力："像荒漠里杀出来的毒蝎。"

鹿鸣于来了句："谢谢夸奖。"

段休冥不再看她，瞭望着远处问："请问鹿二小姐，为什么人前人后两副面孔？"

鹿鸣于："家规森严。"

对话停顿了几息，段休冥慵懒地靠着椅背而坐，忽地说出一句话："家规森严你找上我？"

鹿鸣于斜眼盯着他。

段休冥一个余光都不给她，目视前方："鹿家养在深闺的乖乖女，怎么会找上我？"

鹿鸣于："你看着我的眼睛说。"

段休冥瞥了她一眼，避开目光，抿唇沉默。鹿鸣于却深深凝视他，其实她从落座开始，就一直在试探。忽地，她开口："你的反应可比我精彩多了，你很会啊。"

段休冥看着她，那眼神……半晌后，他语气不爽："你是不是就在我面前拽？跟那帮人倒是低声下气，挺会装。"

鹿鸣于很平静："你想我装也可以。"

"别！"段休冥抬手，道："你装乖很没劲，还是拽起来酷！"

鹿鸣于眉梢扬了扬，话锋一转："贺松为什么听你的？"

段休冥："他是我兄弟的人。"

"兄弟？"鹿鸣于瞥了眼玻璃门，问，"他叫什么名字？"

段休冥挑了下眉，问这么详细，想干什么？但他还是回答："詹祥。"

鹿鸣于看着前方的参天古树："哦……詹祥……"

段休冥缓了下情绪，道："好了，我不是来跟你吵架，就是有点儿生气，刚刚冲你发脾气是我不对，对不住。"

鹿鸣于先是沉默了片刻，紧接着，她语调温润，一字一字地轻吐而出："现在，轮到我生气了。"

很微妙的挑衅。段休冥闭眼，停顿了会儿，睁开："你是真要命！"

他压下爆粗口的冲动，自顾自地点了根烟。刚吸两口，又掐灭了。

鹿鸣于问："怎么不抽了？"

段休冥斜了她一眼，语气不太好："怕乖乖女头发沾上烟味，回家被骂！"

鹿鸣于无声而笑。

段休冥扫了眼她的衣着，问："你穿成这样干什么？"

鹿鸣于同样扫了眼他，道："没你的浴袍装打眼。"

段休冥直接被干沉默了！鹿鸣于不再说话，又喝了一杯酒。良久后，段休冥问到了关键："你这几天为什么不回我消息？"

鹿鸣于反问："你生气了？"

段休冥："几天了，能不生气？"

鹿鸣于又不说话了，继续端详着他。

段休冥："你这是什么眼神？"

鹿鸣于："我手机被家里人没收了，就在跟你分开的那天。"

段休冥失神愣在那里，接不上话。什么年代了，还有这种事？

鹿鸣于看着他的眼睛："请问，你……"

话还没说完，段休冥就反应了过来，他拿出手机，取下电话卡，将自己的手机放在她面前，动作一气呵成。他道："抱歉，没反应过来，你先用我的。"

然后他抬手，冲身后打了个手势。没多久，詹祥开门走过来，俯身。

段休冥："你手机给我用。"

詹祥一脸困惑，他看了眼桌上的那部手机，又看了眼段休冥，人都呆掉了！

"我……先格式化一下。"詹祥快速将手机拿出来，格式化，取出电话卡上交。

段休冥又开口："去弄张新卡，立即。"

"好的，哥。"詹祥立即点头去办事。只是走之前，他又莫名其妙地看了鹿鸣于好几眼，跟看怪物似的。

鹿鸣于没什么表情，观察着这一幕。兄弟？是小弟吧。

段休冥看过来，道："定制手机，防追踪，信息加密是最高等级，卡马上来，詹祥能力可以的。"

鹿鸣于看了眼那部纯黑哑光的手机，道："你还没格式化。"

段休冥无比坦然："随便看。"

鹿鸣于皱起眉，避开了他的视线。好奇怪，他怎么会这样？

段休冥的眼神却带上了笑意："你是二十二岁，不是十二岁，你家里人还用收手机这招？"

她不是故意不回，他这几天白生气了，还跟她吵了一架。

鹿鸣于重新抬头，看了他一眼："谢谢。"然后拿起那部哑光黑手机，将其格式化。

段休冥扫了一眼："你不好奇我手机里有什么？"

鹿鸣于："双系统有什么可好奇的？"这都是她玩剩下的。

段休冥点头，下意识夸赞："谨慎，好习惯。"

十分钟后，詹祥气喘吁吁地回来了："来了冥哥，新卡！"

段休冥将卡放在手心，递给鹿鸣于："安全的，全球可用。"

鹿鸣于指尖捻起那张卡。段休冥感觉自己手心突然很痒，她已经开始插卡了，他却还伸着手，没有收回去。詹祥简直没眼看，皱着眉走了，重新去守门。

鹿鸣于弄好手机后抬眼。

段休冥终于收回手，凝望着她："那你……也别生我气了？"

鹿鸣于明白，他是指她的那句挑衅和试探。她道："唔紧要（不要紧）。"

段休冥很意外："你会说广府话？"

鹿鸣于的眼睛微亮："会。"她在妖都长大，从小就会，那是她的母语。

"哇！"段休冥不禁惊叹出声，"那我们谈恋爱，岂不是可以用三种语言交流？"

鹿鸣于低头时神情带着说不上来的古怪："哪三种？"

段休冥："普通话、广府话、英文？你会说英文吧？"

鹿鸣于微笑："嗯，会。"

段休冥："美式还是英式？"

鹿鸣于："伦敦腔。"

段休冥眼中的笑意再也藏不住："我现在去学西子城方言，以后我们用各种语言交流。"

鹿鸣于："没必要。"

段休冥的笑意收了收："你不希望我学？"

鹿鸣于："很复杂，很多种。"

段休冥观察看着她，点了下头："行。"有点儿奇怪，但没差。

鹿鸣于看了一眼时间："我该走了。"

段休冥皱眉："这才聊几句？"

鹿鸣于："你知道的，我家规严。"

段休冥："这么麻烦吗？"

鹿鸣于："是，段大少爷，请开门。"

"是段二少。"段休冥纠正她，"有空给我打电话，记得回信息。"话落，他冲身后比了个手势，门立即打开。

鹿鸣于目光有一丝柔和，冲他轻笑："好的，段少。"

段休冥盯着她："你再这样对我笑，信不信我把你绑到香江结婚？"反正没有语言障碍。

鹿鸣于脚步一顿，看向他。段休冥打量着她的表情："又生气了？"

鹿鸣于："能做到的话，请尽快。"话落，她走向那扇玻璃门。

段休冥看着她的背影，眼眸微动，他迟疑了片刻，拿起桌上的那瓶果汁一饮而尽。有点儿上头。

鹿鸣于走出去时看了贺松一眼，轻声问："贺家的……几公子？"

贺松当时就吓得一哆嗦，压根儿不敢回话，甚至低下了头。待人走过后，贺松才惊恐地喊："詹……詹哥！"

詹祥笑道："嗯，我在呢。"

贺松指着鹿鸣于的背影："她刚刚……刚刚那是……"

詹祥："记仇。"

贺松汗都出来了："她会杀了我吗？"

詹祥一头黑线："怎么可能，你乱想什么！很明显她一点儿力量都没有，顶多报复一下，就看用什么手段了。"

贺松："可这反差也太吓人了。而且她说话好轻，不看眼睛还以为在撒娇呢，一看眼睛更吓人了！"

詹祥点头："反差确实大。"

此时，段休冥打了个手势，詹祥立即带着贺松进去。

"冥哥，"詹祥笑着开口，"这么快就聊完了？"

贺松则是狗腿地说道："恭喜冥哥！"

詹祥一脸蒙："你恭喜什么东西？"

贺松："啊？这……我……"瞎恭喜一下嘛！

段休冥却看了贺松一眼："祝你发财。"

贺松："啊？"

詹祥惊讶地看过来："什么情况啊，冥哥，这么高兴？"

段休冥伸出一根手指，短暂地滞空了一下，像是在思考。他问："西子城的提亲流程是什么？"

詹祥震惊极了："啊？不是，冥哥！这才见几次，怎么就……啊？"

"没问你，问他呢！"段休冥看向贺松，"你们这里是什么风俗？"

贺松也震惊，摇头："我……我没提过，不知道啊！"

詹祥崩溃："冥哥啊，你冷静一点儿！你好歹尊重一下女方，她很明显是家教很严的类型，不能见了两次就提亲吧？你们互相见过父母吗？他们同意了吗？你别弄巧成拙啊！"

段休冥："提亲不够尊重？"

詹祥："你要不要想想现在的局势，你的身份？容易被人抓到把柄啊！合适吗？你……"

贺松在一旁紧张起来，什么身份？怎么不合适了？

段休冥一愣，点头："哦，啧，麻烦！"

詹祥松了口气，道："不着急，正好这段时间发展一下感情嘛，别一上来就这么猛！"

段休冥想了一会儿，问："我哥在哪儿？我让他代表一下，过来提亲，他身份地位都很合适。"

詹祥快疯了！段休冥二话不说就打去了一通电话，过了三声后对面接通。

段休冥跷着二郎腿，嚣张又霸道："在哪儿？"不知道对面说了什么，段休冥皱了下眉，有些不满，"开会？要多久？暂停一下，我有事找你。"

听筒里响起一阵移动声，没多久就安静下来。

段休冥继续道："没人了？你来西子城帮我提个亲，就现在。"

手机听筒里一阵沉默，然后，电话挂断了。

段休冥看了眼手机屏幕，惊讶地看向詹祥："他挂我电话？"

詹祥拍了拍额头:"您这样,谁不挂?"

段休冥当即又拨通了一个电话,张口就道:"我哥在哪儿开会?哪个城市?行,把他的会议楼炸了!"

听筒里响起了惊叫声。

段休冥冷声道:"你问为什么?让他给我回电话!"

贺松在一旁都惊呆了,这是什么惊世骇俗的操作?

詹祥没忍住爆了句粗口。正常点吧,冥哥!

贺松小声问:"冥哥性格这么冒失的吗?"

詹祥很无奈地解释:"就谈恋爱冒失,没谈过,小白一个。"

贺松诡异地看了詹祥一眼。炸楼不冒失?他问的是炸楼啊,不是谈恋爱!你俩的重点到底抓的是什么?

室内的沙发上,鹿芊扫了一圈,问:"你们没看见我妹和贺松吗?"

徐素月:"对哦!该死的贺松,我的果酒呢?"

徐文俊回来了,走向两人问:"鸣于呢?"

徐素月开骂:"你管呢?一天天地,烦死!"

徐文俊:"贺松说带她去外面坐会儿,还没回来?"

鹿芊幽幽道:"两人消失有半小时了。"

贺松既没有能压住鹿家让爸爸闭嘴的家世,也没有乱七八糟的脏事。这不是杜文馨想要找的!但……

徐文俊急了:"什么?快打电话!"

鹿芊:"鹿鸣于现在没手机。"

恰在此时,鹿鸣于手捧一瓶果酒出现,问:"月月,是这个果酒吗?"

徐素月双眼一亮,扑过来:"对!还是你了解我!"

徐文俊皱眉问:"鸣于,贺松在哪儿?"

鹿鸣于微微低着头:"贺家公子遇到了一个人,好像姓詹,两人就在那边聊天,我回来时迷路,无意中绕到了酒柜,帮月月拿了酒。"

徐素月歪着脑袋,发出了一声惊疑:"啊?"鹿鸣于要是会迷路她把头剁下来当球踢!

徐文俊有些气愤:"贺松把你扔在那儿不管?"

鹿芊则是冲着鹿鸣于责怪道:"你第一次来怎么跟着人乱跑?!我允许了吗?还迷路半小时,蠢死了!"

这时,身后响起了贺松的声音:"唉!找到你们了!"他身旁还站着詹祥。

徐文俊不满地回头:"贺松,你今天过分了!"

贺松:"我?我干什么了?"

鹿芊也开口骂:"贺松!你怎么把我妹带走了,还不跟我说?"

贺松:"呃。"

徐文俊态度很不好:"鹿鸣于是我的青梅竹马,我同意你带她出去呼吸新鲜空气,你却把人扔在那儿不管!贺松,这个局是你组的吧?没你这么招待人的!"

徐素月皱起眉,扭头看着她哥。

鹿芊也顺势开口数落:"贺松,请你有点儿自知之明,离我妹远点!没我的允许她不能随意走动!"不至于发生什么,但要骂一下。

徐文俊又道:"姓詹的又是谁?"

詹祥一脸蒙地指着自己:"我姓詹,怎么了?"

徐文俊又说了几句,像是压不住火一样,言辞之间不给人面子。贺松反应了过来，偷偷瞥了鹿鸣于一眼。好家伙，在这儿等着呢！两人的一顿骂，把他都骂傻了！

詹祥也看了眼鹿鸣于，微愣。脾气这么大，还玩借刀杀人？难道冥哥喜欢腹黑的？詹祥想了想，上前拍着贺松肩膀："贺少，这都是你的朋友啊？不介绍一下？"先打断施法，再骂下去贺松脸都要绿了。

"哦，对！"贺松连忙道，"介绍一下，这位是詹哥，詹祥，酒廊的老板。"

徐素月："你是老板？"

詹祥看着她笑："是的，小妹妹。"

徐文俊有些吃惊，这处地块在城市中心，保护得极好，据他所知想拿到商业用地非常难。这姓詹的什么来头？

鹿芊则是问："原来这家酒廊是你开的，外面那辆大牛也是你的？"

每次过来，酒廊外都停着一辆霸气又拉风的暗夜绿超跑，但凡进出停车场都会路过那处独立车位。

詹祥点头："是我的。"

徐素月："我也喜欢那车！不过我爸不给我买太贵的车！"

詹祥觉得这女孩挺有意思，便道："有空换着开？"

徐素月双眼瞬间发亮："真的？你没跟我开玩笑？"

贺松有些紧张，小声道："詹哥，我呢？"

詹祥笑着将车钥匙递给他："嗯，先借你开，今天就算了，别酒驾。"

"哇！"贺松兴奋极了，然后冲着徐素月喊，"哈哈哈！你排队吧！"

徐素月冲过去抢钥匙："我先开！"

在场几人看到这一幕,眼中的震惊都掩饰不住。这么贵的车竟然直接借人,钥匙都给了,这是能随便借的?唯有鹿鸣于一声不吭,站在人群最后方,神色冷淡。贺松一抬头就看到她的眼神,吓得一哆嗦,也不跟徐素月闹了。詹祥也看到了,微不可察地叹了口气。乖乖女真的有点儿记仇!

这时,隔壁桌的一人手握两杯酒走了过来。

鹿芊立即拉着鹿鸣于迎上去:"鸣于,这位是郝家公子郝路生,快打招呼。"

鹿鸣于听她这口气就知道,郝家比鹿家厉害。

郝路生眼睛直勾勾地盯着鹿鸣于,将手中的酒杯递过来:"鹿二小姐,喝一杯?"

鹿鸣于:"抱歉,不胜酒力。"

徐文俊上前挡了挡,道:"郝少,她不喝酒。"

郝路生有些不满:"不至于吧?"

鹿芊皱起眉:"鸣于,一杯酒而已,郝少亲自敬你,别不给面子。"说罢她就接过郝路生手中的那杯酒,强硬地要递给鹿鸣于。

鹿芊:"快点喝,一会儿再去主动敬郝少一杯!"

这时,徐素月突然脚一崴,撞在了鹿芊手臂上,"哗啦"一声,鹿芊手中的酒瞬间洒落。"呀!不好意思!"徐素月说着,拿起了桌上的另一杯,递上,"抱歉抱歉。"

两杯酒颜色一致,看上去一模一样。鹿芊将新的那杯递给鹿鸣于,压着声音警告:"喝,快点!"

鹿鸣于接过,饮尽——徐素月给她拿的是果汁。

郝路生扫视着鹿鸣于,道:"去我那儿坐坐,聊会儿天?"

詹祥突然走出来,热情地搂住郝路生的肩膀:"呀!郝少来了怎么不说一声?我拿好酒出来招待你啊。"

郝路生："詹老板，你也在啊！"

詹祥："在啊！走，去那边聊聊？"

郝路生点着头："詹老板难得一见，回头聊聊飙车心得？"

詹祥："好啊！"

两人勾肩搭背地走了。

鹿芊上前，拽着鹿鸣于到角落，眼中带着逼迫："你一会儿去陪酒，知道吗？把郝少伺候好了！"

鹿鸣于回看着她："大伯知道了会打死你。"

鹿芊冷笑："你有把柄在我手上，要死的人是你！"

鹿鸣于平淡开口："说说看，我有什么把柄？"

鹿芊呵斥："收起你这副嘴脸，给我去敬酒！今天必须把郝路生哄开心！"

郝家太合适了，压过了鹿家一头，郝路生玩得又乱，说不定还有病。

鹿鸣于："不去。"

鹿芊警告道："必须去！我看到你跟着贺松走了，我拍到了照片，你难道不怕吗？我现在可以对付你！"

鹿鸣于："加油，没用的东西。"

鹿芊被她说得面色铁青，却继续道："要是被爸爸看到照片，他会怎么惩罚你？酒廊这种地方你就不该来！"

鹿鸣于好笑地看着她："你带我来的，姐。"

鹿芊威胁道："你到底去不去？不然我就把照片给爸爸看，名正言顺地关你禁闭！撕烂你的脸再用盐水浇上去！"

鹿鸣于："我的脸？你确定？"

鹿芊倏地收缩瞳孔，低声怒骂："鹿鸣于，你这个贱人！你跟你妈妈一样都是贱人！"

鹿鸣于微微一笑:"等死吧,我的姐姐。"话落,她不再管鹿芊,径直走向远处的徐素月,"月月,帮我打辆车好吗?我想回家了。"

徐素月:"好啊!走!"

徐文俊拿出车钥匙:"我送你。"

徐素月:"哥,你酒驾?"

徐文俊:"我车是四座,可以找代驾。"

鹿鸣于拒绝道:"我跟月月说会儿话。"

徐素月白了徐文俊一眼,与鹿鸣于并肩走出去。

两人来到门口后,鹿鸣于拿出那款哑光黑手机:"借口,我有手机。"

徐素月傻眼:"哪儿来的?你不是刚刚还没有吗?话说这颜色有点儿酷啊。"

鹿鸣于:"酒廊老板的。"

徐素月倍感奇怪:"詹祥?"

鹿鸣于摇头:"不是,另一个。"

徐素月很诧异:"有两个老板?"

鹿鸣于:"是幕后老板。"

徐素月一惊:"幕后?!好人坏人?"

鹿鸣于沉默了一秒:"不确定。"

徐素月:"行吧,我也不问了,你自己有主意,那我进去了,路上小心。"

鹿鸣于点着头,边下载打车软件,边往外走。这酒廊在湿地深处,需要走一段路才能到定位点。路过一处单独车位时,她看到了段休冥。他真的很高,双腿搭在地面老长一截,随意地坐在这辆超跑的车前盖上。

詹祥不知道什么时候从后面跑出来，将钥匙抛过去："冥哥！"

　　段休冥一把接过车钥匙，起身打开副驾驶一侧的车门，微微偏头看着鹿鸣于，摆出邀请的姿态。鹿鸣于只停顿了两秒钟，随即便走过去上了车。段休冥嘴角挂着若有若无的轻微弧度，护着她坐好后，将车门关闭，然后绕到驾驶位。

　　詹祥快速窜过来，小声提醒："锁门的事，生气了。"至于刚刚的事他来不及说，手机还没了，一时半会儿也没法发信息。

　　段休冥点了下头，表示心里有数。

　　"轰——"暗夜绿超跑在主干道上轰鸣，驶出了这处湿地森林。段休冥一边开车一边问："你也是敢坐，不问问我有没有喝酒。"

　　鹿鸣于："地址发你了。"

　　段休冥眼角微挑，有点儿意思。她这是笃定他没喝，还是压根儿不怕？

　　暗夜绿超跑的幽光在城市道路上飞驰呼啸，与段休冥的心情一样。他原本不理解詹祥为什么沉迷在城市里开超跑，又不能飞，也赛不起来。现在有点儿懂了，副驾驶坐着特殊的人，感觉不同。

　　段休冥用余光瞥向副驾驶位，有限的空间里气氛微妙，有些闷。他伸手将衬衫纽扣解了两颗，露出了点儿皮肤透气。鹿鸣于目光扫了过来，然后看向他的脸。

　　段休冥没跟她对视，伸手开了窗户，问："锁门的事，还生气吗？"

　　鹿鸣于将头转了过去。

　　段休冥："我下次注意，别生气了？"

鹿鸣于:"没生你的气。"

段休冥有些诧异，分析道:"谁动手生谁的气，哪怕是我指使的？"

鹿鸣于看向车窗外:"你跟我锁一起。"

段休冥眼神闪动了一下，了然:"原来如此！"

如果她一个人被锁在那里，就是另一种不可原谅的情况，他懂了。

段休冥关上了车窗，两人单独在一起时，就没怎么正常交流过，微妙的气氛再次归来。

鹿鸣于问:"酒廊一般几点结束营业？"

段休冥:"凌晨两点。"

鹿鸣于又问:"酒廊的监控覆盖范围是？"那酒廊说是詹祥的，但詹祥唯他之命是从。

段休冥:"室内全景覆盖，室外部分，你跟我坐的那处没有。"说完，他观察着她，思考她想干什么。

鹿鸣于神情有些神秘，轻声开口:"段少，今天我没有跟人在室外聊过天，也没有被人送回家，我没见过你，不认识你。"

段休冥偏了偏头:"我见不得人？"

鹿鸣于看向他，微笑:"乖乖女不会跟人私会，我很乖的。"

段休冥沉默地点头。会被家里人骂？真麻烦！

二十分钟后暗夜绿超跑抵达鹿家。段休冥没将车停在大门口，而是下意识朝一个方向打转，开到门侧面，避开了监控。

鹿鸣于看了眼这个停车方位，解开安全带。段休冥忽然拉住她，身躯往副驾驶位靠近，在离她十厘米的地方停下。他原本就敞开了几粒衬衫纽扣，此时靠近，从她的视角能看见大片胸膛。皮肤并不白皙，比她深了一个色号。

这具身躯被练到了极致，精干而有力，一点儿赘肉都没有。他这个人，无论是体魄还是长相都充满了攻击性，但将锋芒收起时，有种很致命的反差感。

段休冥似是在斟酌，片刻后问："要不要半夜逃出来玩？吃消夜、吹风、划船、去湖中心都行，我换辆没声音的车来接你。"

鹿鸣于："逃不出来。"

段休冥皱眉："这么严？"

鹿鸣于看了眼时间："我要下车了。"

段休冥点了下头，但手没松，他指腹轻抚着她的指尖，用另一只手解开了安全带，打算下车去替她开门。

鹿鸣于反手按住他，阻止："别下去。"

漆黑的夜色中，她眼底的暗芒并不明显。段休冥倒也淡定，没动弹，眼眸下移，视线定在她的双唇上，露出了一种只有在特殊情况下才有的眼神，气息有些灼热……

鹿鸣于直视着他的目光，手却突然一松。她开门下车，走向大门，推开厚重的将军门，迈过门槛走进去，快速将门关闭。门关上的一瞬间，她眼底的锋芒毫不掩饰：幕后老板，别让她失望。

车上，段休冥静坐良久后打开车窗，拿起放在中控处的那盒女士烟，拆开点燃。

门内，鹿鸣于穿过长长的连廊，进入主楼。在主厅里，她看到了坐在那儿喝茶的鹿秋良，他果然提前回来了。

鹿鸣于走上前打招呼："大伯。"

鹿秋良看了她一眼，问："哪儿来的裙子？"

鹿鸣于："鹿芊姐的。"

鹿秋良皱起眉："以后不许穿，去哪儿了？我等了你很久。"

鹿鸣于："鹿芊姐带我去了酒廊。"

鹿秋良盘玩橄榄核的手一顿："酒廊？"

鹿鸣于点头："嗯，我提前回来了，她还在喝。"

鹿秋良："你喝酒了吗？"

鹿鸣于再次点头："喝了，鹿芊姐让我敬酒。"

主厅内的空气骤然一凝，他抬眸而来，问："敬谁？"

鹿鸣于："郝家公子。"说完，她清楚地看到大伯额头上青筋暴起！

鹿秋良声音却没什么变化，问："谁送你回来的？"

鹿鸣于："打车啊。"

鹿秋良盯着她："那辆车很响？"发动机的轰鸣声离大门这么远都能听见！

鹿鸣于："是有辆跑车开过去，这里豪车不是很多？"话音刚落，外面忽然传来一阵超跑的鸣响——门口处，段休冥重新启动车辆离开。

鹿秋良放缓了情绪，道："上去吧，抄两遍《女诫》。"

宅子在西子城豪宅区，这个时间点，富家公子小姐们的夜生活刚刚开始，有跑车经过倒也不奇怪。

鹿鸣于："知道了。"

她快速上楼，进房间，先将手机藏起来，然后静等。

一楼大厅——

"笃笃……"鹿秋良敲了敲桌子，管家王奇出现，将一个平板电脑递上。

鹿秋良喝了口茶，翻看着平板电脑上的监控录像。不知有意还是无意，车没停在监控范围内，只有鹿鸣于独自走来开门的一幕。他将平板电脑放在一旁，拿出手机打了通电话。

酒廊私人车位处,詹祥在门口等他的备用机送过来,手机还没到,他就听到那辆超跑的轰鸣声越来越近,暗夜绿的跑车一个甩尾,稳稳当当停在了车位上。他一脸蒙地看着段休冥开门下车,大步而来,将车钥匙抛还给他。

詹祥接过钥匙:"这么快!就真直接送回家了?你俩没去吃点什么,或者散散步吗?"

段休冥脚步不停:"监控翻出来给我看下。"她好端端地问什么监控,必然有问题。

詹祥一愣,笑道:"有件事我正要跟你说呢。"

第四章
情侣手机

半小时后，鹿家一楼大厅爆发了争吵。鹿芊被一个电话叫了回来。鹿鸣于没下楼，依旧在三楼小房间，直到激烈的拍门声响起。

"你给我出来，鹿鸣于！"杜文馨在大吼。

鹿鸣于充耳不闻。杜文馨砸了一会儿门后，去找来了钥匙，将反锁的门打开。

"你出来！"大伯母疯了一样来抓她。

鹿鸣于被拽了一把，一下子撞到了床脚，没站稳，又重重地往旁边墙面一倒。杜文馨还在生拉硬拽，惯性使然，鹿鸣于狠狠撞在了墙面上。右肩膀传来阵痛，紧接着，整条右臂开始痉挛，她额头上瞬间溢出密密麻麻的汗珠，痛到无法发出声音！在鹿家生活的十年，她不被允许做任何运动，常年保持静态，身体养得异常差。体魄上就是废物，随便来个人都能打死她。

杜文馨用力拉扯，让她受了伤，但杜文馨不管，硬拉着将她拖下楼，推到了鹿秋良面前。

大厅里的气氛很焦灼。鹿芊在哭，满脸的愤怒和委屈；鹿霖也在场，皱眉站在一旁；鹿秋良则是坐在茶桌后，温文尔雅地喝着茶。

杜文馨怒喝道："来，对峙！看看到底是谁在说谎！"

鹿鸣于揉着自己的右肩膀，看着眼前这四个神经病。

鹿芊大喊了起来:"爸爸,那只是私下聚会,包场的!没有乱七八糟的人,大家都认识啊!"

鹿秋良看了一眼:"你让她陪酒?"

鹿芊:"什么陪酒?不要说得这么难听!郝路生过来敬酒,总不能拒绝吧?那可是郝家公子,而且她没有喝酒!"后来她特地去看了,那一堆颜色相同的酒杯里装的根本不是酒,是果汁!

鹿鸣于:"我喝了。"

鹿芊大怒:"你放屁!你喝的是徐素月给你的果汁!"

鹿鸣于:"要不测一下酒精?"

鹿芊看到她的反应,气得要疯,大喊:"你私底下喝了对吗?一定是你在跟贺松消失的那半小时里喝了!"

鹿秋良忽地眯起眼,看了过来。

鹿鸣于平静道:"我说过了,贺松跟酒廊老板一起,我在一个人待的那半小时里没有喝。"

鹿芊:"你撒谎!你这个人就是满嘴谎话!"

鹿霖盯着鹿鸣于,问:"你别撒谎,说实话,你跟贺松是怎么回事?"

鹿芊冷笑:"半小时,干什么都够!"说着,她拿出手机,将照片放了上来,"你们自己看,她就是跟贺松单独在一起的!"

照片里确实拍到了鹿鸣于跟着贺松一前一后离开。

杜文馨双手抱胸看向主位:"老公,你好不容易养出来的大家闺秀,跑出去跟一个陌生男人消失半小时,真是够随便的!"

鹿秋良脸色瞬间难看起来,怨毒的目光打在鹿鸣于身上,上下不停地扫视。鹿鸣于很沉静。

鹿秋良看向鹿霖:"去要监控。"

鹿霖点头后起身离开。

鹿芊不怀好意地看向鹿鸣于:"等死吧!"

鹿秋良看着两人,手中盘着橄榄核道:"芊芊在这里等着,鸣于回房间。"

杜文馨:"凭什么让芊芊在这里干等,让鹿鸣于回房间?到底谁是你的亲生女儿啊?"

鹿秋良声音没什么变化,唯有眼眸中的火即将喷发:"鸣于回房间抄《女诫》,两遍,鹿霖回来前抄完。"

暴风雨来临前的宁静。杜文馨冷哼了一声,没再说话。

鹿鸣于回到三楼,坐于书桌前,拿出纸开始抄。但她的手在颤抖,撞到的右边整条手臂都很疼,于是她换了左手抄写,一千六百字,两遍是三千多字。只是……她左手写的字与右手截然不同。十二岁以前,她一直是左手画画,左手写字。她是个左撇子。

不知道鹿霖几点回来,大伯给了确切时间,就必须抄完,否则还没拿到视频,暴风雨就会提前来临,并精准地落在她身上!大伯发起疯来不会管什么真相,他此时的怒火已经到了一个临界点。他就是个疯子,她必须写得很快才行!

几十分钟后,鹿鸣于放下笔,鹿霖还未归来。她起身,看了眼紧闭的房门,然后拿出枕头下藏着的手机。

徐素月果然给她发信息了,但因为消息太多,鹿鸣于没办法逐条细看,只快速扫了一眼,是说鹿霖冲到酒廊要监控的过程。她退出聊天框,又看到了另一条未读信息,来自二十分钟前。

段休冥:别怕。

鹿鸣于看着这条信息,平静地将手机塞回去,拿起抄好的几张纸下楼。

一楼大厅内,气氛很压抑、沉闷。鹿秋良在喝茶,不断盘玩着手中的橄榄核；杜文馨一脸冷色，坐在旁边沙发上一声不吭。鹿芊则是低着头，面带焦虑，父母这么长时间都没有交流，压抑感让她浑身不舒服！

鹿鸣于出现，打破寂静："我抄完了。"

鹿秋良并未抬头，声音温和："拿给我看看。"

鹿鸣于起身走过去，将那几张纸递上。

鹿秋良看了一眼后，"啪"的一下将那些纸全部扔在了鹿鸣于脸上，纸张飞舞，散落一地。鹿秋良没再看她，也没有说话，就这么把人晾在了一边。极致的羞辱！

整个大厅都肃然一静，笼罩着无比窒息的氛围。鹿芊看到这一幕原本很高兴，可一抬头看到爸爸的脸，又惊恐地低下了头。很可怕，像是要杀人！

杜文馨站起来走过去，将地上的纸张拿起来看，然后冲着鹿鸣于怒斥："你写的什么东西？不是告诉你以后不许写草书吗！"

鹿鸣于语气淡然："我肩膀受伤了。"

杜文馨道："那也不能写草书，这不是你该练的字体！家里教的你什么？出去玩了三个月把自己的姓都忘了？"

鹿鸣于："大伯母，你刚刚把我拖下楼的时候，我右手撞到了，现在不能握笔。"

鹿秋良终于看向她，然后又看向杜文馨。

杜文馨嘲讽道："那可真是娇贵啊，拉一下就受伤了，还真是个深闺大小姐！"

"笃笃！"鹿秋良敲了敲桌子，管家走上前询问。

鹿秋良："明天带二小姐去医院。"

他没有说立即去，而是拖到明天，因为今天晚上的事没有解决，这也代表着他此时的火气已经濒临爆发！

鹿芊盯着地上的那几张纸，看着那些龙飞凤舞的草书字体，脸色一寸寸扭曲起来！

十二年前，祖父还在世时，鹿家办寿宴。才十岁的鹿鸣于由父母带着来到西子城。那是小叔离开鹿家后第一次回来，带着妻女。寿宴很隆重，来了很多名人。鹿鸣于现场写了幅草书贺寿词祝福祖父，还是狂草！那些老家伙如获至宝，围着把她夸出了花！当时他们是怎么说的来着？

"笔势有力，灵活舒展！奔放雄伟，帝王气象！"

"才十岁就能写出这样的气势，起点太高了，将来必然是名家！"

"女孩子练草书，厉害！"

"什么？你还会画画！是国画吗？天才啊！"

"小野，天赋要好好用，记得将国学发扬光大！"

"这么小的孩子国学天赋如此好！这就是文化复兴，文化自信，国学走向世界！哈哈哈！"

…………

那场寿宴，鹿家大小姐的光环消失了，没有人注意她，众人只在乎鹿二小姐。

鹿鸣于会画画，会书法。她不乖巧，不是大家闺秀，甚至还很调皮，但她就是讨那群老家伙喜欢！人人都说她有个性，祖父更是夸她写的字张狂锋利，画的画大气恢宏！鹿芊委屈地想找祖母，可祖母在向人介绍在妖都上学的小孙女，一脸骄傲。

鹿芊永远忘不掉鹿鸣于那天的笑容，忘不掉鹿鸣于向众人自我介绍时的自信，以及那双璀璨如星辰的眼睛！

"我叫鹿鸣野！今年十岁！"

这一切的一切，都让鹿芊嫉妒得快疯了！

不久后，鹿霖回来了，带着监控视频。

鹿秋良抬眼看来："放。"

鹿霖将视频呈现在父亲面前。杜文馨立即走上前查看，鹿芊从回忆里出来，也上前一步。

监控有两段。第一段，贺松带着鹿鸣于到了一扇门前，鹿鸣于站在门外发呆，贺松没跟着，与另一名男子交谈了起来。鹿鸣于发了很久的呆，然后转身走进室内，去酒柜帮徐素月找果酒。之后就是她与徐家兄妹汇合的场景，鹿芊就在旁边。

事实已经足够明朗了，贺松和鹿鸣于甚至都没有什么话，更别说长时间在一起了。

看到这里，鹿芊脸色很差，鹿秋良则是面容舒缓了很多。杜文馨和鹿霖都没什么情绪，默默地打算继续看下去。鹿鸣于却一愣，她发现监控的时间被修改过，内容也有变化。

贺松锁门的那段怎么消失了？还有，她在门外时根本没有站着没动那么久，而是与段休冥交谈了近半小时。但在监控里，她压根儿没有离开过那扇门附近！

此时，第二段监控视频开始播放，这次有声音。只见郝路生走来，递上两杯酒要跟鹿鸣于喝，还用一种不太好的眼神上下打量她。鹿鸣于拒绝，说自己不胜酒力。鹿芊接过那杯酒，强势地塞到了鹿鸣于手中，画面里响起了鹿芊的声音："快点喝，一会儿再去主动敬郝少一杯！"

鹿鸣于接过那杯酒喝了。至于徐素月崴脚把酒杯打翻又换果汁的事，视频里完全没有，而那杯酒和果汁的颜色一样，看上去没有差别！

鹿芊惊呆了，大喊："不！不是这样的！这视频是假的！"

鹿霖有些失望："鹿芊，声音都有，你怎么一直在骗人？"

鹿芊："我没有骗人，这视频修改过了！"

鹿霖摇着头："我去酒廊只周旋了十分钟，他们总不可能提前改吧，预知啊？十分钟里能改什么？深夜去哪里找人改？"

鹿芊："真的改过了，你相信我！"

鹿霖："你不要再撒谎骗人了！"十年前的那次也是这样。

杜文馨却满不在乎地说道："喝了就喝了，这有什么，不就是一杯酒？"

话音刚落，鹿秋良站了起来，"啪"的一声，将橄榄核手串扔在了桌上。鹿芊眼中满是恐惧，想道歉求饶。但鹿秋良直接走上前，抓住她的头发，将她拖行至旁边一个没有窗户的小房间。房门闭合，里面传来恐怖的殴打声和哭喊声。

杜文馨冲过去拍门："鹿秋良，你这个疯子！放了我女儿！你疯了！"

鹿霖也有些慌，但他知道这时候千万不能再惹爸爸，于是赶紧上前拦人。爸爸在气头上时，连妈妈也会打！

一片混乱中，鹿鸣于走到茶桌旁，取了个干净的新杯子，给自己倒了杯茶。饮尽，她抬脚回到三楼房间。将门反锁后，她拿出那部哑光黑的手机。有未读消息。

段休冥：还好吗？

鹿鸣于看着这条信息，用左手打字。

鹿鸣于：都好，谢谢。

她有些惊讶于对方的敏锐和高明，但没去问怎么做到的，赢了就行，这波操作堪称与时间赛跑。

段休冥：你姐姐欺负你？

看到这条，鹿鸣于没忍住，笑了出来。刚来鹿家的时候她不清楚情况，确实被鹿芊欺负得好惨。但现在……一楼大厅的打骂声还在继续，惊天动地！

鹿鸣于：谁欺负谁？

对面诡异地沉默了，只有"正在输入中"五个大字挂在最上方，过了好久才跳出新的消息。

段休冥：广府菜吃不吃？明天晚餐，我来接你？

后面跟着一个餐厅定位。

鹿鸣于：明天不行，要乖几天。

大伯刚发完火，她不能在这个节骨眼儿上跟人私会，而且明天她还要去医院看伤。

段休冥：还真是"乖乖女"啊？你都二十二岁了，啧……

他还加了个引号，带着些调侃的意味。

酒廊的私人包厢内，段休冥放下手机，心情不错。身旁是收拾了东西准备离开的两名技术人员。詹祥将两人送出去，回来时表情很无奈。

段休冥："你这是什么表情？"

詹祥耸了耸肩："无语呗！冥哥，你说鹿家到底什么情况？就这么点小事，她哥大半夜跑来要监控视频。"

段休冥也皱起眉："麻烦。"束手束脚的，不好追。

詹祥有些不屑地开口："难怪鹿家有没落的趋势，格局太小了，多大点事，闹得跟犯罪一样。"

冥哥也是宠，生怕乖乖女被家里人骂，提前预判，先一步调了技术人员过来，那速度……

詹祥又笑道："不过鹿二小姐在这种令人窒息的环境中长大，怎么性格那么烈？"

段休冥："这点我也没想通。"

次日上午，鹿鸣于坐着鹿家的车前往医院，由管家王奇领着去挂号排队再看伤。鹿芊则由杜文馨陪同，前往萧山一家高端医院，那里专家扎堆，有一流的服务和治疗手段。

从十年前开始，两人就有了这样的生活差距。杜文馨出身世家，杜家与鹿家当年就是联姻，她自然不会让自己的女儿受委屈。大伯鹿秋良从来不管这些小事，他有非常严重的大男子主义。鹿霖同样不管，更不会觉得堂妹受委屈有什么不对，只要亲妹不委屈就行。

鹿鸣于一直在排队，拍完片子取了药后，时间已经来到傍晚。

耽搁太久，中途管家王奇付完钱后，被杜文馨一个电话喊走，鹿家的车也走了。鹿鸣于拿着药独自走出医院大门，来到路边准备打车。

突然有人喊她："鹿鸣于，真的是你！"一个穿着职业装的年轻女子开着一辆小轿车停在路边，摇下了车窗，满脸惊讶。

鹿鸣于很快认出来者："向伊，好久不见。"

向伊拿出手机："高中毕业后我们就没见过，加个微信？"

鹿鸣于点头，用右手指纹解开副系统。

向伊："你也不在群里，我拉你进去？"

鹿鸣于："好。"

向伊又看了眼她，问："你来医院看病啊？"

鹿鸣于："对，撞到手了。"

向伊："没事吧？要紧吗？"

鹿鸣于摇头："小伤。"还好撞的不是左手。

向伊微笑着指了指副驾驶位："上车，一起吃个晚饭？"

鹿鸣于看了眼时间，又想了想王奇和离开的鹿家的车，点头，坐上了向伊的车。

向伊很高兴，与她说着话："我带你去一家很好吃的馆子！再约上毕文涛他们？"

鹿鸣于思索了一会儿，谁？

向伊还在继续说："难得你在，今天一定要聚一个，跟我走，我来安排，都是老同学！"

晚餐时间，向伊将鹿鸣于带到了一家庭院式餐厅，半敞开的营业方式很特别。大门两侧的塑木地板围起矮栏杆，形成了环绕式景观，摆放着室外餐椅。室外的位置不多，但很精致，景色又好。

两人来得早，就先坐在了室外的位置上，隔着栏杆是大片空地，能很清楚地看到周围的风景。没多久，一名男子小跑着过来，坐在了两人对面。他喘着气道："来晚了，不好意思。"

鹿鸣于盯着这人看了好一会儿，还是想不起来。

"晚什么？我俩刚到。"向伊笑着道，"惊不惊喜？看这是谁？鹿鸣于！"

毕文涛点着头，却只是匆匆看了鹿鸣于一眼，然后就低头喝水。

向伊继续笑："这么多年没见，你害羞什么？"

毕文涛狂摆手："我没有，别瞎说！"

向伊看向了鹿鸣于，道："你还记不记得高中时候，毕文涛天天往你座位前凑，一天逛两次，上午一次中午一次。"

"不记得。"鹿鸣于来了这样一句。

毕文涛冷静了不少，道："嗯，那会儿鹿鸣于总是在低头画画或者看书，根本注意不到周围情况。"

鹿鸣于点了下头，确实是。初中高中的六年是她人生中最灰暗的日子，那时候太小，没有自我调节能力，经过一番从天堂跌落地狱的垂死挣扎，她没被搞出毛病就很好了。

她重新看向坐在对面的人，见他长得很清秀，因为是着急跑来的，耳朵有些发红。鹿鸣于手捧茶杯轻抿了一口，还是没想起有关于他的事来。

向伊拍了拍她的肩膀，小声道："没事，就是老同学小聚，你别在意，吃饭就好，这里的广府菜真的很好吃。"

鹿鸣于："嗯。"

向伊和毕文涛明显一直有联系，很熟，话题也多，商量着点菜和聊天，没有冷过场。鹿鸣于偶尔说两句，始终平淡。

点完菜，毕文涛看了她一眼："鹿鸣于还是跟以前一样，好乖，话少，文静。"

鹿鸣于垂眼，哪里乖了？还说她文静。不过话少倒是真的，她要么不说话，要么……

向伊笑道："但还是跟以前一样漂亮。不对，现在更漂亮了！鹿鸣于可是我们高中的校花啊，从高一开始就没有掉下过神坛。"她看向鹿鸣于问，"有没有男朋友？"

鹿鸣于一愣，问到关键了，她道："没有。"没有男朋友，倒是有一个想转正的。

向伊眼神一动，挑眉瞥了眼毕文涛。毕文涛嘴角都压不住了。

此时，台阶上走来一名女子，明显也是来吃饭的，瞥了眼这边后，突然一声惊叫："向伊？鹿鹿？"

被喊的两人同时抬眼，看到了不远处的桑琪，她像是刚下班，还穿着工作时穿的正装。

鹿鸣于冲桑琪点了下头，算是打招呼。

向伊则是惊喜地起身："桑琪，你也在西子城？没去魔都啊？"

桑琪微笑："嗯，我来男朋友的城市工作了。"

向伊："跟男朋友吃饭？"

桑琪："没，跟客户约在这里。"

向伊笑向一起吃饭的两人道："我遇到我的大学同学了，去说两句，你俩先聊，一会儿菜上来了不用等我。"

毕文涛："好，你去吧。"

向伊交代完走向桑琪，两人坐到了斜对面的室外餐桌上聊天，距离鹿鸣于这里有些远。毕文涛看向坐在自己对面的人，一时间尴尬得不知道怎么开口。鹿鸣于则低头饮茶，不说话。

这时，菜开始上桌了，毕文涛终于找到了话题。他伸手夹了一筷子："哇，我最喜欢吃这个了，这家的菜真的很好吃！"

鹿鸣于安静地等待他先夹，然后她再夹，并且只夹了离自己最近的。毕文涛吃了一口后，抬眼看了下她，然后微笑。看鹿鸣于吃饭简直赏心悦目，她仪态特别好，一举一动都带着大家闺秀风范。

毕文涛："在西子城，味道这么正宗的广府菜不多，不知道你吃不吃得惯？"

鹿鸣于："吃得惯。"十二岁以前天天吃。

她中午没吃饭，先前又一直在医院排队，都快饿死了，根本不想说话。

这时，身后响起了一阵发动机的轰鸣声。鹿鸣于没回头，鹿宅附近多的是跑车，其实她听得有点儿烦。

毕文涛张望了一眼，想说什么时，看到鹿鸣于平静的脸，最终还是没有开口。他其实想叫鹿鸣于回头看，那辆暗夜绿跑车好帅，但她明显不感兴趣。

詹祥将车停好后，还没开门就看到了不远处的场景。他喊了一声："冥哥。"

坐在副驾驶位的段休冥头也不抬："怎么？"

詹祥斟酌着言辞，道："你一会儿别生气啊。"

"我生什么气？"段休冥觉得莫名其妙，偏头看了他一眼。

这一看不要紧，直接透过驾驶位的车窗，看到了那家餐厅的室外餐桌。一男一女，面对面坐着，背对着停车场的那个女人不是鹿鸣于是谁？

段休冥当时脸就冷了，开门下车，大步朝着那室外餐位走去。詹祥耸了耸肩，也下了车，不过没跟过去，而是跑到马路对面的一家店买馒头包子。他看冥哥这状态就知道，今天这事一时半会儿结束不了，晚饭肯定是没得吃了，他得先垫个肚子。

此时在室外的几个餐位上，除了背对着停车场用餐的鹿鸣于，好几桌的人都安静了下来，有些惊异地看过去。段休冥浑身都带着劲，他本就高大，配上那张冷脸就更显锋利，像个气宇轩昂的大将军，大步而来时杀气腾腾。他没看鹿鸣于，就盯着坐在她对面的那小子。可以，敢挑衅他！他昨天刚给她发过定位，她拒绝了，转身跟其他男人来这里，还单独吃饭！拒绝他的理由是什么？要乖几天。她管这叫乖？这男的是谁？比他帅还是比他高？

向伊和桑琪同时看向对面，两人都双眼一亮，发了会儿愣。桑琪虽然去过那家酒廊，但没见过段休冥，这会儿跟着向伊一起看热闹。

段休冥长相帅气，外在条件优越，但他不爱笑，杀气外露时让人注意不到他的容貌，只能感受到那股凌厉感。毕文涛也在看段休冥，因为这人直奔他而来，让他根本忽视不了。

这时，桑琪等的人到了，那客户匆匆而来，倒是没注意到另一边的情况，打了个招呼就落座。向伊起身，走回自己的餐桌。等到她在鹿鸣于旁边的位置落座时，段休冥已经站在了鹿鸣于身后。

向伊人都蒙了，可接下来的一幕让向伊和毕文涛更加傻眼，只见刚刚还火大无比的男人突然气势一收，凶煞感消失，只剩下单纯的帅。然后他就站定在那儿不动了，像是在思考着什么。毕文涛的脸抽了一下，刚刚他差点儿以为这人要冲过来揍他！

向伊还在看着段休冥。一来是他真的很好看，长得跟男明星似的，二来是她真的感觉很莫名其妙！

鹿鸣于专注用餐，什么都不在意，把所有人当空气。直到身后亮出一个响指声。鹿鸣于微愣，感觉有些熟悉，便回头看了一眼。段休冥此时就趴在她身后那塑木栏杆上，距离她只有一米。鹿鸣于在他脸上看到了一些很复杂的表情。她放下筷子，感到诧异。他怎么在这里？怎么又遇上了？好巧。

段休冥抬了下手，想说什么，但眼神扫过毕文涛和向伊时，又突然改了口问："吃饭？"

鹿鸣于看了眼自己的餐盘，又看了眼餐桌，桌上五道菜，已经开吃了。不吃饭，还能来干吗？她点头："嗯。"

段休冥短暂地垂下了头，继而提醒她道："这餐厅我昨天给你发过定位，有印象吗？"

鹿鸣于反应了过来，对，广府菜，她拒绝了他，说要乖几天，结果转身就跟高中同学在这里吃饭，有点儿尴尬。

段休冥一看她这表情就知道了大概，他又扫了眼坐在她对面的毕文涛，心情依旧不好。这小子用什么眼神看她呢？

"这是个巧合。"鹿鸣于试图解释。

鹿家管家付完钱就把她扔医院不管了,她也没想到会在门口遇到高中同学,而且她没吃午饭是真饿了,就跟着向伊来到了这里。

段休冥点头:"手机拿来。"他信这个巧合,但具体怎么会这么巧,他等会儿要问个清楚。

鹿鸣于看了眼桌上那部哑光黑的手机,把它拿在手中,回看他。

段休冥手很长,直接从她手上夺过手机。鹿鸣于也没反抗,这手机本来就是他的,卡也是。但下一秒,段休冥将自己的手机递上,塞到了她手里。

鹿鸣于一脸问号,什么意思?他把两人手机互换了一下,卡不换?

段休冥手指点了点栏杆,说话时神情平淡:"密码是'乖乖女',有事打你自己号码,我在车上等你。"话落,他转身走向那辆暗夜绿的大牛。

他没扣人,就让她在这儿继续吃,但扣了手机!

鹿鸣于倒是淡定,回身将段休冥的手机放在桌上后继续吃饭。但同桌的向伊和毕文涛已经惊呆了!这是什么操作?互换手机来扣人这招是怎么想出来的?还告知密码?惊得他俩一时间都说不出话了。

远处正在跟客户聊的桑琪也看到了这一幕,暗自吃惊。她不认识段休冥,但认识那辆车,哪怕车停得远,看不太清楚,她也能一眼认出来。毕竟暗夜绿的车极其少见,整个西子城就没见过第二辆。

桑琪去过酒廊几次,每次都能看见那辆车,又听男友徐文俊说,这辆车的主人是酒廊老板詹祥。徐文俊给她看过詹祥的照片,刚刚那位不是。所以他是谁？为什么开着詹祥的车，还跟鹿鸣于认识？

段休冥回到车旁，詹祥也提着馒头包子回来了，他歪了歪头，震惊出声："欸？"什么事都没发生？冥哥刚那状态明明要杀人。

段休冥抬了下手："给我。"

詹祥看了眼自己手上的东西："冥哥，你说的不会是这些馒头、包子吧？"

段休冥："嗯。"

詹祥无语地将东西都递上，站在旁边。

段休冥打开车门，坐上驾驶位："车钥匙也给我。"

詹祥掏出车钥匙递上后，更无语了。段休冥就这样敞着车门等。詹祥看着他，道："冥哥，我得提醒你一下，你最近情绪波动有点儿大，忽高忽低的，注意点。"

段休冥没什么表情："你可以走了。"

"好嘞。"詹祥走得很爽快。

段休冥则坐在车内思考起来，他最近情绪不稳定？

餐桌前，向伊终于从震惊中回神，看了眼还在不急不缓地用餐的鹿鸣于，又看了眼桌上的手机，结巴着问："你还……还吃饭呢？"

鹿鸣于抬眼道："我过来不就是为了吃饭吗？"

向伊点着头："你也太淡定了，换我肯定坐立难安。"

毕文涛深吸一口气，问："鹿鸣于，刚刚那个人是谁啊？"各方面条件实在优越，让人有些自惭形秽。

很明显那男人冲过来时是误会了什么，一脸要干架的样子，但向伊落座后他又快速察觉到了是误会，所以直接收势。这换手机的举动也太亲密了，两人之间已经到了可以告知密码的程度了？这让毕文涛感觉很不舒服！

鹿鸣于想了半天，不知如何作答，便回了一个字："人。"

毕文涛："啊？"

向伊笑了出来："他是人？这回答，哈哈。"

毕文涛又继续问："他是你什么人，男朋友？"说着，他往远处看了一眼。

那辆暗夜绿的大牛就敞着驾驶位的车门，剪刀门有视线格挡，还离得远，看不清男人在做什么，只有一条长腿随意地搭在车外的地面上，彰显着主人优越的身高和比例。那人也不吃饭，就在那儿等着。

向伊："鹿鸣于刚刚说没有男朋友。"

鹿鸣于："嗯，还不是。"不是，但多一个很微妙的"还"字。

向伊懂了，笑道："那我们快吃吧，别让人等久了。"

向伊不觉得奇怪，鹿鸣于实在太漂亮了，貌似家境还很好，追她的人有这个实力很正常。拉风的大牛再加那外形条件，其他人一点儿竞争力都没有。早知道不喊毕文涛了，是她唐突了。

毕文涛心里不是滋味，问："你们认识多久了啊？"

鹿鸣于："三个月。"

毕文涛皱起眉，道："鹿鸣于，三个月太短，没法深入了解一个人！你刚刚背对着，没看到他冲过来的样子，要打人一样，他有没有暴力倾向啊？"

鹿鸣于语气平静："他有没有我不知道，不过你管得有点儿多。"

她体能很差，杜文馨随便一撞，她就得去医院拍片配药。段休冥明显是常年健身，两次都是单手把她扛起，但无论是在什么情况下，他都没弄疼她。

毕文涛一下子无比尴尬。向伊笑着打圆场："好了，都四年没见了，再重逢不容易，别聊这些啦！"

三个人点的菜有些多，吃到快结束时还剩下一半。

毕文涛给向伊夹菜："多吃点。"

向伊："谢谢，不过我吃不下了。"

毕文涛又给鹿鸣于夹："来，吃这个，这个好吃。"

鹿鸣于看了眼自己的餐盘，又看向对面的人，她也吃不下。

毕文涛还在给人夹："你俩太瘦了，多吃点。"

向伊犹豫着说道："还有人在等呢，你也吃饱了吧？"

毕文涛看着桌上的菜："再吃点，太浪费了，浪费可耻。"

向伊点着头："下次少点两道。"

鹿鸣于看了眼，道："打包吧？"

毕文涛皱起眉，这话他反驳不了。

向伊动了动身："我去买单。"

毕文涛抢着起身："别别，我来！怎么能让女生买单？"

鹿鸣于捧起茶杯喝茶："谢谢招待。"

毕文涛心情很糟糕，笑了一下没说话，进去结账了。

向伊冲着鹿鸣于眨了眨眼睛："你准男朋友还在等你，你先过去吧。我在这儿等毕文涛，以后常约？"

准男友？鹿鸣于点头："好。"

等到毕文涛结完账出来时，门口只剩下向伊一人。

鹿鸣于走向那辆车，还未靠近，段休冥就从驾驶座上下来，绕到另一边给她开门，护着她坐稳。

他脸色还是不怎么好。鹿鸣于系安全带时抬头看了他一眼，他冷着脸，一把关上门，"砰"的一声，紧接着快速上车，启动。

这一幕被向伊和毕文涛捕捉到，两人的心情完全不同。

向伊："好绅士啊！哈哈！"

毕文涛："一看就是暴力男，脸色那么冷！"

向伊："没有吧？可能就是不爱笑？"

毕文涛："你们女的是不是都三观跟着五官跑？"

向伊都不知道接什么好。

车上，鹿鸣于看到中控处放着几个几乎已经凉透了的包子，有一个咬了一口。

段休冥开车时也不看她，目视前方的道路，冷声问："现在跟我解释一下，怎么个巧合法？"

鹿鸣于："你态度好点。"

段休冥深吸一口气，在一个红灯时扭头看向窗外。他叹了一声："服了。"

鹿鸣于观察了他一会儿，旋即解释："真是巧合，我在医院门口遇到了高中同学，就被带过来了，我也不知道正好是你昨天推荐的这家店。"

段休冥倏地看过来："你去医院干什么？"

鹿鸣于晃了晃手中的药："手受伤了。"

"受伤？"段休冥皱着眉看了眼那药，又观察了几秒她的手臂，直接掉头换了个方向，"去我那儿，我那儿有治筋骨受伤的特效药。"

鹿鸣于的目光停在他的脸上。

段休冥还在皱眉："你遇到的是男同学还是女同学？"

鹿鸣于："有什么区别？"

段休冥："女同学就算了，男同学我想揍人。"

鹿鸣于:"你有暴力倾向?"

段休冥冷哼一声,音量也大了起来:"有!非常有!"

鹿鸣于看着他,不说话。

段休冥扭头看了她一眼:"所以你遇到的是男同学?你跟男同学走了?单独?啊?说话!鹿鸣于!"

鹿鸣于:"你……"

段休冥又皱了下眉:"我怎么了?"

鹿鸣于:"你是我什么人,管这么多?"

段休冥一口气差点儿没提上来:"你说得有道理,我无力反驳。"

鹿鸣于继续问:"是男同学呢?"

段休冥眼神一冷:"我先把你送到我那儿,然后回头去揍他!"

鹿鸣于:"不揍我?"

段休冥:"我揍你干什么?神经病!"

鹿鸣于看向了窗外:"是女同学。"

段休冥神情瞬间放松:"那没事了。"

鹿鸣于:"你没吃饭啊?"

段休冥又是一声冷哼:"吃个鬼!本来是跟詹祥来这儿吃的,被你气饱了。"

谈话间,车开进了一处高端公寓停车场。段休冥停好车,绕过来替她开门,扶着她下车,随手在她两臂上按了下,问:"右手?"

鹿鸣于点着头:"你怎么知道?"

段休冥:"我从小就接触这些。"他带着她走进电梯,按了个楼层。电梯内只有他们两人,很安静。段休冥忽然反应过来什么,瞥了眼身边人:"你也是敢上来。"

鹿鸣于扫了他一眼,镇定自若:"段少,之前的事如果你忘了,我可以帮你回忆。"

段休冥:"行……"

"叮——"电梯抵达楼层。段休冥开了密码锁后,抓起鹿鸣于左手的一根手指摁在上面,录入指纹,目光扫过她的咽喉:"以后记得常来。"

鹿鸣于抬眸:"你为什么盯着我的致命部位?"她是学画画的,对人体有一定的研究。

段休冥面不改色地又扫了眼:"想吸一口尝尝,上次没试。"话落,他拉着她走进去。

公寓很宽敞,透过落地窗能直接看见外面的湖景。

段休冥指着沙发:"坐,把上衣脱了。"说完他就转身去拿药。

鹿鸣于坐着没动,内心感到怪异。

段休冥拿了药回来,观察着她:"稀奇,你也会在意这个?"

鹿鸣于看着他,依旧没动。

段休冥放下药,上前单手拎起她的衣摆往上一拉,另一只手按着她不让她动弹:"以前不都是你主动?"他似是嘲讽,又低语了一句,"再说了,我哪儿没看过……"

鹿鸣于没吱声,将右边肩膀对着他。他用温热的手掌将药抹在她的受伤部位,然后用指腹按压她的穴位。一开始很疼,但过了一阵后,疼痛感很快减轻。

鹿鸣于突然问:"你平时都这样对女孩子?脱人家衣服上药什么的。"

段休冥瞳孔骤缩:"你是真能乱猜!"

鹿鸣于:"你表现得太自然了。"

段休冥的音色有些变了:"你受伤了,我又不能把你怎么样。"

鹿鸣于偏头,用余光看向身后:"你是不是定力很好?"

段休冥:"不然我混什么?"

鹿鸣于:"那你还同意?"

段休冥:"这是我的选择,跟定力有什么关系?"

鹿鸣于蹙眉思考着。

段休冥上完药,又用两指捏了下她的骨头:"你从来不锻炼身体?"

鹿鸣于:"十二岁以后就没有大幅度运动过。"

段休冥眸色加深:"你要不要锻炼下?"

鹿鸣于转移话题:"好了吗?"

"没有。"段休冥开口,指着她的小腿,"裤腿往上提,你自己来还是我来?"

鹿鸣于看向他时,眼底闪过一抹惊异。段休冥停顿了会儿,直接上手,将她的裤腿挽起至膝盖处,一大块青紫顿时呈现在眼前。他边说边开始涂药:"不是跟你说过了?我从小接触这些,对动作细节很敏感。"

鹿鸣于感受着他的手,问:"你很能打?"

段休冥点了下头:"我都不敢用力,怕你骨头碎了。"

鹿鸣于看着他揉着自己受伤的部位。

"好了。"他松了手,帮她把衣服整理好。鹿鸣于在沙发上静坐,段休冥从旁边递来一个手机:"新的,跟我的那部一样,顶级防追踪。"

手机是磨砂白的款式,很明显与哑光黑的那部是情侣款。

鹿鸣于眼神古怪,段休冥比她更古怪:"你这是什么眼神?还是说你想继续用我的那个?我都行。"

鹿鸣于想了想,问:"防追踪……也防你吗?"

段休冥:"不然呢?你问这个干什么,想背着我找男人?"

鹿鸣于一言不发。

段休冥凝眉:"说话,鹿鸣于!"

鹿鸣于:"不找,白色。"

那款哑光黑的色彩太硬朗了,虽说颜色与性别无关,徐素月也用过这种酷酷的颜色,但鹿二小姐不行,被鹿家人看到又是麻烦。有过一次离家出走的经历后,鹿家的手段必然更上一层楼,她真的很需要防追踪和信息加密这些功能。

段休冥看了她一眼,帮她换了卡。递上磨砂白的手机后,他又将那款哑光黑的手机格式化,重新启动。鹿鸣于一直静静地看着他,带着洞察的意味。

他很怪,与她认识的所有人都不一样,是她从来没有见过的类型。脾气很大,但能控制,体格力量惊人,依然能控制,甚至连定力也能掌控自如。是否正如他所说,一切都是选择?

段休冥搞定了手机,一抬头就对上了她的目光。他一时间没动,也没避开,就这么专注地与她对视。他的眼神很有穿透力,很直接,眼眸颜色的变化清晰地告诉她,他现在想做什么。

鹿鸣于率先挪开了目光。

段休冥还在看她,开了口:"放一百个心。"

鹿鸣于忽然迎向那双眼睛,问出了一句很挑衅的话:"如果我用这部手机玩消失呢?"

段休冥抿唇,问:"你确定?"

鹿鸣于温和地看着他:"问问,好奇。"

段休冥冷笑:"你可以试试。我能找到你两次,就能找到你三次、四次……我追你,你可以拒绝我,但我用不着这些手段。"他很自信，底气十足，所以人也张狂。

鹿鸣于不再去看他，俯瞰着落地窗外的湖面："你真是个奇怪的人。"

你才奇怪吧，鹿鸣于？段休冥眼神专注："原话奉还。"

落日的余晖照得湖面上波光粼粼。鹿鸣于极少看到这样的景观，在高处俯览大地和湖泊，这让她很喜欢，站得高，看得远。

段休冥看了眼时间，问："送你回家？"

鹿鸣于没有回应，依旧看向窗外。

段休冥："天黑你就走不掉了，我会吃掉你。"

鹿鸣于终于回头，扫过他的眉眼。此时他的眼神带笑，很明显刚刚是开玩笑吓唬她玩的。暮色降临，光线让他锋利的棱角柔和了些许，或许是常年锻炼的原因，他身体很好，眸色发亮，跟她截然相反。

鹿鸣于起身，拿上药和手机往门口走。段休冥在她身后哼了声："没良心的，这么不信任我？"

"嗯，我是白眼狼。"鹿鸣于说着，又道，"别送到家门口，马路边就好。"

段休冥沉思了一瞬，问："是担心车子的声音响？"

鹿鸣于点点头。段休冥转身去拿了另一把车钥匙过来："换辆车送你，那车被詹祥改过了，所以声音比较响。"

第五章
暗脉少主

回到鹿家时天已经全黑了。段休冥再次将车停在大门侧面，问："是这样吗，乖乖女？"声音也放低了。

鹿鸣于点头，解开安全带。她发现很多事不用跟他说得太明白，甚至不用说，他就能懂。

下车前，段休冥又叫住她："记得下回要跟我吃饭，单独。"他的眸光在夜色中也很明显。

"好。"她轻声应着。

回到鹿家，鹿鸣于拿出手机，给徐素月发信息。

对面很快回复：我哥什么都没说啊，他现在就在我旁边，真的什么都没说，什么跟什么啊？你遇到什么事了？

鹿鸣于：我遇到桑琪了，她看到了我一些事。

徐素月：那看来桑琪什么都没跟我哥说，或者还没来得及说，要不要我试探下桑琪？

鹿鸣于：这太明显了，此地无银三百两。

徐素月：那我摁住我哥！他就是个蠢蛋！放心吧！

鹿鸣于并不放心。她不知道桑琪看到了多少，又会跟徐文俊说多少。鹿秋良随便套两句话，徐文俊就会全部交代出来，到时候她会面临什么？

手指轻敲着磨砂白的手机背面，鹿鸣于开始思考另一个问题：段休冥……是什么人？力量控制度精准到恐怖，智商也不低，在某些方面的敏锐度惊人,应当是特别培养过才练出来的。他的公寓能俯瞰整个湖景,看上去不是租的。每平方米单价超二十万的两百平方米的公寓,总价四千多万,但只有四十年产权,不是有钱到没处花的人不会买。

不只是钱的问题,关键还是这部手机。什么叫顶级防追踪,信息加密?还有那处湿地,在湿地林中开酒廊……他怎么拿到的审批?来自香江,姓段……

这部手机可以直接连外网,鹿鸣于打开了香江网站,开始搜索他的名字。没搜到。她又开始搜香江段氏,页面中跳出来大量新闻——

> 暗脉少主手段惊人,逼宫段氏继承人!
> 三十五岁继承人段立青吐血演讲,斥责暗脉暴行!
> 段氏明暗两脉大战进入最后阶段!
> 大量段氏旁支被迫表态,或将卷款避难。
> 段氏底蕴惊人!海外、内地多处豪宅售空,买家竟都来自离港的段氏旁支。
> ……

香江段家,那个主攻海外的世界级豪门?她不太懂这些,鹿家也没让她接触过世家豪门什么的,所知道的信息都来自徐素月。徐素月以前跟她科普过,顶级豪门的核心成员,出行应当是豪车列阵,保镖成群,卡道变阵,强势封路……

鹿鸣于点开一个视频,是段氏继承人段立青的演讲。很明显这位是一名儒商,西装革履,目光温和收敛。此人的儒雅与鹿秋良完全不同,不是什么刻意伪装,气质全来自眼神和气场,修养从内而发，举手投足之间带着松弛的贵气。对比之下，鹿秋良还不如别装了。

鹿鸣于沉默了一下，香江的新闻标题都好炸裂，什么吐血演讲，她完全没看出来这位先生有吐血的迹象，他始终保持着贵族的仪态，显得从容不迫，不过言辞很犀利，称得上是痛批。看来这位继承人对暗脉的暴行已经忍耐到了极限！

鹿鸣于又看了其他信息，最终找到一份段氏家族成员的列表。没有"段休冥"这个名字，但在长长的名单中，她翻到一个名叫"段休止"的人，在很不起眼的位置，像个边缘人物。是旁支？那段休止跟段休冥是什么关系？会不会是兄弟？他说过他是段二少，那段休止是他哥？大少爷是边缘人物，二少爷上不了族谱，段休冥不过是没有继承权的旁支次子，那高端公寓是用来避难的？

鹿鸣于手指轻敲着手机边缘沉思，她感觉有点儿怪，这到底是张烂牌、王牌，还是王炸？

她关闭网页，解锁手机的副系统。一大堆消息迅速跳出来，有来自各世家的，也有来自高中同学的，她被海量的信息炸得头疼。

向伊：今天很抱歉，下次跟你出来不会喊毕文涛了，他平时真的不这样。

鹿鸣于：其实我没想起来他是谁。

向伊：噗，离谱！哈哈。不过你男朋友真的好帅，身材也太好了！哦，不对，准男友，他是干什么的？

鹿鸣于：不知道，纨绔子弟吧。

她没见过段休冥干正事，没见过等于没干。

向伊：周末有个同学聚会你来吗？

鹿鸣于：不去了，我不熟。

向伊：好。

之后的两天鹿鸣于很安静，没惹事，也避开了那四个神经病。段休冥给她的特效药很好用，伤好得很快。

这天晚上，她静悄悄地打开房门下楼。现在鹿家应该没人，她想再试试。鹿鸣于来到通往后院的那扇门前，见门上依旧上着好几把锁。透过月光，她只能看到半截长廊，再往里就什么都看不清了，奶奶常年被锁在这个后院里。

忽然，鹿芊的声音在身后响起，带着不怀好意的笑："鹿鸣于，你老实交代，监控到底是怎么回事？"

鹿鸣于回身，皱眉，这堂姐什么时候回来的？

此时，鹿芊手中举着一条女士皮带，带着压迫的气势。

鹿鸣于扫了眼她的手，问："你挨了那么久的打，伤已经好了？"

鹿芊面目狰狞："你还敢问？我会在爸爸回家前打死你！"话落，她猛地将手中皮带抽了下来，"啪"地一声。

鹿鸣于快速一躲，但还是被一端抽到了大腿，剧痛袭来，她抬眼，见鹿芊已经第二次扬起手，又狠又暴力！鹿鸣于快速往大厅里跑，不断躲避这个疯子的追击。突然，她绕到了鹿秋良的茶桌旁！鹿芊紧追不舍，见她停下，毫不犹豫地一下抽了过来。

鹿鸣于的手心里满是汗，在对方扬起手的刹那往旁边一闪。

"啪！哗啦啦——"茶桌上的紫砂壶瞬间被抽翻在地，摔得稀碎。大伯盘玩的那些橄榄核等文玩也稀稀落落地摔了一地。鹿芊顿住，人都呆了，她一皮带抽碎了几百万！

鹿鸣于高喊："王管家，来一下！"喊完，她快步走上楼，回房间，反锁上门，然后拿出段休冥给的特效药，开始涂抹伤口。这一家四口都有暴力倾向，鹿霖和鹿芊兄妹俩最喜欢打她的脸，杜文馨哪里都打，鹿秋良就更恐怖了……她不是在受伤就是在受伤的路上。

　　没多久，一楼大厅闹腾了起来。很明显大伯回来了，一同回来的还有鹿霖。鹿芊在大声哭喊着什么。杜文馨跟鹿秋良吵得很凶，言辞之间都是世家底蕴的碰撞，她不允许自己的女儿连续两天被打，这是对杜家的挑衅。鹿芊最终没挨打，只挨了顿骂。毕竟只是一些文玩而已，鹿秋良再喜欢也不至于为了些死物跟亲生女儿置气。

　　鹿鸣于听着那些动静，又看了眼自己大腿上的伤。挨骂？不够。

　　第二天傍晚，鹿鸣于拨通段休冥的电话，开口就道："吃晚饭吗，段少？"

　　电话那头顿了顿。

　　鹿鸣于："吃过了？"

　　现在时间有些晚，但段休冥还是说："还没，你……我去接你。"先把人接到再说。他还以为要等个几天，没想到她突然冒出来了。

　　鹿鸣于："把车停远一些，我走出来，总是在家门口有点儿危险。"

　　段休冥开了那辆安静一点儿的车，将车停在了小区外的马路边。他心情不错，唇角扬着一个轻微的弧度。很快，他看到鹿鸣于从侧门走了出来，他的笑容瞬间消失了，目光看向她的下肢。他甚至都没去帮她开门，就这么看着她自己走过来，打开门，坐进副驾驶位。他目光直视着她，眼神闪烁。

　　鹿鸣于感觉到他的视线，问："怎么了？"

　　"咔！"段休冥锁了车门，盯着她看。鹿鸣于抬眼与之对视,目光带着询问。段休冥紧皱着眉,半晌后才开口:"你家里人打你?"

那天他就想问了,好端端的怎么会受伤,哪想到今天她又伤了腿。他在动作细节方面很敏锐,一眼就能看出问题。她虽尽量隐藏走路姿势,但他还是发现了不对。她在疼。段休冥眼神中压抑着一股火气,唇抿得很紧。

鹿鸣于神情淡然:"体罚,很正常。"

段休冥顿时眉头皱得更深:"我不认为对一个二十二岁的人进行体罚是正常情况。"

鹿鸣于看向他:"你几岁?"

段休冥:"二十四。"

鹿鸣于又问:"你挨过打吗?"

段休冥压着情绪,低沉的声音在胸腔内震荡:"我从来没有挨过家里人的打。"

鹿鸣于沉默着偏过头。好幸福的家庭,令人嫉妒。段休冥伸手,将她的脸掰正,让她看着自己。此时他的眼神带着前所未有的严肃,他端量着她的惊世容颜,这样的她怎么会挨打,这都下得去手?

"这种情况持续多久了?"他问。

鹿鸣于声音很轻:"十年吧。"

段休冥拧着眉,指腹轻抚着她的脸颊,沉默着说不出话。良久后,他喊了声:"鹿鸣于。"

"嗯?"她回应。

"想结婚吗?"他沉声道,"我娶你。"声音平静而坚定。

鹿鸣于抬眸与他对视,眼中的惊讶并不作假。出乎意料,她的本意不是这个,但他……

段休冥的声音还在继续:"段家没有体罚,这个世界上没人能伤我段休冥的妻子,包括我自己。"

他本想先相互了解,慢慢接触,有一定感情基础后再提亲。现在看来得尽快!

鹿鸣于垂下眼眸,道:"那你……提亲?"顶级豪门跟鹿家提亲是一种来自高位的碾压,哪怕是旁支,鹿家也无法反抗。

段休冥松开她,拿出手机发信息,一边飞快地打字,一边沉着声道:"你等我,很快,最多一个月。"

鹿鸣于:"要一个月?"来不及。

不过也是,段家的内乱闹得很严重,所有人都被卷了进去,人心惶惶的,这时候提亲岂不是成了众矢之的?难度太大了!

段休冥皱着眉:"我也想快,可现在有点儿不方便,我本来还想让我哥来代表一下,但他被事情缠住了。"

鹿鸣于:"你跟你哥关系很好?"

段休冥点头:"亲兄弟,我们彼此都是对方在这个世界上最信任的人。"

鹿鸣于心里有数了,他哥就是段休止。

段休冥发完信息,看向她:"时间有点儿赶,婚礼来不及布置,一个月后先把你接去香江,我保证在半年内搞定婚宴的所有流程。"

鹿鸣于笑了下:"这么快,不合适怎么办?不会太冲动了吗?"

段休冥态度坚决:"不合适就磨合。"

鹿鸣于古怪地看着他:"你不事先了解一下就决定?万一我有犯罪经历呢?"

"多大点事。"段休冥毫不在意,又补充道,"段家没有离婚的先例，只有丧偶，不管你过去怎样，定下了就定死了。"

"啊？"鹿鸣于惊讶。

段休冥："这是祖训。"

鹿鸣于："好霸道的祖训。"

段休冥扯了下嘴角："哦，对了，婚外情也不行，你嫁给了我，就休想再找男人！我乱来更严重，家族成员乱搞关系会被除名。"

鹿鸣于偏了下头："你已经在跟我乱搞关系了。"

段休冥皱眉："没乱搞，我们是正常交往！"

鹿鸣于："可是你不知道我的名字就答应了我的要求。"

段休冥反驳："是选择！谁知道过后你就跑了！"

鹿鸣于："哦。"

段休冥启动车辆："想吃什么？还是我来选地方？"

鹿鸣于："你选，我没忌口。"

吃饭是次要的，搞事情才是重点。她拿出手机给徐素月发信息：鹿芊今晚在哪里活动？

徐素月：另一家新开的酒吧，他们已经在Pre-drink了。

鹿鸣于：有定位吗？

徐素月：有！怎么说，搞事情吗？鹿芊又惹你了？啊啊啊，冲，爆发吧小宇宙！带上我，我也去，干死她！

鹿鸣于：晚上十点，不见不散。

收了手机，她再次看向旁边的人。段休冥始终皱着眉，一边开车一边还在想她挨打的事。余光察觉到她的注视，他向副驾驶位伸出手，拉住她，手掌轻拍着她的手背。

段休冥带着鹿鸣于来到一家毋米粥火锅店，是她小时候吃过的味道，已经好多年没再吃了，没想到这种火锅店都开到了西子城。段休冥订了包厢,拉起她的手走进去,落座。鹿鸣于看着两人交握的手,低着头不知道在想什么。

他也在看两人的手,指腹不断摩挲着她的指尖,问"你的手这么小,怎么握画笔?"

鹿鸣于:"又不是拿枪。"而且她手不小,是他的手太大了。

段休冥还在看她的手:"白嫩。"

鹿鸣于:"白,但不嫩,握笔的地方磨出了很厚的茧子。"

段休冥对比了一下自己的手,抬眼问:"你这叫厚?"

鹿鸣于回以沉默。

段休冥:"你会嫌我的手粗糙吗?"

"还好吧。"她没觉得粗糙,苍劲有力又骨节分明。

段休冥又问:"我有没有什么让你不满意的地方?"他可以去改。

鹿鸣于想了想,摇头:"没有。"

段休冥:"你对我没有要求?怎么这么好?"

鹿鸣于沉默。她不好,很坏,非常坏。

此时火锅沸腾,两人开始涮菜。涮熟后,段休冥动筷,第一筷夹给了她。鹿鸣于愣在那里。

段休冥有些莫名其妙:"怎么了?"

鹿鸣于抬眸,深深凝望着他。她已经十年没有被人这样对待过了,他将第一筷的菜给了她,而不是递上残羹剩饭,也只有父母对她会有过这种细致的爱。可惜,她被高高捧起的幸福人生在十二岁时被冲击得支离破碎!

段休冥手中动作没停,将每样食材都给她夹了些,然后才开始给自己夹。

鹿鸣于忽然开口:"段少,我有个问题。"

段休冥皱眉："你问，但别再叫我段少，喊我阿冥，或者老公？"

鹿鸣于沉默了半响，问："你好像很懂怎么照顾女孩子，哪里来的经验？"

段休冥抬眼看来："你难道是在……吃醋？"

鹿鸣于反问："我有吃醋的对象吗？"

段休冥："没有，我身边没有女孩子，经验来自我父母和大哥大嫂，他们成双成对地在我面前晃，我没吃过猪肉还没见过猪跑？"

鹿鸣于有些惊讶地看向他。

"以后你会慢慢了解的。"段休冥又给她夹菜，"我们现在是男女朋友，知道吗？"

鹿鸣于："你想说什么？"

段休冥："男朋友，是不是可以提一些要求？"

鹿鸣于挑眉："例如？"

段休冥扫过她的双唇："例如亲吻和拥抱。"

鹿鸣于："我还以为你会说不许跟男人吃饭之类的。"

段休冥神情有了一丝变化："我是很想说，但你这叛逆的性格……"

鹿鸣于："那就是说我可以了？"

段休冥脸色一变："你能不能自觉点儿？也不怕我生气，我脾气很大，非常大！"

鹿鸣于却冲他笑了下："然后把人揍一顿？"

段休冥又开始冷着脸给她夹菜："公平点，我身边没有女性朋友，你身边也不能有男性朋友，我不许。"

鹿鸣于："我没有男性朋友。"

段休冥开始追问:"那我那天见到的是鬼?还有在酒廊里那天,一直跟你说话的那男的是谁?现在我们确定关系了,我要好好问清楚!"

鹿鸣于:"我只有两名女性朋友,管你信不信。"

段休冥:"我信。吃饭,瘦得要死!"

鹿鸣于又深深看了他一眼。霸道,脾气大,占有欲强,但对她好得过头,真诚得让人下不去手。

晚上十点,车停在一家酒吧门口,段休冥坐在驾驶位,拉起她的手,也不问她来这里做什么。后方不远处,一辆小牛停在那里,一动不动,更远些的是那辆"暗夜绿"。

"詹祥也在这里?"鹿鸣于问。

段休冥:"他最近跟西子圈的人混得很熟。"

鹿鸣于看着他,道:"能让鹿芊的手机进水吗?报废最好。"

段休冥脸色骤冷:"你腿上的伤是她打的?"

鹿鸣于只是问:"能不能做到?"

段休冥拿出手机发信息:"两分钟。"

鹿鸣于敛目片刻,突然支起上半身,爬向了他。

段休冥惊异中不禁提醒:"你的伤!"手却快了一步去扶她的腰,怕她磕碰到。

鹿鸣于从副驾驶位来到他的腿上跨坐着,背抵住方向盘。段休冥调整了一下座椅,让她的空间大些。他扫过她的姿势,问:"你想干什么?"

"吻我。"她命令道。

段休冥眼眸瞬间深了几度,托住她吻了上来。

鹿鸣于伸出手,按向旁边的键,车窗被摇下。夜风吹起她的发丝，轻挠着他的喉结。

车外，酒吧大门处响起了一些声音，鹿芊边骂着什么边走了出来。段休冥迅速往后仰头，想分开。鹿鸣于却霸道地贴近，声音没入他的唇内："让她看。"

段休冥半合着眼，将她压在方向盘上，喘息声渐重。

"动。"她道。

他收敛着神情，听话照做。鹿鸣于余光瞥向车窗外。

鹿芊的怒骂戛然而止，取而代之的是一阵惊叫："啊！鹿鸣于，你——"

她想拿出手机拍下证据，但忽然想到自己手机现在无法开机，于是她立即往回跑，边跑边大喊着什么。实锤！证据！鹿鸣于要完蛋了！

车内，亲吻的两人快速分开，段休冥深吸一口气将车门打开。鹿鸣于下车，冲他道："走。"

段休冥眼眸扫过她，二话不说启动车辆，飞驰而去。

后方不远处，那辆小牛开了过来，停在鹿鸣于身旁。鹿鸣于走到副驾驶位，开门上车。徐素月双手扶在方向盘上，正目光灼灼地看着她！鹿鸣于冲她一笑。

徐素月兴奋得眼睛发光："牛！"

现在不是说话的时候，正有大量的人从酒吧内出来，詹祥、贺松、郝路生、徐文俊、桑琪……一大帮人都在！

鹿芊冲在最前面，高举着不知道谁的手机在拍："就是这里！鹿鸣于跟一个男的在车里……嗯？"她的声音猛地顿住，震惊地看着眼前这辆车。

徐素月摇下车窗，凶神恶煞地瞪过去："看什么？想打架啊？"

鹿鸣于坐在旁边的副驾驶位上，探出一颗脑袋看来，同时目露惊疑："怎么了，姐？"

深夜，鹿家很热闹，杜文馨和鹿霖急急忙忙地赶回来，与鹿家有深交的徐家的兄妹也在。鹿秋良坐于茶桌后，皱着眉看着鹿芊大吵大闹，鹿鸣于则安静地站在一旁。

鹿芊的声音很大："我没有撒谎，我就是看到了！鹿鸣于在车上跟一个男的接吻，说不定还做了什么别的事！"

徐素月直接开骂："你放屁！你要么去看看脑子，要么去看看眼睛！"她是徐家的掌上明珠，压根儿不在乎得罪人。

徐文俊难得没有责怪妹妹，开口道："鹿芊姐，你不要乱说话，刚刚在酒吧门口你就已经说得够过分了，鸣于的名声都快被你毁了。"

鹿芊愤怒地大吼："你们都不相信我！我说的都是真的！"

徐素月翻了个白眼："鸣于从头到尾都在我的车上，我开车接送的她，鹿芊，你是不是有病啊？！"

鹿芊气到颤抖，冲着鹿秋良道："爸爸，你去调监控！你快去调监控！"

鹿霖这时严厉出声："鹿芊，你还想陷害鹿鸣于到什么时候！"

鹿芊震惊地看向鹿霖："哥，连你都不相信我？"

这时，杜文馨想开口，但鹿鸣于先一步道："大伯、大伯母，我真的有点儿累，能不能让姐姐别闹了？不能每次都是她说点什么就一顿闹，日子还过不过？"

鹿芊猛地冲过来："你还敢说话，你这个贱人！"

徐素月快一步站出来："你这个疯女人，你还想打人？"

徐文俊则是被吓了一跳，他第一次知道鹿芊在家里会这样发疯,是不是真的有精神问题?

"够了!"鹿秋良开了口,语气严肃。大厅内安静了下来。鹿秋良压着眼底的怒火,冲着徐家兄妹微笑:"让你俩看笑话了,现在时间也晚了。"

徐文俊立即点头:"抱歉,鹿伯伯,这毕竟是鹿家的私事,那我们就不打扰了。"

鹿秋良冲着杜文馨笑道:"你去送送他们。"

杜文馨瞬间皱起眉,但此时她不能拒绝,否则鹿家和杜家的修养就会被人诟病。她虚伪地笑着,热情地领着徐家兄妹往外走。徐文俊本想推辞,徐素月却突然挽住杜文馨的胳膊,边走边聊了起来,亲热得仿佛母女。三人在大门口你来我往的,还要拿点小礼物。

徐文俊笑道:"杜阿姨,鹿伯伯真的好温柔啊,这要是我爸,早就发脾气了!"

杜文馨压着急迫的心情,道:"他就是老好人,呵呵。"

徐素月脸颊直抽抽,但还是配合着拖延时间:"不啊,我觉得那是鹿伯伯涵养好!不像我爸,就知道凶!"

徐文俊:"你拉倒吧,爸爸什么时候凶过你?都是嘴上说说。"

杜文馨都快急死了,但兄妹俩聊个没完,一个劲儿地夸鹿秋良。

此时,鹿家大厅内只剩下了四人。一片死寂中,鹿秋良站起了身。

鹿芊后知后觉地惊恐起来,她想冲出去喊她妈回来,但来不及了。只见鹿秋良阴沉着脸,一把揪住她的头发,狠狠地往墙上一撞,"砰"的一声巨响。鹿秋良拉着她的头发一路拖行,这回可不是去什么隔壁房间,而是走向了侧院的一处仓库。

"救命！救命……"鹿芊大喊着。

鹿霖急了，连忙上前阻拦："爸，你不能关她禁闭！她是你的亲生女儿啊！"

鹿秋良充耳不闻，生拉硬拽着将鹿芊拖进了那处仓库。很快，里面传来了铁链缠绕声！

鹿秋良有两个逆鳞，一是鹿家的名声，二是鹿鸣于。鹿芊今天一踩就踩了俩！

虽然事情都是真的，但多次的撒谎和陷害，让鹿芊的信誉极低，外加徐素月在一旁坚定无比地证明鹿鸣于的清白，鹿芊的指控变得更加苍白无力。

大厅空荡下来，只剩下鹿鸣于一人。一片安静中，她走到茶桌旁，给自己斟了杯茶。今天的茶是九曲红梅，很香。品完茶，她上楼回了房间。今夜的鹿家又是一场血雨腥风！

杜文馨送完徐家兄妹回来后就爆发了，但这回鹿秋良毫不手软，差点儿连杜文馨一起打。鹿霖怎么都劝不住鹿秋良，知道鹿芊的禁闭是关定了。杜文馨气得当夜回了娘家！

父子俩最终也没在鹿家待。鹿秋良的情绪有些不可控，吩咐了管家谁也不许放鹿芊出来后，就独自出门了。鹿霖没办法，只能连夜追出去，现在要么再求一下爸爸，要么只能去杜家找外公帮忙。但现在这个点，不管最终是什么结果，鹿芊也至少要被关是一晚。

人都走光后，鹿家归于平静。

那密不透风的仓库里，鹿芊抽泣的声音就没有停过。她怎么都没有想到，自己有一天也会被关禁闭！这个仓库，明明是鹿鸣于的专属！

"笃笃……"突然，一阵轻微的敲门声响起。

鹿芊惊喜道:"哥?"

鹿鸣于的声音传来:"是我。"

鹿芊的恨意涌上心头,她大喊:"鹿鸣于!鹿鸣于!啊!"

鹿鸣于说话很轻:"嘘,别喊。"说罢,她从门缝里塞进来一张很薄的纸巾。

鹿芊拖动着锁链上前,怒骂着:"你这个贱人,你装什么好人?你一定是来看我笑话的,你怎么不去死!你应该跟你那个贱人妈一起死!"

门外传来了一阵轻笑,紧接着,鹿鸣于的脚步声越来越远,直至消失,似乎她就是为了过来笑一下,递个纸巾。鹿芊感觉有什么不对劲,她再次上前,拿起那张纸巾。有水?透过门缝的月光,她凑近了去看。下一秒,她的瞳孔剧烈收缩,胸腔内的愤怒快要爆炸!

鹿鸣于用水在纸巾上写了三个字——狼来了。

鹿芊撕心裂肺地大喊起来,像个精神病:"啊——啊——你是故意的!你是故意的!你这个贱人!"她开始用力地拍门,想要叫爸妈和哥哥。快来看,证据!她有证据能证明鹿鸣于是故意的!可是没有人回应,鹿家人全不在!

鹿芊心头忽然涌出一种致命的恐惧感!因为她发现那纸巾上的水在蒸发,字迹开始变得模糊,并在她眼前一点儿一点儿消失。

鹿鸣于回到房间将门反锁。她在三楼都还能隐隐约约听见鹿芊在喊,喊得好崩溃,后来她开始胡言乱语,貌似吓疯了。

这就受不了?加油喊吧,没用的东西。那张纸巾上的水字很快就会干,不会留下任何证据。鹿鸣于就是故意的,这样的精神打压,会把人逼疯。

仓库里，鹿芊已经喊到声音嘶哑，鹿鸣于戴上耳机，打开手机看信息。

徐素月闹腾到现在才回到家。

徐素月：快快快，说说看！我该从哪儿开始问？算了，先问鹿芊！哈哈哈，她现在……

鹿鸣于：笑什么？她受的苦都是我受过的。

打出这行字时，鹿鸣于的表情很平静，她不过是把自己的经历复刻在鹿芊身上而已。

徐素月：你这么一说，我一点儿都不觉得爽了！

鹿鸣于：但我现在心情很好。

徐素月：对了！开迈巴赫的那个帅哥是谁，你找的演员吗？怎么像来真的？你俩亲得跟真的一样，你俩不会假戏真做吧？

鹿鸣于：人是真的，不是演员。

徐素月：等等，我缓缓，什么意思？！

鹿鸣于：男朋友，我们在演戏。

徐素月：什么？

徐素月被冲击得脑子快爆炸了，她有一万个问题，但不知道从哪里开始问。鹿鸣于哪儿来的男朋友？他们什么时候交往的？她男朋友是哪里人？但最终徐素月也没问太多，她有点儿习惯了鹿鸣于时不时带给她的震撼。鹿鸣于从小到大多是这样，平时不声不响，但总会一鸣惊人！没有一颗大心脏，没办法跟鹿鸣于交朋友。

鹿鸣于跟徐素月聊了两句后，点开了与段休冥的对话框。他一条消息都没发过，但最上方显示的"正在输入中"五个大字已经持续了很久。鹿鸣于想了想，给他拨去一个视频通话。

对面接通后，背景先是一片黑暗，然后是俯瞰湖景的落地窗。

画面翻转后，鹿鸣于发现他刚洗过澡，此时就坐在沙发上，头发往后收拢起来，露出全部五官，眼神很复杂。

一阵诡异的沉默过后，鹿鸣于问："你在看风景？"

段休冥反问："你感觉怎么样？"

鹿鸣于："我？好极了，很棒。"

段休冥又沉默了一会儿，问："哪里棒？"

鹿鸣于："我姐被关了禁闭，还被我吓得够呛，这不够棒？"

"嗯，真厉害！"段休冥先是夸赞，紧接着问，"那我棒不棒呢？"

鹿鸣于一脸困惑，段休冥的音色有了变化："你在车上没感受到？你撩完就跑！"

鹿鸣于惊讶："这都过去好几个小时了。"

段休冥："我现在去接你？"说完他就站起身准备出发。

鹿鸣于惊了一下："不行！你疯了？"鹿家人不在，但管家在啊！

段休冥又坐回沙发，冷着脸："是你先发疯的，你就这么玩命搞我？"

鹿鸣于："抱歉，下次注意。"

段休冥很不满地挑眉："那我今天还睡不睡了？"

鹿鸣于："你的定力拿出来用一下。"

段休冥："我现在有女朋友，要什么定力？"

鹿鸣于："我伤没好。"

视频那头再次沉默。"行。"段休冥声音发闷，提醒道，"记得涂药。"

鹿鸣于："那我挂了？"

段休冥咬牙切齿："你怎么这么气人，信不信我绑架你？"

鹿鸣于轻笑。段休冥凶了起来:"不许笑!"

鹿鸣于还真收起了笑,转而轻声开口:"段休冥。"

段休冥一愣:"你这突然连名带姓喊我……"

鹿鸣于看着他,目光沉静而充满力量:"你的执行力,是我生平所见之最!"

从她嘴里说出的这句话,属于最高级的赞美!

今日的计划她压根儿没跟他商量过,每一步行动都是她自作主张,但她开了口他便照做,没有丝毫犹豫,没有一句废话。好强大的执行力,好夸张的信任感!不问缘由,只问结果,何等的干脆利落!他就像是她手中的一把刀,锋利又顺手。

段休冥笑得不甚在意:"这才哪儿到哪儿?"

鹿鸣于看着他的笑容,心跳缓慢加速。

公寓内,视频挂断后,段休冥的手机屏幕依旧亮着,詹祥发来了几条信息,汇报着今天晚上这桩事的后续。

詹祥:鹿家的事是真多,鹿二小姐的那个姐姐很能闹腾,被她一闹,我们都没了兴致,之后就没再玩了。

詹祥:不过,今天过后,鹿芊就要名声扫地了,拿自己的亲妹妹造谣,圈里人都说不打算继续带她玩了。

詹祥:徐文俊这人脑子好像有病,竟然直接跟着去了鹿家,把他女朋友晾在一边,还是我找了辆车把人送回家的,狗男人啊!

詹祥:还有……

消息很多,掺杂着一些他的个人观点。段休冥一条都没看,将手机调至静音,屏幕朝下扣在茶几上。公寓恢复了黑暗,只有从落地窗透来的城市灯光,忽明忽暗,周围安静得只剩呼吸。

一片死寂之中，段休冥手中火光一闪。"啪！"打火机的火焰闪烁了一下，照亮他棱角分明的脸，以及一双没什么情绪的眼睛。他没有抽烟，只是这么亮了一下，而后撕下茶几上的一张便笺，提笔写下一行字——

我对动作细节敏感。

这是上次带她来公寓，他亲口说出的话。紧接着，他又写下两行字——

你家里人打你？
体罚……

这是今天晚餐前的对话。他再次提笔，写下三个字——

让她看。

这就是她这一整天的布局。从隐藏走路姿势被他发现，到西子圈的鹿家内乱，一环扣一环，谁入局，谁又是棋子？

看着这张便笺，段休冥忽而一笑。有点儿意思，她是懂资源利用的。不过她应该完全没想到，他要娶她。

"啪——"火光再次亮起，段休冥手指夹着那张便笺靠近火焰点燃，看着它们燃尽。

鹿芊第二天就被放了出来，但她好像真的受到了刺激。之后两天，她的精神状态一直很不对劲，半夜动不动就惊醒，然后跑出来在家里大喊大叫。杜文馨担心女儿，就从娘家回来了，陪着鹿芊去医院进行心理治疗。鹿霖倒是放下了这件事，每日早出晚归，不知道在忙什么。鹿秋良则是照旧，并没有什么不同。

又是两天后，鹿鸣于的手机收到了某人语气不太好的未读消息。

段休冥：鹿二小姐，几天没见了？我找你，你拒绝了几次？啊？

他说话很不客气，尤其是在确定关系后，时不时就会暴露本性。

鹿鸣于看了眼时间，给他回复：嗯，吃晚饭？

段休冥：你这不温不火的样子，让我很难想象不久后你要跟我结婚。

鹿鸣于看着这条信息，手指顿住，良久没有回复。

段休冥：伤好了吗？我要进攻了。

鹿鸣于：你还吃不吃饭？

段休冥：吃。

鹿鸣于走出大门时，发现段休冥又换了辆车。鹿鸣于脚步顿了顿，而后坐上副驾驶位，问："怎么又换了辆车？"

段休冥："那辆不是被你姐看到过吗？还吃广府菜吗？"

鹿鸣于："哪家？你犯神经的那家？"

段休冥紧抿着唇，有些不爽："我没有犯神经！"

鹿鸣于看着他的眼睛，忽然一笑。

段休冥"哼"了一声道："你这人真是怪，我凶你你反而笑。"

鹿鸣于："因为真实。"

最终，两人还是去了那家店。段休冥兴致不错，一点儿没有被上回的事影响。两人挑了个风景最好的位置落座。

段休冥："多吃点。"

鹿鸣于放下餐具，抬眸看着她。

段休冥扫了眼她的脖子："饭后跟我去公寓？"

鹿鸣于用那张三十七摄氏度的嘴说出了一句冰冷无情的话："我拒绝。"

段休冥垂眼，半晌后点头："行，下次再问。"

鹿鸣于凝望着他，没说话。

段休冥坦然地和她对视："或者你来决定？"

鹿鸣于皱眉，感觉有点儿奇怪。

段休冥又扫了她一眼："我还挺喜欢你主动的。"

鹿鸣于问道："段少，你喜欢我什么？长得漂亮？"

"段少？"段休冥眉尾挑了挑，很不爽地开口，"叫老公！"

鹿鸣于回以沉默。

段休冥给她夹菜，道："你确实漂亮，但我还真不是喜欢你的脸。"

鹿鸣于不解："那你喜欢什么？总不能是我坏。"

段休冥眸光扫来时带着一股穿透力："我喜欢里面的那个你，无论好坏。"鹿鸣于怔住。段休冥再次给她夹菜，道："不过有个悖论。"

鹿鸣于看着他的动作，等待他继续。段休冥思考了两秒，皱着眉："你不漂亮我注意不到你，没有那个骷髅，我又不会搭理你。"

鹿鸣于："那还真是奇特。"

段休冥目光扫过她的左手，道："什么时候再画一幅？"他其实并没有真正见识过她的绘画技术，有些好奇。

鹿鸣于低着头："等有机会。"

谈话间，一群人从室内走出，路过这个室外餐位时，众人的脚步都一顿。

"鹿鸣于？"

"哇！真的是你！"

鹿鸣于偏头看去，看到了她的高中同学，约莫十几个，向伊和毕文涛也在其中。她反应了过来，今天是周末，有同学聚会来着。这么巧，又是这家餐厅？

几人走上前来多说了几句。

向伊扫过两人的餐桌，笑道："跟男朋友吃饭呢？"

鹿鸣于："嗯，好巧。"

毕文涛脸色差了几分："这么快就是男朋友了？"前几天还不是！

鹿鸣于点点头，没说话。段休冥的目光扫过几人，视线在毕文涛的身上停顿了一瞬。

向伊拍了拍鹿鸣于的肩膀："那你们吃，我们晚上还有聚会，你吃完想来就来。"

鹿鸣于还未应答，毕文涛开口，邀请："来吧，鹿鸣于！"段休冥抬眼直视，毕文涛无视了那道目光，看着鹿鸣于继续道，"这顿饭我请了，你一定要来啊！"话落，他就转身去给这一桌结账，不给人拒绝的机会。

向伊尬笑道："地址我发群里了，你随意哈，先跟男朋友吃吧！"说完，她就赶紧拉着其他人走了，也顺带截走了结完账出来的毕文涛。太尴尬了！

一群人走光后，鹿鸣于回望段休冥。只见他偏头看向一旁，低声爆了句粗口。鹿鸣于忽地笑出来，看着他。

段休冥回看她："你笑什么？"

鹿鸣于依旧在笑："笑你有意思。"

段休冥"哼"了一声："你才有意思！怎么回事，认识我之前就有这么多苍蝇围着你转吗？哇，那我未来是个苍蝇拍？"说着，他还打量起，越想越气！

鹿鸣于摇头："还真没有。"

段休冥挑眉看着她。

鹿鸣于解释道："认识你之前我不怎么出门。"哪怕在皇艺，大多时间她也是画室和住所两点一线。皇艺的学费真的很高，伦敦的生活费也高得离谱，她真的没闲钱吃喝玩乐，难得独自去趟香山澳，还被抓了。

段休冥低头思考了一瞬，道："还是要多出来看看世界，绘画灵感需要向外探索。"

鹿鸣于有些惊讶于他会说出这番话。

段休冥又抬眼盯着她："但你今天要是敢去，你就试试。"

鹿鸣于唇角勾了勾。

段休冥冷哼："我就快提亲了，你乖一点儿，不许见野男人，知道吗？"

鹿鸣于："我不乖？"

段休冥都笑了："鹿鸣于，你乖？"

鹿鸣于很真诚地点头。段休冥支起上半身凑了过来，气息近在咫尺："你能乖，我段休冥的名字倒过来写。"

鹿鸣于玩味地看着他："你不是喜欢里面那个我吗？你的选择。"

段休冥一噎，点头："你赢了。"

晚上九点，鹿鸣于刚回鹿家，就在大厅遇到正要出门的杜文馨，她打招呼："大伯母。"

杜文馨在她面前站定，上下打量着她冷笑道："你真恶毒，三两句话把家里搞得鸡飞狗跳。看到鹿芊被关禁闭你高兴死了吧？"

鹿鸣于："差点儿放鞭炮。"

杜文馨怒喝："贱人，我女儿没撒谎对不对？是你害她被关禁闭！"

鹿鸣于："又不是我关的她，是大伯，而且她真的需要看看脑子。"一家四口都应该去看看脑子。

杜文馨："你真是鹿家的灾星！还有你妈那个贱人，害得我老公跟我分房了十几年！"

鹿鸣于抬眸："大伯母，我妈妈没有给过大伯一个眼神的关注，你跟你老公能有点儿自知之明吗？"说完她就不再理人，自顾自地上楼了。

杜文馨面容扭曲，死死盯着她的背影："你等着，我会让你生不如死，还会去掘你妈的坟！"

鹿鸣于站在楼梯上，偏头看来时余光意味不明，而后抬脚继续上楼，身后是杜文馨喋喋不休的怒骂声。

鹿鸣于回到房间，将门反锁，坐在书桌旁。她今天心情原本不错，还有空跟段休冥开玩笑，但一回鹿家，压抑感就扑面而来。杜文馨若不是着急出门，会对她动手的吧？调整了下情绪，鹿鸣于拿出手机，点开当下最火的社交平台。段休冥倒是提醒了她，她已经很久没有拿画笔了。

此时她的账号上，点赞、留言、涨粉及私信全部显示999+。鹿鸣于脑壳疼了一下，她好久没上号了，上条动态还是她在上学期发布的一幅作品，当时轰动了整个绘画圈。这个账号她只运营了三个多月，没有刻意表达什么，只是时不时地发一些作品上去，她也不知道为什么会这么受欢迎。

除却大量赞美,还有很多约画的客户,价格一个比一个开得高。现在她在鹿家没有条件画,没办法接私单,她也不想私下接单,而是想走平台涨名气。偶尔接一下赚点生活费倒是也可以,毕竟平台的分成比例实在太高了。

鹿鸣于一条条翻看后台私信,看了好久。手机副系统的信息跳了一下,来自高中同学群,向伊@了她,附加一个定位地址,还有几张照片。

今天的同学聚会有夜场,此时一群人正在一个很特别的地方,像是隐藏在某个便利店内部的酒吧,想进去还要报暗号。鹿鸣于随便看了两眼,正要退出时,又有人发了张照片在群里。

她突然看到了什么,点开照片放大,然后在这张照片的角落发现了杜文馨!大伯母今天盛装打扮是去隐藏酒吧?鹿鸣于思考了片刻,点开向伊的聊天框。

鹿鸣于:为什么那个酒吧要报暗号?

向伊:不知道,我也是第一次来,感觉有点儿刺激!你感兴趣?

鹿鸣于:不感兴趣。

她没再多聊,退出聊天框后,盯着那张照片沉思片刻,而后她点开徐素月的聊天框。

徐素月:你怎么突然用这个号?我都没反应过来!

鹿鸣于:[定位]这个酒吧你知道吗?

徐素月:不知道唉,不过离我哥今天去的会所很近,好像就在对面?

鹿鸣于:会所?

徐素月:玩得很花的地方,那条街的店都这样,我哥还带桑琪去,我也是服了!

鹿鸣于：哦，怎么个花法？

聊起桑琪，她忽然感到奇怪，桑琪没跟徐文俊说那天的事，还是没打算说？

徐素月：你突然问这个干什么？你想去？

鹿鸣于：嗯，走，就现在。

徐素月：你等等，我问下，他们好像都在，那我去接你？

鹿鸣于：好。

徐素月是个有热闹就会冲的人，尤其是鹿鸣于开了口，那一定是天大的热闹。她用最短的时间冲到鹿家，接了鹿鸣于就走。

"怎么说？"徐素月兴奋无比，突然又问，"唉，你去那条街你男朋友不会生气吗？"

鹿鸣于一愣，而后点头："会。"

徐素月："你好真诚，这话我都不知道怎么接。"

鹿鸣于："比起担心他生气，我有更重要的事。"

徐素月想了想，问："那是去酒吧还是会所？就面对面，那酒吧我打听到了，有点儿乱，会所高端一些，而且很多人都在。"

鹿鸣于思索片刻，道："会所。"

徐素月直接一脚油门出发。

没多久，两人抵达那条街。徐素月指着旁边一处金碧辉煌的建筑："喏，这就是会所。"

鹿鸣于看向会所对面，果然有一个便利店，从外部看不到酒吧，要穿过便利店，与店员报暗号才能从暗门进去。她观察了一会儿后，又看向道路两旁。那里停着很多车，其中一辆是杜文馨的，而且是一辆平时不怎么开的车，就停在最后方的阴影里，乍一看还发现不了。

徐素月毫不知情地问："怎么说？"

鹿鸣于:"会所里有地方能看到这条马路吗?"

徐素月点着头:"有啊,他们订的总统包厢,化妆间里的窗户就正对着这条马路。"

鹿鸣于:"那太棒了。"她抬脚就往会所走。

当徐素月领着鹿鸣于推开会所包厢门时,里面的人都惊呆了。徐文俊甚至都站了起来:"鸣于,你怎么来了?这里不是你该来的地方!"

一旁的桑琪脸色变了一下,但没吱声。

徐素月当场对着她哥开骂:"她为什么不能来?一天天就你话多!"

旁边郝路生笑了起来:"就是。欢迎啊,鹿二小姐,你终于出来玩了。"

其他人则七嘴八舌地聊起来。

"鹿芊不出来,鹿二小姐倒是出来玩了?"

"反正都是鹿家的嘛!"

徐文俊怒了,道:"你们少打趣她!"

徐素月则是跟她哥杠了起来:"叫几个帅气的服务生来!"

徐文俊:"徐素月!"

徐素月:"你闭嘴!"

郝路生鼓掌叫好:"徐大小姐霸气!出来玩就该这样!"

贺松一声不吭,他现在看到鹿鸣于就犯怵。詹祥则是震惊地看着鹿鸣于迎面走来,坐在了他俩附近,徐素月就挨着鹿鸣于坐。

没多久,包厢内进来了四个男服务生,就坐在旁边。好在这包厢够大够宽敞,相互不用挤着,不然詹祥感觉自己今天会死!鹿鸣于注意到了詹祥的眼神,把视线并无任何避讳地投过去,算是打招呼。

詹祥嘴角抽了抽，小声道："鹿二小姐，我包庇不了你。"今天这事他不可能不跟冥哥说。

鹿鸣于点头："好的。"

詹祥冲她比了个大拇指，然后当着她的面拿起手机给他冥哥发信息，他很坦然地打明牌，也给了她回头是岸的机会。但鹿鸣于很镇定地坐在那儿，没走，甚至还低头看手机。詹祥内心再次比了个大拇指，牛的，这都不怕，简直是恃宠而骄！

鹿鸣于此时在看高中同学群的消息。那帮人玩得很兴奋，在隐藏酒吧里拍了很多照片，她再次在照片里看到了杜文馨，看样子喝得有点儿多。她不是一个人，旁边还有一名年轻男子。

这时郝路生过来敬酒，鹿鸣于坐着没动，瞥了眼身旁两名服务生，两人立即站起来回敬郝路生。

郝路生有些惊异："鹿二小姐挺会用人。"跟鹿芊不一样。

鹿鸣于微笑："不就是这么用的吗？"

郝路生兴致更高了："鹿二小姐很聪明，今天还是不喝酒吗？"

徐素月看过来："你有点儿烦诶，我们来找乐子，你非凑过来找什么存在感？"

郝路生：这人的嘴真讨厌啊！

詹祥再次看了眼鹿鸣于，又看了眼徐素月，叹气。这两人一个比一个牛，是不是牛人总是能玩到一块儿？恰好詹祥的手机屏幕亮起，点开就是他冥哥的消息。

段休冥：让她接视频！

詹祥眼皮直跳，他看向鹿鸣于，愕然发现她正低头看着手机，压根儿没有察觉到冥哥在找她。应该是双系统。詹祥秒懂，然后挪到鹿鸣于面前，小声提醒："鹿二小姐，冥哥炸了，快切系统。"

鹿鸣于点着头，最后看了眼班级群的照片。最新一张又拍到了杜文馨，她正与那名年轻男子起身走向出口。

詹祥在催："姐！我叫你姐行不行？你快点吧，我的天！"

鹿鸣于："知道了。"她切系统的同时起身，走进化妆间，从里面将门反锁。

詹祥看着她那淡定的样子，摸了摸额头的虚汗。

化妆间隔音效果很好，一下子就隔绝了外面的吵闹声。鹿鸣于刚切到主系统，段休冥的视频就跳了出来。鹿鸣于点开视频通话，看到他一脸冷色地在开着车，似乎还穿着浴袍，头发还是湿的。

段休冥将手机架在旁边，冷笑着看来："可以啊鹿鸣于！"

此时，鹿鸣于透过窗户，看到下方马路对面杜文馨正走出便利店，那名年轻男子搂着她，两人走向停放在阴影处的一辆车。

段休冥音量拔高："鹿鸣于，我在跟你说话！"

鹿鸣于没去看视频，眼神发亮地盯着窗外马路，一根手指竖起在唇前："嘘……"

段休冥瞥了眼视频通话的画面。嘘什么嘘？还嘘得挺性感。

鹿鸣于依旧看着下方路面，杜文馨和那名男子搂着，倚靠在车门上忘我地亲吻，亲着亲着，双双坐进了后排。

这时，段休冥的声音再次响起，带着冷意："我到了，是我上去抓你，还是你下来跟我走？"

鹿鸣于："这么快？"话落，她就看到他最近在开的那辆车正停在杜文馨车后方不远处，前后不过十米。

段休冥嘲讽拉满："抓你能不快？怎么说啊，乖乖女？"

鹿鸣于在视频中与他对视："你看到前面的那辆车了吗？"

段休冥扫了眼："嗯，怎么？"

鹿鸣于又问:"段休冥,这辆车是你的还是詹祥的?贵吗?"

段休冥眉峰一扬:"有事直说,亮出你的利爪!"

鹿鸣于定眸,红唇轻启:"撞上去!"

段休冥瞬间抬手,挂挡,下一秒,他没有任何犹豫地一脚油门踩到底。"砰"的一声,杜文馨那辆车的车屁股被撞得凹陷,一阵惊慌失措的大叫声在车内响起。段休冥则看只平静地来了句:"交通事故,先挂了,老婆。"视频通话被挂断,他开门下车。

鹿鸣于则愣了下,他叫她什么?

包厢内,詹祥看了眼手机后起身:"我车撞了,你们跟我下去看吗?"

贺松第一个响应:"哪辆?不会是'暗夜绿'吧?"

詹祥:"不是,库里南。"

郝路生惊讶:"你还有辆库里南?那必须下去看看啊!"

其他人也纷纷起身往外走。

一群人刚走出会所大门,就看到了事故现场。库里南的车头顶在一辆轿车后方,轿车里爬出两个人,一男一女,衣衫不整,画面惊呆了所有人。不仅是因为两车相撞,更炸裂的是其中的女方是鹿家夫人杜文馨。好家伙,婚内出轨!所有世家子弟第一反应就是拿出手机,这下鹿家和杜家要出名了!

杜文馨此时惊魂未定,刚刚那突然一撞差点儿把她的魂撞飞,还未回神,一抬头就看到那么多人在拍,而且还都是她认识的小辈,差点儿当场晕过去!徐家兄妹也在人群中,震惊程度不比杜文馨低。

这事一下子闹开了,整条街的人都知道了,连那家隐藏在便利店内的酒吧里的人都听闻动静,冲出来看热闹。

鹿鸣于来到楼下时,人群已经将事故现场围得水泄不通。不远处，身穿浴袍的男人就站在那儿，神情淡漠地点了根烟，他与周围的热闹格格不入，仿佛这场事故与他无关。

他抬眸看来的同时抬手，手指朝她隔空一点，仿佛警告："别想跑！"

豪车相撞加婚内出轨实在是爆炸性新闻，以至于现场人群久久不散。杜文馨被人拍到了人生中最狼狈不堪的一幕，都快疯了！

当夜，各大世家群的群消息瞬间飙至99+，鹿家的丑闻一夜之间爆发，鹿秋良头顶的绿帽子绿得不能再绿，敌对世家都在转发那些视频和照片，在背后疯狂嘲笑他。

鹿霖本来在外地，看到消息整个人三观尽碎，连夜赶了回来。那可是他的亲妈啊！他妈怎么会做出这种事？还被抓了个正着，被海量的世家子弟围观拍照。鹿芊也傻了眼，惊得心理疾病都有加重的迹象。总之今天晚上，鹿家成了西子城当之无愧的话题榜中心位！

事故现场，詹祥上前处理后续琐事，笑得合不拢嘴。太热闹了！

喧哗中，段休冥径直朝鹿鸣于走来。鹿鸣于闪进旁边的一条无人小巷。小巷里灯光昏暗，外面又热闹，倒是没人注意到有两人一前一后来了这里。

段休冥步伐迈得很大，三两步就追上来，将她手腕一握，在怀里扣住。他浴袍微敞，肌肤半露，她就这样撞进他的胸膛，脸贴上了皮肤。

段休冥很不爽："鹿鸣于，你玩大了！"

鹿鸣于却扬起脸，冲他露出了一个无比灿烂的笑容。

段休冥凶道:"你还笑?有我一个还不够是吗?"

鹿鸣于还是笑,笑得眼睛都弯成了月牙。

段休冥低声咒骂了句什么,继续凶:"他们碰到你没有?长什么样?手都给他剁了!"

鹿鸣于满脸的笑意,双目在夜色中耀眼如炬。段休冥看着她的眸光,眼神柔和了一下,但语气还是很冲:"你到底在笑什么东西啊?"

鹿鸣于终于开口:"我好喜欢你啊!"他当机立断又敢做敢当,简直让她感到不可思议!

段休冥一肚子骂人的话烟顿时消云散,他唇角扬了扬,看着她的笑脸和眼眸,道:"那过来亲一个。"

鹿鸣于踮起脚,双手环住他的脖子仰头吻上。

这时,一阵谈话声传来。鹿鸣于原本在聚会的高中同学也因为这场热闹来到了外面,此时准备散场。听声音,其中一人是毕文涛,他跟人道着别,走进了这条小巷。鹿鸣于下意识松手,但她的腰突然被一把揽住。段休冥将她往怀里带,同时另一只手抚上她的脖颈,单手扣着,低头深吻。

"让他看。"他的声音擦着她的唇角溢出。

鹿鸣于目露惊异之色。他……在学她?

巷口处,毕文涛猛地顿在那里,脚如同灌了铅。

段休冥仿佛不知道那里有人,吻得越来越深入。那只扣在她脖子上的手插在她的发丝之间。鹿鸣于的视野被他挡住。

毕文涛就这么看着两人拥吻,脸色越来越差。男人甚至还穿着浴袍,动作及姿势真的很不对劲!毕文涛抬脚走来,想打断他们,但这时,正动情亲吻的男人拢了拢手臂,将鹿鸣于整个揉进胸膛,眼眸冷光微闪,朝着巷口瞥了一眼,眼底尽是挑衅。毕文涛转身就走，脚步越来越快，最后几乎是跑了出去！

不知过了多久，段休冥松开了鹿鸣于，一脸的得意。鹿鸣于偏头看了眼，巷口处早已没人。段休冥又单手将她的脸掰正："你看谁？看着我！"

鹿鸣于扫了眼他的手，目光顺着他的手指看向他的手腕。他的食指和中指搭在她的下颌骨上，无名指和小指点在她锁骨处，拇指扣住她的下巴。刚刚他只用拇指一扭，就把她的脸转了过来。

段休冥的视线跟着她移动，问："你又在看什么？"

鹿鸣于的声音带着探究："为什么你掰我脸的时候我无法抗拒但不痛？那股力量去哪儿了？"

段休冥搭在她锁骨处的两指轻点了下，说得很轻松："卸力啊。"

鹿鸣于抬头看他，眼中有求知欲。

段休冥："想学？"

鹿鸣于点了下头。

段休冥眼底闪过笑意："打过台球吗？"

鹿鸣于摇头。

段休冥皱了下眉，又问："那玩过弹珠吗？"

鹿鸣于点头。

段休冥拉起她的手，手掌覆盖在她的手背上，控制着她的五指弯曲，再一弹一收，道："感受一下。"

鹿鸣于："抽筋了。"

她的垃圾体能把他惊呆了："慢慢来，你真的需要锻炼身体。"他说着开始揉她的拇指。

鹿鸣于笑了下，问："事故怎么办？"

段休冥："詹祥不是在处理？"

鹿鸣于眨了下眼睛:"车呢?"

段休冥还是那句话:"詹祥在处理。"

鹿鸣于惊讶,又问:"修车很麻烦吧?"那不是普通的车,售价加定制色,那种程度的碰撞,想维修不仅是钱的问题,光是原厂漆就够让人头疼。

段休冥毫不在意:"多大点事。"

事故现场,詹祥原本跟个没事人一样一脸的笑容,车是小事,热闹够大就很有意思。但很快,他就笑不出来了。因为贺松提醒了一句:"詹哥,这人名叫杜文馨,是鹿家的夫人。"

詹祥:"啊?"

贺松面色怪异,道:"就是鹿芊和鹿鸣于的亲妈!"

詹祥惊恐地看向眼前这个丑态毕出的女人,大脑宕机,脸色一白。什么情况?冥哥把鹿二小姐亲妈的车撞了,顺带捉奸?不……这鹿二小姐受得了不?这得是多大的打击啊?!

接下来,詹祥加快了处理速度,努力维持现场秩序,快速驱散围观群众。可以了可以了,已经闹得够大了!他额头上满是汗,一通忙活后,人群终于散开,但该传播的早已传尽。

第六章
终结异地

事后，一辆商务车驶来。詹祥快速打开后车门坐上去。冥哥果然就在后排坐着，明显心情极好。司机启动车辆，车往前行驶。

车内，段休冥满脸笑意，詹祥欲言又止。最终还是詹祥先开了口："哥，你还笑呢？发脾气也不能乱撞啊！你知道你撞的那辆车里的两个人是谁不？"

段休冥扫了他一眼："我管呢？"

詹祥无奈了，语重心长地叹了口气："哥，你把鹿二小姐亲妈的丑闻给撞出来了！"

段休冥挑了下眉："那是她妈？"

詹祥狂点头："是啊！"

段休冥眼神闪了闪："你确定是她亲妈，不是后妈？"

詹祥："一个户口本啊，圈子里的人都知道啊，她跟鹿芊是同父同母的亲姐妹，鹿芊亲口说的！"

段休冥点了下头，没再说什么。

詹祥继续叹气："冥哥啊，你跟未来亲家的关系好不了一点儿！"

段休冥："我看未必。"

另一边，徐家兄妹和桑琪正在聊着天。徐素月抱着手机边看边聊，兴奋得手舞足蹈，徐文俊则是不知该如何评价，一副很尴尬的样子。桑琪没听明白，毕竟她不是西子城人，搞不清楚这里面的弯弯绕绕。

鹿鸣于从黑暗中走出，迎面朝着徐素月走去。三人齐刷刷地看向她，刹那间眼中都闪过了惊艳。

鹿鸣于挑眉："怎么了？"

徐素月打量着她，笑了起来："哇，鹿鸣于，你……"

鹿鸣于笑着问："我怎么了？"

徐素月："我好久没见过你笑容灿烂的样子了，好好看啊！"

鹿鸣于一愣："我……刚刚笑得很灿烂？"

徐素月狂点头："对啊！不仅灿烂，还耀眼，像……像十岁的你！"

鹿鸣于再次愣住。

徐素月上前挽住她的手："你认识我是十二岁，但你十岁我就见过你了，不过那时候你在人群中心光芒万丈，不记得我很正常啦。"

鹿鸣于低头深思了一瞬，道："回去？"

徐素月："好，我送你回家！上车！"

车子扬长而去，轰出一阵尾气。徐文俊站在原地，看着那辆车拐了弯消失不见，依旧久久不能回神，脑海里都是刚刚鹿鸣于的那张笑脸。那是他喜欢了一整个青春的人，但他还是第一次见到她这样笑。

桑琪看着他，轻声道："我们也走吧？"

徐文俊回过神，点头："送你回去。"

桑琪："嗯。"

徐素月开车时还在兴奋，但很快就反应过来，看向副驾驶位，惊叫起来："鹿鸣于！"

鹿鸣于被她吓了一跳，抬头问："你干什么？"

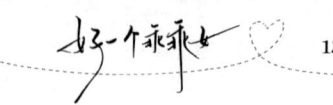

徐素月大吼:"我才回想起来,是你喊我出门的啊,今天这事跟你有关系吗?"

鹿鸣于笑了起来:"你猜。"

徐素月震惊:"我去,你怎么做到的?什么时候布的局啊,你大伯母直接名声扫地,鹿家这下也没法善后了。"

鹿鸣于回忆了一下:"还真是巧合,没布局,只是遇到了一把好刀。"

徐素月还是不懂:"那也太巧了!"

鹿鸣于:"我自己都解释不了。"

徐素月又道:"你看群没有?哦,对了,你不在。我拉你进群,群名叫西子群,里面都是西子城年轻的世家子弟。"

鹿鸣于:"我以杜文馨小女儿的身份进群,他们还能畅所欲言吗?"

"对哦……"徐素月一愣,紧接着摇头,"我真是不懂,你爸爸那事有什么大不了的,你大伯非得计较这么多年,是不是脑子有病?还把你爸的名字从族谱里划了,导致你甚至不能以鹿家次子的女儿的身份活着。"

鹿鸣于眼神闪了闪:"不仅褒小脑还心理变态。"

徐素月:"啊?"

鹿鸣于低头,一阵阵的恶心涌上来。

徐素月很快又开始兴奋,双目闪出了光:"以你大伯那计较程度,今天这事怎么收场?"

鹿鸣于:"不清楚,拉我进群,我想看热闹。"

徐素月:"哈哈,好!"

鹿鸣于回到鹿家时,大厅里一片狼藉,什么茶桌文玩全砸了,跟世界末日一样。用人们正在打扫卫生，管家在打电话。显然鹿秋良已经发过脾气了，但他人不在家。她没见到其他鹿家人，只有不断进进出出的家中用人。

虽然鹿秋良跟杜文馨没有感情，但两人毕竟是二十几年的夫妻，还是世家联姻。世家都是要面子的，尤其鹿秋良此人非常虚伪，很在乎外界言辞。今夜过后，鹿家就是西子城最大的笑话，鹿秋良更是会被冠上各种各样的标签。杜文馨就更别说了，名声尽毁！一石二鸟。

鹿鸣于回到房间后就解开了手机的副系统，徐素月已经悄悄把她拉进群里。

这个群人数不少，涵盖了西子城百分之八十的世家公子和小姐，剩下的百分之二十是进不来或不想进的。此时此刻，群里的消息一秒几十条，从来没有这么热闹过，聊的都是同一个话题，以至于鹿鸣于进来都没人发现。她悄悄潜水，看着他们肆无忌惮地嘲笑着鹿家和杜家！鹿鸣于发现鹿霖和鹿芊也在群里，但兄妹俩都一声不吭。

接下来，鹿鸣于过了两天舒服日子，也偷偷跑到后院的那扇门去试过，无一例外都没能进去。祖母一直在后院，但永远都出不来。因为患有阿尔兹海默症，她需要人看护，生活不能自理，这些都成了鹿秋良名正言顺软禁祖母的借口。

这天下午，鹿鸣于在房间里翻阅资料，手机主系统里突然跳出信息。没有文字，是某人弹了她一下。鹿鸣于看着消息，也回弹了一下。很快，消息进来了。

段休冥：风波平息没？出来跟你老公约会。

时间已经过去两天了，这期间鹿鸣于一直待在房间里，避难也避世。

鹿家自然是炸了,杜文馨甚至没脸回来,一直待在娘家,鹿霖和鹿芊两兄妹两家来回跑。鹿秋良提出了离婚,紧接着就是杜家的人上门,双方各种掰扯。最终婚没离成,说白了都是利益使然。

鹿鸣于刚想回复一句"好","笃笃"的敲门声响起,管家王奇的声音传来:"二小姐,先生找。"

鹿鸣于快速将手机藏好,下一秒,门锁从外面打开,管家王奇站在那里,微低着头姿势恭敬,当然,也只有姿势是恭敬的。

鹿鸣于起身,走出房间。管家将她带到了一楼大厅的茶室,这里已经重新整理过,换了更华贵的装饰,以及一张更大更好的茶桌。

鹿鸣于来到鹿秋良面前后,管家就退了出去,偌大的厅堂里只有两人。

鹿秋良坐于茶桌之后,他身穿白色的绸缎唐装,戴着金丝框的眼镜,正在擦拭一把紫砂壶。鹿鸣于站在他面前,并未主动开口说话。静谧的环境中,一股淡淡的压迫感自茶桌周围散开,笼罩过来。

鹿鸣于一直站着,未获允许无法落座。不知过了多久,鹿秋良擦完了那把紫砂壶,开始煮水、洗茶……安静到连风声都没有的茶室里,响起了泡茶的流水声。

鹿秋良一直是这样,典型的江南人,爱茶爱壶爱文玩,喜欢听戏曲和打牌。他单手握壶起泡,一开过后,掀开茶盖放置一旁,淡淡的红茶香从这把壶内散出,热气蒸腾而上。他闻着茶香,抿了一口,便将整杯茶倒至茶盂内,而后继续,周而复始,每一杯都只抿一口。

又不知过了多久,他放下了茶杯,抬眼看过来。鹿鸣于已经站着发了几十分钟的呆。

鹿秋良开口了:"最近你经常出门啊。"

鹿鸣于回神,反驳:"很少出门。"次数屈指可数。

"是吗……"鹿秋良的尾音拖长,带着一丝上扬的询问。

鹿鸣于点头:"是。"

鹿秋良打量了她一眼,道:"只出了几次门,却次次让鹿家大乱,不简单。"

鹿鸣于心里一突,但面上不显:"不关我的事。"

鹿秋良拿起旁边的茶巾擦了下桌面上的水渍,声音平静:"你也好多天没抄《女诫》了吧?"

鹿鸣于与之对望:"大伯,我不想抄。"

"嗯,可以。"出乎意料地,鹿秋良来了这样一句,鹿鸣于一颗心顿时沉入谷底!

"那就关禁闭吧。"鹿秋良语气淡然道。

鹿鸣于:"为什么?"

鹿秋良嘴角勾起一个没什么笑意的弧度:"你说呢?"

鹿鸣于感受到自己的呼吸变得有些急促了。

鹿秋良的神情藏于那副金丝框眼镜之后,他问:"你在害怕?"

鹿鸣于微不可察地呼出一口气,沉静下来。

鹿秋良的眼神不变,但嘴角在微笑:"我没有证据,但是你——要关禁闭。"

鹿鸣于冷静地与他对峙:"我拒绝没有理由的惩罚。"

鹿秋良温和地的一点头,起身:"那走吧,去看看你祖母。"

鹿鸣于瞳孔骤然一缩,不可置信地抬眼看向他。鹿秋良却已经抬脚,走向了那扇通往后院的门。鹿鸣于跟上的同时快速思考,两秒钟后开口:"大伯,我想……还是别去打扰奶奶了吧?"

"不,你要看。"前方传来鹿秋良平静却不容置疑的声音。

鹿鸣于的心脏在飞快跳动。

两人一前一后走着,鹿秋良打开了后院的门,径直走向小屋。鹿鸣于紧跟其后,看着这个人的背影,她只觉得他像一座五指山!

"笃笃!"鹿秋良敲响了祖母的房门。

没多久,门被从里面打开。陶雅兰头发花白,身形有些佝偻,双眼都浑浊了,开门时先是迷茫了一下,然后就看到了站在鹿秋良身后的鹿鸣于。陶雅兰惊喜地喊了声:"小野!"

鹿鸣于心中酸涩,上前握住她的手:"奶奶。"

陶雅兰紧紧拉着她的手往屋里带:"快进来,奶奶给你拿糖吃,你爸爸妈妈在妖都还好吗?"

"都好。"鹿鸣于刚抬脚,鹿秋良的声音就在背后响起:"她爸爸妈妈死了。"

鹿鸣于忽地回头,只见鹿秋良隐藏在房屋下的阴影中,嘴角勾起一个弧度,那双眼睛从金丝框眼镜的镜片后望过来,带着危险的气息!

鹿鸣于还未来得及做出反应,奶奶握住自己的手就一松。只见陶雅兰愣在原地,呆呆地看向门外的鹿秋良。

鹿秋良继续道:"母亲,你最喜欢的小儿子,还有你的儿媳妇,都死了,死于车祸。"

"你闭嘴!"鹿鸣于惊恐地呵斥,但晚了,陶雅兰突然开始尖叫:"啊——啊啊啊!"

头发花白的老太太发出尖锐的叫声,双手用力地揪自己的头发,大把大把地拉扯,仿佛不知道痛。

鹿鸣于上前抱住她："奶奶，没有的事！爸爸妈妈都很好！他们过年就回来看你！"

鹿秋良再次开口，带着笑意："母亲，你难道忘了吗？是你害死的他们啊，你为什么要给他们打电话呢？你的一通电话，让他们……当场身亡！"

"啊！"陶雅兰再次狂喊。她在鹿鸣于怀里挣扎，表情扭曲到要撕裂，眼神充斥着强烈的情绪，精神濒临崩溃！

鹿鸣于双手捂住她的耳朵："奶奶，你不要听他乱说！别听！爸爸妈妈在妖都好着呢！"

但陶雅兰也不知道哪儿来的力气，一把推开她，然后冲进房间拿起一把剪刀，高高扬起手，就要往自己身上捅。鹿鸣于冲过去想要夺走那把剪刀，陶雅兰一把甩开她。

此时的陶雅兰满脑子想着捅死自己，还力大无穷。鹿鸣于被大力撞击到柜角，又弹开撞在墙上。她的体能真的很差，压不住陷入癫狂的老太太。

拉扯中，那把锋利的剪刀已经划开了陶雅兰的袖口，在她的皮肤上留下了一道猩红的痕迹。血珠在星星点点地溢出，鹿鸣于用力压着奶奶，扭头看向门外。鹿秋良就站在那里，站在阴影中一动不动，淡笑着看着祖孙俩一个要自残，一个拼尽全力却无法阻拦。

一切都在彰显，他是怎样不费一兵半卒，不用自己动手，就掌控了一个老太太的生和死。同时，他也在告诉鹿鸣于，她离开的那三个月里，她亲爱的祖母是怎样进的医院，怎样躺在病床上被插满了管子，怎样轻而易举地进了ICU……

鹿鸣于的声音颤抖起来："大伯，是我的错！请关我禁闭！"

鹿秋良笑了："乖。"而后，他便看向旁边。

两名用人立即从房间里走出来，一人一边将陶雅兰架住，给了她一针。陶雅兰很快就冷静下来，不再自残，但也变得茫然和呆滞。鹿鸣于看着这一幕，浑身血液冰凉。

随后鹿鸣于被带到了侧院仓库，这里没有窗户，也不透气，潮湿阴暗。管家像个机器人，没有一丝个人情绪，他用锁链扣住她的手腕、脚腕，然后开门退了出去。仓库门闭合，门外反锁的声音传来，接下来就是长久的寂静和孤独。

天还没黑，这里却漆黑一片，散发着霉味。鹿鸣于调整了一下姿势，拖动锁链发出"哗啦"声。她不知道这是自己第几次被关在这里，每次来都会想起过去，回忆起一次次被关起来的经历。此前最严重的一次发生在她十二岁那年，而这次的危险程度并不比十二岁那年低。从身体伤害升级到了精神压迫，反复不断地消磨她的意志，试图将她的棱角磨平。

她背靠着墙坐下，低下了头，也低下了她长久以来高贵的自尊，就如同向现实臣服。想爸爸妈妈，想去皇艺读书，想段休冥，跟他在一起好开心。她不配拥有这些吗？

时间一分一秒过去，压抑沉闷的环境令人窒息。天应该黑了，她听到了脚步声。

鹿芊的声音在门口响起："鹿鸣于，这是你第几次被关禁闭？我早就说了，这里是你的专属，你的牢笼，你这一辈子都应该被关在这里！"

鹿鸣于抬起头看向门缝。黑的，什么都看不见。很快开锁声响起，鹿芊将门打开，扔进来一个纸箱子，然后又快速关门上锁。鹿鸣于听到了一些爬行的声音。虫子？蛇？还是老鼠？她睁着眼睛，想努力适应黑暗。

有什么东西爬到了她的脚上，小小的一只。鹿鸣于伸手，捻起。哦，是蝎子。

她刚想将之扔开，突然手一顿，紧接着她将这只蝎子放在地面，单指摁住它的背，无名指点在地面作为支撑，中指屈指一弹，"啪"地将这只蝎子弹飞！

第一次尝试，没弹好，歪了。但有更多的爬虫在往这里来，数量很多，有的是弹珠可以玩，还可以边玩边思考一些事。也不知过了多久，那些蝎子被她弹晕了大半，还有一部分没爬过来，在仓库的各个角落发出"沙沙"的声音。她停了下来，手疼。

太黑了，什么都看不见，她开始闭上眼休息。仓库又回归到长久的安静。

鹿鸣于关禁闭时间比鹿芊长，一天一夜后，管家王奇过来开门，将她放了出来。面对仓库里那些或晕或死的蝎子，管家选择性视而不见，带着鹿鸣于回到三楼房间。

房门闭合后，鹿鸣于去探藏在床板内的手机，划开屏幕。某人炸了。

段休冥：你搞什么？在约靓仔？

段休冥：鹿鸣于！

段休冥：接电话！你老公找你！

段休冥：手机又被收了？

段休冥：联系我。

看着这些带有强烈情绪的文字，她先是发出去两个字：阿冥。

紧接着她打出一行字：你能借我钱吗？

但这行字没有发送出去，被她删光重打。

鹿鸣于：你很有钱吗？

对面很快回复，只有两个字。

段休冥：卡号。

直接又强势。

但这时，敲门声响起。鹿鸣于快速将手机藏在枕头下方。

门开了，管家端着一个餐盘走进来，语气恭敬："二小姐，长时间没吃东西，先喝点粥，不然胃受不了。"

鹿鸣于："谢谢关心。"

管家低着头："不客气。"

鹿鸣于忽然回身望着他，问："鹿家给你开多少钱的工资？"

管家疑惑地看过来。

鹿鸣于："如果我给你双倍，五倍甚至十倍，你能为我做事吗？"

管家微笑："抱歉，我为先生做事不是因为钱。"

鹿鸣于继续加码："百倍。"

管家还是微笑："你给我几千万也没用。"

鹿鸣于又问："你有什么把柄在他手里？告诉我。"

管家摇头："都不是，鹿二小姐，今天的谈话就到这里。"话落，他便退出去，关上了门。

鹿鸣于看着紧闭的房门，沉默了。手机在枕头下方振动了一下。

段休冥：卡号，今天先划一笔给你。

鹿鸣于打字回复：不用了。

钱收买不了人，也变更不了阿尔茨海默病患者的看护人。

湖景公寓的书房内，詹祥坐于一旁的桌前，对着两台电脑操作着什么，他面前还放着十部手机，同时连线中。

"三号线准备……爆！九号车？直接放弃，都那样了还留着干什么？严天佐人呢？撞啊！"他的声音有条不紊，像是在玩某款网络游戏。

事情处理得差不多时，詹祥抬头看向旁边的沙发，笑道："冥哥，今天的结束了。你这招把他们遛得团团转啊！看给他们吓的。"

段休冥把玩着磨砂黑手机，看着落地窗外的湖景，连头都没偏过来一下。

詹祥很无奈："冥哥，我跟天佐忙得一刻不停，你好歹关注一下。"

段休冥终于看来一眼："有必要？按计划行事。"

詹祥："万一有突发情况呢？不是所有人都像你这么自信！"

段休冥继续看向窗外："那就让我哥随机应变。"

詹祥一愣，道："不愧是亲兄弟，你大哥曾经也说过同样的话，你俩也太信任对方了！"

段休冥忽然说了一句与当下情景不符的话："她很缺钱？"

詹祥一脑袋问号："啊？什么？谁缺钱？"

段休冥没再开口了。

詹祥反应了过来，翻着白眼道："缺钱就送卡啊，多简单！"

段休冥摇头："她心事重，藏得深，还不收。"

詹祥："送首饰，贵的！"

段休冥："这些她喜欢，但绝对不是最喜欢。"

詹祥头疼得大喊："那就什么都买，什么都送！"

段休冥抬手阻止他："你少瞎出主意，够俗的。"

詹祥耸了耸肩："你俩高贵，要我说就雅俗共赏才好。"

段休冥挑眉："这四个字说得对。让人把我香江那幅画带过来。"

詹祥一头雾水："哪幅？你收藏了那么多世界名画，我搞不清哪个跟哪个。"

段休冥抬眼看来:"妖都买的那幅,我一直说主题很震撼的那个。"

詹祥眼睛一亮:"我想起来了!冥哥你说《破晓》啊。我记得那幅画开价十万,冥哥你大手一挥就翻了十倍,砸得那名小画家半年没开张。"

段休冥眼带笑意:"给少了,才华比金钱耀眼。"

詹祥点头:"那幅画乍一看看不懂,看懂后真的很燃。冥哥,你是要把那幅画送给鹿二小姐?"

段休冥:"嗯。我是想用它把她隐藏的心思勾出来。"

鹿鸣于喝完粥,等待用人收拾完毕后,将门反锁。她先是稳定了一下情绪,然后随手翻了下手机上的新闻,看有无大事发生。平平淡淡,宇宙没毁灭,地球没爆炸。她又点开外网看香江新闻。这回刺激多了,短短一周内发生了好多大事。

疑似发生重大危机事件!段家明暗两脉冲突升级!

段氏洗牌迫在眉睫,香江迎来新风暴!

以上是三天前的,接下来是近两天的。

[图]段氏暗脉少主座驾现身段宅,九辆防弹车强破大门!

惊!段氏继承人段立青受伤!

然后是今天的。

爆！少主目标不仅是继承人！段氏暗脉上演谋权篡位戏码！

暗主受伤！现场惊现少主座驾！竟是谋反！[图]

少主狼子野心，强势夺权！明、暗两脉皆将易主！

段氏大权将落于一人手中？

....

香江的新闻就是这样，标题特别炸裂。最后的冲突发生在今天，甚至新闻发布的时间就在十分钟前。这是刚爆发的新鲜事？

今日下午，段氏暗脉少主把他的顶头上司，也就是那位暗主给搞进了医院。有图有真相，破损的车，撞飞的大门，一地残渣，跟拍电影一样！

鹿鸣于挑了几个点开细看，结合前段时间看过的新闻，大致理出了一条线。

那位段氏暗脉的少主先对付了大量段氏旁支，继而开始对付继承人段立青，今天又对付暗主。下一个目标难道是段氏家主？这人确实野心勃勃，短短半个月搞出来这么多事情，还挺忙的。真好，她也想有这样的底气和野心，看谁不爽就动手。

忽地，她想到什么，再次点开段休冥的聊天框。

鹿鸣于：你近期回香江吗，还是一直待在西子城？

段休冥：我就待在这里等你出关，见你一面是真难啊，乖乖女！

两人明明在一个城市，却像异地恋。

鹿鸣于看着这行字思考。这几天香江段家乱成那样，他回去就是活靶子，那位暗脉少主跟皇帝似的，逮谁整谁，还是待在西子城安全。活着才是最重要的，任何事都比不上生命。

手机又振了一下。

段休冥：过段时间我回趟香江，再来就是提亲，终结异地恋！

鹿鸣于嘴角微不可察地勾了勾，能想象到他说话时的样子。但很快，她的笑容淡了下去，人看着角落里的画架沉默了。

接下来的几天，鹿鸣于安静得没什么情绪，也不怎么出房间。反观鹿芊倒是开朗了许多，只要鹿鸣于低迷她就开朗，心理疾病都好了！

杜文馨的八卦事件淡了下去，各大世家群没什么人再聊，这事已经平息。至于鹿秋良本人，这顶绿帽子是摘不掉了，这将会是一辈子的耻辱。但他表面看上去还是很好，见到谁都和煦地微笑，也不知内心的变态程度有没有升级。鹿霖则是放下了父母的事，开始忙工作，每天早出晚归的，像是有什么计划。

这天，鹿鸣于打开手机副系统，点开西子群看他们聊天。聊什么的都有，其实像鹿芊那样只知道玩乐的人是少数，大部分人都在聊正事。此时群里正聊到一个画展活动，世家子弟都在转发自己的作品。

鹿鸣于起身，将手机藏好，站于书桌前，将桌上的东西都拿开，铺了张纸，开始作画。画到一半，钥匙开锁的声音响起，连门都没敲！鹿鸣于的手顿住，眼前的水墨画来不及收，门就已经打开了。鹿霖走了进来，看到了她的画。

"你在画什么？"他冷声问。

鹿鸣于放下笔："我想参加画展。"

鹿霖走上前，看了眼桌面，冷笑："画展，画的老虎还是猎豹？"他暂时没看出她画的是什么动物，但很明显是猛兽，尖牙利齿，表情凶残！

鹿鸣于:"不行吗?"

"不行!"鹿霖面色狰狞,道,"我知道你想参加什么画展,那画展是为秦家大小姐准备的,这关乎到鹿秦两家的关系,你少出风头!"

鹿鸣于:"鹿芊都离婚了,还能交好?"

鹿霖:"真是愚昧!你以为世家之间的来往只是联姻?鹿家名声差成这样,总要想个办法扭转!"

鹿鸣于头也不抬:"鹿家名声差不是你妈造成的吗?比我爸当年严重多了。"

鹿霖瞳孔地震,怒喝:"你说什么?"

鹿鸣于勾起嘴角:"比起我爸爸为爱奋不顾身的浪漫,你妈婚内出轨这种名声扫地级别的行为,足以让你跟鹿芊两人的名字都被从族谱上划掉!"

鹿霖脸色铁青:"鹿鸣于,你这张嘴怎么没被人撕烂?"

鹿鸣于还在继续:"不让人说事实?"

鹿霖:"世家联姻各玩各的是常事,只不过没人闹到明面上罢了!你爸爸当年可是为了一名戏子离家,毁婚约,撕破脸,还浪漫?他打了整个世家联盟商会的脸,让鹿家蒙羞!"

鹿鸣于抬眼,冒出来一句话:"多大点事。"

鹿霖被刺激到了,他猛地上前,一把将她还未完成的画作撕得粉碎!

鹿鸣于冷漠地看着他,道:"撕完打扫干净。"

鹿霖呵斥道:"我警告你,少挑衅我,也少想有的没的!那画展我也出资了,你最好识相点!"

鹿鸣于低头:"不懂。"

鹿霖冷笑:"你当然不懂,就知道画这些破画,什么时候关心过鹿家的项目？"

鹿鸣于："什么项目，跟绘画有什么关系？又关我这幅画什么事？"

鹿霖："纸张！画笔！真是笨，一点儿商业头脑都没有！"

鹿鸣于开口问："我只是想画画，不能参加吗？"

鹿霖："你参加也可以，画别的，画个棉花糖。"

鹿鸣于："什么？"

鹿霖："棉花糖，或者白云天空！对，画天空，粉色云朵！这就很好，反正不许画这些东西！"

鹿鸣于："你的不许是指丹青？"

鹿霖："不许画动物花鸟，秦家大小姐擅长的你都不许碰！"

鹿鸣于："好，那我以我自己的身份参加画展总可以吧？"

鹿霖皱眉："你什么身份？"

鹿鸣于："身份证号。"

鹿霖："可以。"说完他就摔门走了。

鹿鸣于重新锁好门，整理了一下地上的碎纸，然后拿出手机，给徐素月发信息。

鹿鸣于：画纸、画笔……颜料、石矿、墨……再加上胶水、板、画框等，给我与画作相关的一切。

徐素月：什么什么？

鹿鸣于：开办画展背后涉及的项目，我不懂经商，具体的不清楚，应该是跟画协合作之类的。大到画展、展馆，小到培训机构，是否涉及垄断？

徐素月：群里那个？

鹿鸣于：对，从鹿霖嘴里套出来的。秦家大小姐是谁？她参加画展是不是为了推动世家的项目？这生意赚钱吗？以上都是我的猜测。

徐素月：信息量很大！

鹿鸣于：对你有用吗？

徐素月：怎么没有？！这内幕我不知道，或许我哥知道。

鹿鸣于：那我这算是一手消息了？

徐素月：对！等老娘赚了钱分你一半，不许再退回来了！每次给你打钱都原路返还，你日子过得好点不行吗？！

鹿鸣于：我自己能赚钱，真有需求会问你要的，但你刚回国不久，能跟鹿霖竞争吗？

徐素月：他算什么东西？跟我哥一样是个蠢货！

鹿鸣于：多骂两句，我爱听。

手机开始狂振，都是来自徐素月的疯狂吐槽，骂得一点儿都不客气。亲闺密，就是志同道合！

退出聊天界面后，鹿鸣于将手机收起，重新铺好纸张开始画。半小时后，鹿霖又来了一趟，看到她在画粉红色云朵，满意地离开了。

鹿鸣于一直在作画，画完了鹿霖要求的蓝天粉云棉花糖。夜深人静，她将另一张纸取出，开始调墨，这一回，她的双眼微微发亮，有强烈的创作欲望。

就读于皇艺的每个学生都有自己的工作室，她的画室有又高又大的墙面，能铺开两米高的画纸，肆意挥洒才华，西子城鹿家却什么都没有。

作画的时间总是流逝得很快，天亮时，鹿鸣于放下笔，小心翼翼地将画作捻起，观赏，然后找了个最好的角度，将这幅画立起，用手机拍摄。磨砂白的手机不愧是定制款顶配，拍出来的效果比她之前那部手机好很多，不用特地去调整，就将这幅画拍得很完美。

她登录了当下最火爆的社交平台,将照片发布出去。而后,她将这幅画与那幅《棉花糖》交叠、合并,再装裱。

熬了一整夜画出来的画,她不能放在鹿家,被发现又要撕掉。那就藏起来,藏在这幅《棉花糖》的后面,看谁有缘,能中大奖。

次日清晨,鹿鸣于带着画走出房间,下楼。那神经病一家三口在吃早饭,杜文馨虽然没有与鹿秋良离婚,但依然住在娘家。鹿鸣于在长餐桌角落的位置落座。

鹿霖瞥了眼她放在一旁的画,警告:"识相点。"

鹿鸣于:"好。"

鹿芊也看了眼那画,开始嘲讽:"幼儿园画作,真是惊人的创意呢,鹿二小姐,别用鹿家的名义参加,鹿家可丢不起这个人!"

鹿鸣于看向鹿霖:"她骂你。"

鹿霖皱起眉,脸色难看。

鹿芊扬起脸骂道:"鹿鸣于,你乱说什么?我骂的是你这个贱人!"

鹿鸣于头也不抬:"画这幅《棉花糖》是你哥的意思,他定的主题,我画完他还说很满意。"

鹿芊脸都抽了起来,震惊地看向鹿霖。

鹿霖抬眼,问:"鹿芊,这幅画很差吗?我品位很差吗?"

鹿芊张了张嘴,想解释,鹿霖却"哐当"一下扔了餐具,怒道:"鹿芊,有时候说话也要动动脑子!"

鹿芊:"哥,我不是故意的。"

这时鹿秋良敲了敲桌子,道:"注意用餐礼仪。"

兄妹俩都不再说话,低头用餐。

鹿秋良这时又定眼看来："鸣于，饭后来我书房。"

鹿鸣于皱眉。鹿芊开始冷笑，嘲弄地瞥了下首位一眼，鹿霖也给了鹿鸣于一个淡漠的眼神。

饭后，鹿鸣于来到鹿秋良的书房。他又开始坐在书桌后装腔作势了，一边把玩着橄榄核，一边翻着书。鹿鸣于站于桌前沉默地等待。一小时的罚站后，鹿秋良终于放下书，开了口："你想收买王管家？"

鹿鸣于没否认，也没承认。

鹿秋良露出一个和煦的微笑："你可能不知道王奇的来历。他的命是我救的，他留在我身边是为了报恩，钱买不走他。"

鹿鸣于点了下头，了然了。

鹿秋良又继续道："不过你哪来的钱收买王奇，勾搭上富二代了？"

鹿鸣于忽地抬眼直视着他，毫不避让地开口："对，男朋友富可敌国。"

挑衅！张扬！不羁！硬碰硬！

一片安静中，鹿秋良的嘴角终于难以维持那个假笑，眼神狠戾了起来。他手中的橄榄核不断摩擦，发出"咔咔"的声响。

"很好。"他咬牙切齿，点着头道："看来你一点儿都不在乎你祖母的命啊。"

鹿鸣于低着头，沉默无言。

鹿秋良笑出了声，眼神说不上来地阴沉："鸣于，这么多年了，你还是老样子，你这性子是磨不平吗？"

鹿鸣于依旧不说话。

鹿秋良推测起来："还是说你在等着你祖母离世，跟我玩一把大的？"

鹿鸣于笑了一下："大伯，我会分手的。"

鹿秋良微笑："嗯，乖。"

鹿鸣于的声音又响起："下辈子。"

"啪——"那串橄榄核被猛地投掷而来，扔在了她的脸上。

鹿鸣于面无表情地抬眸，提醒道："大伯，注意仪态。"

鹿秋良脸上一阵扭曲，面目狰狞！

鹿鸣于观察着他的脸色，笑道："别装了，整天装儒商累不累？"

鹿秋良的眼底即将冒烟，声音从牙缝里挤出："你是还想关禁闭？"

鹿鸣于镇定自若："这几天关不了，我已经在世家群里说了要参加画展。那画展要办一个月呢，今天就得去布展。徐素月在来接我的路上，我不出现，会很奇怪。"

鹿秋良霍然起身："你跟我耍心机，玩阴谋？"

鹿鸣于纠正道："大伯，这个叫阳谋，多读点书，你刚刚书都拿反了。"

鹿秋良下意识看向手边的书，却愕然发现根本没有拿反。鹿鸣于是在故意气他！他也确实快被气死了！一环扣一环，把他的愤怒值调动至最高，心理防线一点点崩塌，即将失控！

鹿秋良眼底的阴沉再也藏不住："好一张嘴！"

此时，手机振动的声音响起。鹿鸣于微笑："徐素月来接我了，让徐家掌上明珠等很不礼貌，再见大伯。"说罢，她便转身离开了这间书房。

一楼大厅，徐素月跷着二郎腿坐着等人，身旁鹿霖与她在沙发上并排而坐，给她剥葡萄。

徐素月："我不爱吃葡萄。"

鹿霖很温柔:"你小时候爱吃,我一直记得。"

徐素月:"整天小时候小时候,我说了不爱吃葡萄!"

鹿霖:"好好好,不吃。"

鹿鸣于带着那幅画下楼,看着两人,一个脾气炸,另一个费尽心思哄,画面感人。

徐素月站起身,冲鹿鸣于奔来:"我们走!"

鹿鸣于与她并肩离开了鹿家。

上车后,徐素月瞥了眼那幅画,嘴角抽了很久,很沉默地开车。驶出去一会儿后,她开口道:"别告诉我这是你画的。"

鹿鸣于点头:"嗯,我画的。"

徐素月都结巴了起来:"你……你要拿这幅去参加画展?"

鹿鸣于再次点头:"没错。"

徐素月开始喷:"你用你的绘画天赋画这东西干什么?它看起来像幼儿园小朋友的画!"

鹿鸣于:"刚刚给你剥葡萄的那人让我画的这个,还把我之前的画撕了。"

徐素月猛地踩下刹车:"掉头,我去干死他!"

鹿鸣于开始笑:"没事,我就是找个理由出来玩。"

徐素月继续开车:"你是要出来透透气?不会又被关禁闭了吧?"

鹿鸣于:"嗯,关了二十四小时。"

徐素月开始骂人,把鹿家四口骂了个遍。鹿鸣于就在旁边笑着听她骂。

展厅很大,现场人影攒动。布展已经进入了最后阶段,大部分的画作都已经陈列展出,留给鹿鸣于的是角落的一个位置,相当地不起眼。当她把画挂上去后,周围的工作人员都表示幸亏是在不起眼的地方。在大量丹青作品中突然出现这么一幅,就像是一只丑小鸭窜进了天鹅群,无论是色彩、创意还是水准,都与这次画展的主题太不搭了!

远处,一对姐弟大步走过,神采奕奕。女子是秦家的长女秦媛,秦大小姐。与她并肩而行的则是秦家长子秦潋。但对比秦媛的高雅气质,秦潋虽是长子,浑身上下却满是纨绔劲。在两人半步之后,是面带讨好之色的鹿霖。

秦潋:"这画展布置得不错啊,姐,你满意不?"

秦媛微笑着点头:"确实不错,你们辛苦了。"

鹿霖连忙摆手:"不辛苦,都是应该的。"

秦潋则是另一种态度:"可辛苦死我了,姐你要多犒劳我!"

秦媛嗔怪地看了他一眼:"你少顺杆爬。"

秦潋边笑边开口讨要起了东西:"姐,我想买一辆法拉利。"

秦媛无视了他,站定后道:"我去那边对接,你俩再逛一圈,看看有没有什么细节需要注意,最后一天了,不要松懈。"

两人点着头,目送秦媛离开。

鹿霖笑着问:"秦少,秦大小姐心情这么好,事情肯定稳妥了吧?"

秦潋一愣:"什么事情?"

鹿霖慌了,连忙道:"我提出的那个项目啊,画协推动的!"

"哦,对!"秦潋揉了下鼻子,而后道,"我忘了跟你说!你那个项目啊,我姐让徐家做了。"

鹿霖大惊:"什么?"

秦潋笑道:"实在不好意思,我给忘了,刚想起来。"

鹿霖脸都绿了,强忍着情绪道:"秦少,这可是我们说好的,我出了钱又出了力,你不能让我白忙活啊!"

秦潋:"我知道我知道,但我姐才是策划人啊,我没有决定权。她说徐家给出的方案更合理,你的那套格局不够。"

鹿霖急了:"我可以改啊,方案又不是一次定下的!而且徐家怎么会突然抢这个项目?他们怎么知道的?"

秦潋摇着头:"这我就不知道了,可能私下跟我姐有联系?"

鹿霖都快气麻了,脸色铁青:"秦少,这个项目我准备了很久,你也知道的,现在鹿家的形势不好。"

"再做别的嘛!"秦潋毫不在意地随口宽慰,"而且你们鹿家的名声什么时候好过?"

秦潋继续往前走,忽然脚步一顿,看向某个角落。鹿霖顺着他的目光,看到了徐素月和鹿鸣于并肩站在一幅画前。

秦潋指了下,问:"那是谁?"

鹿霖紧皱着眉:"徐家大小姐徐素月。"

对了,项目被徐家抢了,徐素月又出现在这里,还跟鹿鸣于在一起。难道抢走项目的人是徐素月?不能吧,她只是一个二十二岁才大学毕业的小姑娘。鹿霖一瞬间脑子里冒出来了诸多想法,但又被他一一否定了,他不认为徐素月有这样的眼光和魄力。要知道徐鹿两家是世交,这么做不是撕破了脸吗?她怎么敢?难道是徐文俊?鹿霖决定好好问问。

秦潋却摇头,继续指:"我是问旁边那个,婚礼上的人是不是她?"

鹿霖皱着眉:"哦,是她,这是我妹妹鹿鸣于。"

秦潋挑眉:"你……妹妹?"

鹿霖反应了过来,解释道:"秦少可能不知道,我有两个妹妹,除了鹿芊,家里还有个常年养在深闺的小妹。"

提到鹿芊，秦潋顿时变得不耐烦："别提她，我现在听到她的名字就烦！"

鹿霖只能道歉："被家里人宠坏了，实在抱歉。"

秦潋再次看向前方，语气有了些变化："那这个妹妹呢，亲生的？"

鹿霖脸色变了变，解释道："这说来话长，但跟亲生的没什么两样，户口、身份还有族谱，反正都是鹿家二小姐。"

秦潋这时玩味一笑："嗯，毕竟联姻是大事，离婚是我不对，其他项目的事可以再聊嘛，我去问问我姐，晚点联系你。"

鹿霖双眼一亮："好啊，秦少！"

徐素月站在画作旁边一阵沉默，欲言又止。反观鹿鸣于倒是兴致勃勃，一点儿不受影响，挂完画还观赏了一番。

徐素月叹了口气，道："小野，你知道我在想什么吗？"

鹿鸣于偏头，问："什么？"

徐素月神情复杂道："我想的是，如果有一天坐在画协主席台正中央的人是你，那该多好。"

鹿鸣于也思考起这个问题。

徐素月有些忿忿不平："秦大小姐确实有水平，但我不认为她的水准有你高，你的天赋明明就在她之上！她都要竞选画协副主席了，你却只能隐忍蛰伏！"

鹿鸣于无所谓地笑了下："水准与身份无关。"

徐素月又道："我看过你的那幅画，卖了一百万的那幅，你半年前的水平就比她高了！在皇艺进修后，现在的你一定更厉害。"

鹿鸣于："我的事先不说，你那项目如何？"

徐素月面上浮现了一抹傲气："鹿霖那垃圾方案直接被我碾

压了。"

鹿鸣于笑道:"所以你拿下了?"

徐素月点头:"你分析得完全正确,这生意很赚。"

鹿鸣于:"可惜我没钱,不然能一起投资。"徐素月刚想开口,鹿鸣于抢先道,"不用借我。"鹿鸣于回身看向她,"将来投资我。"

徐素月:"好。"

湖景公寓。书房内的布置与之前一致,詹祥依旧坐于书桌前忙个不停,远程指挥。身后沙发上,段休冥玩着手机,时不时开口更改细节。两人悠闲得像打游戏,却搅乱了整个香江。一下午过去,詹祥切断连线,看了眼私人信箱:"唉,冥哥,有个趣事。"

段休冥:"说。"

詹祥看着信箱里的文字,笑道:"是一封匿名信,段氏继承人段立青的行政总助张某,昨日跟陈家人吃了顿饭……哇哦!"

段休冥头都没抬:"分析下。"

詹祥:"有两点,一是这行政总助是私下与陈家联系的,吃里扒外,这简单,直接拉黑名单,让严天佐处理就行!二就有点儿危险了。"

段休冥点头:"嗯,继续。"

詹祥回过头来,皱眉:"冥哥,如果接触陈家是继承人的意思,那就是想利用混乱,一把颠覆段家明暗两脉泾渭分明的格局,我们需要防备吗?"

段休冥抬了下眸:"第三呢?"

詹祥:"啊?还有第三?"

段休冥:"发件人挑拨离间的可能性你不考虑?"

詹祥恍然大悟:"哦,对!我马上查!"

段休冥神情淡然:"还是说想挑拨离间的人是你?"

詹祥炸了:"我只是一瞬间的思维发散,真没想挑拨!"

段休冥一脸的无所谓。

"冥哥,你是真吓人!"詹祥擦了擦虚汗,忽地又分析道,"不过,哪怕兄弟反目我们也不怕,国外和香山澳都是退路,嘿嘿!"

段休冥:"退什么?他若对我动手,我为什么要让着他?"

詹祥眨了一下眼睛:"好的。"

段休冥这时收了手机,起身:"车钥匙。"

詹祥也跟着站起来,将钥匙递上:"哥,我刚都是瞎分析,你俩亲兄弟彼此的信任和默契最重要,这次行动已经到最后阶段了,我就是有点儿亢奋。"

段休冥:"我没怀疑。"

詹祥松了口气:"我不会背叛你的,冥哥。你救过我两次,我的命都是你的。"

段休冥语气很随意:"背叛也没事,我会捏死你。"段休冥笑着拍了下他的肩膀,走向大门。

詹祥在背后喊了声:"去哪儿啊,冥哥,晚上不吃饭啦?"

段休冥头也不回,晃了晃手中车钥匙:"约会!"

"砰!"大门紧闭。詹祥无奈地耸了耸肩:"服了,整个香江都上蹿下跳的,他还约会呢!"

傍晚,展馆侧门,一辆冰川蓝色的豪车驶来。车停稳后,段休冥下车绕过来替鹿鸣于开门。鹿鸣于站在那儿没动,神情微愣。

段休冥偏头邀请:"愣着干什么?上车。"

鹿鸣于上前坐进副驾驶位。段休冥扶着她坐好,替她关上门,绕回驾驶位系安全带,启动车辆。

鹿鸣于:"你心情似乎很好?"

段休冥："好多天没见，约会当然心情好！"

鹿鸣于点了下头："很有感染力。"

段休冥看了眼，问："你心情不好？"

鹿鸣于："倒也不是。"

段休冥又问："见到我心情好点没？"

鹿鸣于看向他，视线停在他的侧脸，棱角分明，很是优越，从内而外都散发着自信，有种很浩瀚的强大。

段休冥目视前方："再看，绑你啊。"但下一秒，他朝她伸出手，拉起她的手问，"饭后看电影吗？"

鹿鸣于："好。"

段休冥惊讶："今天不用那么早回家？"

鹿鸣于眼神闪烁了一下，反问："段休冥，你是什么都不怕吗？"

段休冥偏过头来看她："你想做什么？我陪你。"

鹿鸣于："哦。"他真的什么都不怕。

段休冥继续开车，余光在她身上停留了片刻。

鹿鸣于："我近期每天都能出来。"

段休冥挑眉："那我开始安排了？今天看电影，明天听音乐会，后天睡觉！"

鹿鸣于不禁笑了出来。此时前方正是红灯，段休冥点了刹车，忽然上半身倾来，在她脸颊上留下一吻，速度快得鹿鸣于都没反应过来。他亲完回正，嘴角挂笑，继续看着前方红灯，回味道："香！"

鹿鸣于偏过了头，看向车窗外。

段休冥开始问："刚刚那是什么展？"

鹿鸣于："丹青画展，今天最后一天布展，明天开始，展出一个月。"

段休冥来了兴趣:"有你的作品吗?"

鹿鸣于点头:"有一幅。"

段休冥:"明天不听音乐会了,看画展。"

鹿鸣于没说话。

段休冥挑眉:"怎么了?"

鹿鸣于:"别看了。"

段休冥很不高兴:"还不许我看,为什么?"

鹿鸣于:"怕你觉得丢人。"

晚上八点,徐文俊推开一家高端茶馆的包厢门,有些意外地开口:"鹿霖,你怎么有空约我喝茶?"

鹿霖起身邀请:"坐。"

徐文俊扫了一圈,笑道:"怎么回事,就我俩?"

鹿霖点着头:"有些事想问问你。"

徐文俊落座后道:"什么事,搞这么严肃?"

鹿霖:"那个丹青画展你知道吧?"

徐文俊回忆了一会儿,点头:"我想起来了,秦大小姐有很多作品展出,已经开始了吗?"

鹿霖观察着他的神情,有些意外:"你没关注?"

徐文俊一脸莫名其妙:"我关注这个干什么?"

鹿霖皱起眉,试探道:"我今天在画展上遇到月月了。"

徐文俊:"肯定是鹿鸣于参加画展她跟着去的吧。她就喜欢瞎跑瞎玩,明明不懂这些,也不知道去凑什么热闹!"

鹿霖心里依旧没底,但笑着道:"文俊,你说我们徐鹿两家这么多年世交,怎么没联姻呢?"

徐文俊握茶杯的手顿在半空，惊讶地看向他，眼中的情绪难以隐藏。

鹿霖话题一转："如果这画展有画协助力，搞出来一些项目，我们两家就能一起赚了啊。"

徐文俊皱眉："鹿霖，我现在有点儿听不懂你说话。"

鹿霖："是这样的，你问问你爸有没有投资画协牵头的项目，我们……"

徐文俊笑了笑："难道我问了，你们鹿家就能把鹿鸣于嫁给我？明明青梅竹马很合适，徐家试探过几次了？但你们依旧态度坚决。"

鹿霖低头，道："我说的联姻，也可以是我跟月月，都是两家交好，这是共赢。"

徐文俊放下茶杯，面上带上了怒意："鹿霖，虽说两家是世交，但你也要看看，现在的鹿家怎么跟徐家比？你太没有诚意了！"鹿霖张嘴想解释，但徐文俊已经起身，"失陪。"

谈崩了。看到徐文俊直接离开，鹿霖烦躁地想砸杯子，这时，手机振动了一下。鹿霖低头一看，倍感诧异。

秦潋：*带你妹妹来我这儿玩？*

后面紧跟着一个定位地址，是一个独栋别墅。鹿霖二话不说给鹿芊打了个电话，驱车前往！

一小时后，鹿霖领着盛装打扮的鹿芊抵达了这处独栋别墅。两人一进去就看到了大厅里二十几个人，或聊天或喝酒，除了与秦潋同等级的几名顶级世家公子和大小姐，其他环绕在侧的都是一些长相俊美的年轻男女。

秦潋爱玩，但玩得比徐文俊、郝路生等人高端多了，他从来不在外面玩，找来的玩伴也都是通过层层筛选的。这别墅不是用来住的地方，而是专门用来举办各种聚会的，隐蔽又安全。鹿芊一直知道这些事，却是第一次来这里。

此时秦潋就坐在沙发上，左右两侧都是年轻女子，或依偎着他，或给他递酒。鹿芊快要爆炸了，但她仍强行维持着面上笑容，挽着鹿霖的手走进去。

鹿霖倒是很平静地跟秦潋打了招呼："秦少，我带我妹妹来了。"

秦潋抬眼看来，皱眉："你带我前妻过来干什么？"

鹿霖惊讶："秦少，是你让我带的。"

秦潋厌烦地扫了鹿芊一眼，冲鹿霖道："我说的是你另一个妹妹！"

鹿芊终于爆发，尖锐地大喊："老公！你居然还想着那个贱人？"

秦潋更烦躁了："谁是你老公？闭嘴吧！"

鹿芊冲过去，一巴掌就将他身边的女人拍开："臭不要脸的东西，勾引我老公！滚！"

经过这么一闹，现场的气氛变得尴尬。其他公子和小姐相互对望了一眼，露出看戏似的眼神。

秦潋往旁边挪了挪，双手一摊看向鹿霖："我说鹿少爷，你自己看看这是个什么东西！"

鹿霖连忙上前将鹿芊拉回来，一个劲儿地道歉："秦少，实在抱歉！她最近受了些刺激，还在接受心理治疗！"

秦潋都气笑了："心理治疗？两家联姻，给我送过来一个精神病？你们鹿家是不是在耍我？"

鹿霖连忙摇头："怎么会？不是这样的，我妹妹她……"

"好了。"秦潋打断他，收起了笑容，"我警告你，以后别再让

第六章 终结异地

我看到这个神经病。"

鹿芊愤怒的胸口上下起伏："夫妻一场,秦潋你……"

"滚出去!"秦潋再次打断,无比烦躁地抬了下手,几名保镖立即出现,将鹿芊带了出去。周围的人也离开了这个大厅,前往二楼,偌大的厅堂里顿时只剩秦潋和鹿霖两人。鹿霖就这样站着,看着端坐于沙发正中央的秦大少爷。

秦潋先是喝了口酒,而后玩味地指了指沙发："鹿霖,聊聊?"

鹿霖深吸一口气,落座。

深夜,段休冥驱车将鹿鸣于送到鹿家大门侧面。鹿鸣于解开安全带后,伸手在车门把手上拉了拉,还锁着,没拉开。段休冥就这样看着她,没开车门锁。

鹿鸣于回身看向他,等待她的,是他极具侵略性的靠近。她的双手被他单手扣住,不能动弹。他毫无预兆地将她抵在座位上吻上来。静谧的黑夜中,车内温度急剧上升。

"第一次送你回家那天,你跑得比兔子还快。"他贴着她的唇瓣开口。

鹿鸣于神情动了动,察觉到一个危险的事实。他只是看上去不拘小节,实际上随随便便就能注意到细微之处,点不点破取决于他的心情。

看着她微愣的样子,他松开了她。"咔!"段休冥按了下开锁键,唇角勾起:"下不下车都随你。"话落,他将车重新启动,意思很明显,不下车他就会直接掉头,开去公寓。

鹿鸣于平静道:"生理期。"

三个字直接将段休冥全部的情绪浇灭:"漂亮。"而后他摇下驾驶位的车窗，抽出一根烟夹在指间。

鹿鸣于打开车门下车，冲他微笑："晚安。"

她干脆利落地转身，推开鹿家大门进入。厚重的将军门缓缓闭合，段休冥看着那背影在眼前没入门内，不禁笑了下。

他点燃了那根烟，指尖火光一闪。他五感的敏锐度高得惊人，知道她的生理期是撞车的那几天，今天不是。骗他呢？

第七章
没有软肋

鹿家大厅亮着灯。鹿鸣于一回来就遇到了端坐于主位的鹿秋良，这么晚他竟然还在。

鹿秋良阴沉的目光看向她，冷笑："你胆子真的很大啊，我允许你在外面玩到这个点了吗？"

鹿鸣于笑了一下："大伯，当下有个最火最大的社交平台。"

鹿秋良冷嘲："你那有钱的男朋友就是网上找的？"

鹿鸣于："我是想说，我在做自媒体。"

鹿秋良皱眉："什么意思？"

鹿鸣于："我的粉丝数量庞大，如果你对我奶奶做什么的话，我不能保证不会在网上发什么疯言疯语，大不了那个号不做了，也跟你鱼死网破。"

鹿秋良霍然起身，想走过来动手。鹿鸣于依旧冷静，一步不退："我设置了指令，你收我手机也没用，十分钟后，消息无须人为操控就会发布，就是防着你现在这个举动。"

鹿秋良脚步立刻顿在了原地，眼中凶光炸现。

鹿鸣于继续道："大伯，现在是信息时代，你那套陈旧的东西不适用于当下社会。"

鹿秋良："你到底想说什么？"

鹿鸣于："我们井水不犯河水，你把后院门打开，让我自由进出。家族名声这个东西，我不在乎，可你在乎。"

鹿秋良表情难以自控，神情扭曲地看着她："你可真是会玩弄人心！"

鹿鸣于："谢谢夸奖，请把后院钥匙给我。"

鹿秋良却忽然反问："你是在虚张声势吧？你的账号真的有数量庞大的粉丝，能有社会影响力？"

鹿鸣于拿出手机，划了下屏幕，打开提示音，顿时"叮叮咚咚"响个不停！她又当着他的面将手机静音，锁上屏幕。鹿鸣于继续笑道："听到了？我后台的私信一秒钟上百条，点赞二十四小时超十万。"

鹿秋良恶狠狠地盯着她："你真是遗传了你爸的狡猾！"

鹿鸣于："还剩六分钟。"

鹿秋良深吸一口气，打开旁边的保险箱，扔过来一串钥匙。鹿鸣于上前拿了钥匙，一句废话都不再多说，直接上楼。

回到房间后，她将房门反锁，深呼吸了几下，将手机屏幕打开。什么数量庞大的粉丝，都是骗人的。她新发布的那张画作确实小火了一下，但远没有她形容的那么夸张，毕竟那个号才运营三个月，也只是在绘圈有点儿小名气，还不够大众，更不存在什么指令操作，她不懂这些高端东西。刚刚放出来的是录音，她诈鹿秋良呢。好在终于拿到钥匙了！

次日清晨，鹿鸣于从未如此精神满满地期待过早餐。一吃完她就离开，用钥匙打开了后院门，走向奶奶的房屋。

陶雅兰已经用过早餐，正躺在摇椅上闭眼小憩。旁边电视里放着一部经典粤剧，戏曲声夹杂着窗外的鸟鸣，很舒适惬意。鹿鸣于走上前，握住奶奶的手。陶雅兰那双浑浊的双目睁开，过了几秒钟后亮起："小野！"

鹿鸣于扬起笑容："嗯，奶奶。"

陶雅兰开心地从摇椅上坐起来，拉着她的手问："怎么有空来西子城，放假啦？"

鹿鸣于点头："放寒假！"

陶雅兰抚摸着她的头发，笑着问："好，留在西子城过年吗？你爸爸妈妈呢？"

鹿鸣于答道："爸爸妈妈要工作，就我自己来过年。"

陶雅兰拍着她的手，一个劲儿点头："好，好，奶奶去给你拿糖吃。"

鹿鸣于在奶奶这里待了一上午，一老一少说了好多话。一直到中午，陶雅兰累了，躺在摇椅上睡着，鹿鸣于给她盖了条毯子，才离开后院。

下午，鹿鸣于打了辆车前往展馆。

今天是第一天，前来捧场的人很多，西子城大部分的世家子弟都来了，围在最中心的位置观赏秦大小姐的画作，赞美声说了十分钟都不重样。徐素月也在，正在与秦媛笑着聊项目细节。鹿鸣于没去打扰，独自在展馆内走走逛逛，然后走到了自己的那幅作品前。

每当有人路过这里，他们都会忍不住喷几句。

"什么丑东西，居然也能挂在这里。"

"我眼睛被攻击了。"

"这不是丹青画展吗？为什么会出现这种画？"

"是不是幼儿园小朋友画的，进行拍卖然后做慈善？"

"没必要吧，都不是一个主题。"

…………

鹿鸣于不为所动，连头都没回，就站在这幅画前发呆。不知过了多久，身后突然传来响指声。鹿鸣于回身，正好看到段休冥的手垂落。他又靠近了一步，站在她身后很近的位置，从某个角度看上去，就像是他把她环住了一样，鹿鸣于感觉到空气微微有些热。

段休冥则目视前方，张口道："这画真是丑得的惊世骇俗！"

鹿鸣于："我画的。"

段休冥停顿，重新评价："色感不错。"

除了色感，其他一无是处。他垂眸扫了一眼她的左手。用右手画的吧？丑爆了！这时手机振动起来，段休冥接通后放至耳侧："嗯，在看画展。"听筒里传来询问，段休冥看了眼身前的鹿鸣于，道，"有人，你弟媳，来打个招呼。"说罢，他就将那黑色磨砂手机放在了鹿鸣于耳旁，同时一根手指敲着手机背面，发出"嗒嗒"的两声，像是某种信号。

鹿鸣于惊讶地回望着他，但这时耳机里已经传出了一个温和成熟的男性的声音："你好，鹿小姐，我是阿冥的大哥。"

鹿鸣于来不及思考，快速回应："您好，段先生。"

刚说完，段休冥已经将手机拿了回去，语气随意，带点不客气："你有什么天大的事非要打扰我约会？"

对面的人说了句什么。段休冥沉默了一秒，冲鹿鸣于指了指自己，又指了指旁边露台。鹿鸣于点了下头，段休冥就走到露台上跟他哥打电话去了。露台有玻璃门，听不到声音，但鹿鸣于一转身就能与他对视上。他神情淡漠地说着有些吓人的话："做掉……出局……管他死活？"

但鹿鸣于看过去时，他又眼眸带笑地冲她回应。

詹祥和贺松走到这里，看到了鹿鸣于身前的这幅画。

贺松当场就笑了起来："哈哈哈，好丑！"

詹祥也点评："丑得别具一格。"

贺松甚至还好奇地上前看了眼:"让我看看画家是谁。"然后闭上了嘴。

詹祥开始问:"谁啊?"

贺松回头,表情很诡异。詹祥催促起来:"看了不说?多小的字啊,你报出来不行吗?我懒得走路。"

贺松还是不说话,眼神在鹿鸣于身上扫了一下。

詹祥:"你看鹿二小姐干什么?你怎么回事?再奇奇怪怪的,车不借你开了!"

鹿鸣于终于出声:"我画的。"

詹祥一瞬间哑巴了,好半晌后重新组织语言:"色感好,嗯,特别好,这个红蓝的调配是我见过最合理、最好看的!"

贺松嘴角狂抽,小声开口:"夸得太假了。"

鹿鸣于却道:"多骂几句,我爱听。"

但两人一下子就转移了话题,并勾肩搭背地走了,几乎是落荒而逃。

没多久,拐角处走出一人,径直朝她而来。秦潋上下打量着她:"你好啊,鹿二小姐。"

鹿鸣于目露疑惑,她不认识这人。

秦潋向她的肩膀伸出手:"我是你前姐夫。"

露台上,段休冥举着手机:"我没问题。"

忽地,他一抬头,看到一男的站在鹿鸣于身旁,一脸精力被掏空的表情,那手更是毫无分寸感地伸出,搭在了鹿鸣于的肩膀上!紧接着,段休冥看到鹿鸣于往旁边躲开,说了句什么。那男的没再动手,但眼神充满了夸张的狩猎欲望!

耳边,手机里的温和男声还在继续,商讨着方案细节。段休冥音色骤冷:"那就杀了。"

电话那边的人一头雾水："什么？"

段休冥快速结束商讨："细节你定，严天佐会听你调遣。"话落，他就一把挂断电话，大步上前，拉开露台玻璃门。

此时秦潋已经聊完了，面带笑意地正要转身离开。第一次聊天，没必要搞这么紧张，他也只是过来打个招呼，这个画展对他姐很重要，他不可能搞破坏。但下次就不一定了。

秦潋正笑得满足，刚走没几步，就看到迎面过来一名高大男子。港风背头搭配一身无领西服，再加上那迈开长腿走路时带劲的步伐，相当霸气！秦潋还没反应过来，就"砰"的一下被撞上了！

他想骂人，但开口的瞬间感受到右手一麻，某人就这样直接将他撞开，错身而过的同时，声音不紧不慢地响起："借过。"

秦潋大脑慢了好几秒，过了好一会儿才忽然大喊出声："啊！啊——"

立即有人冲过来将他团团围住，但这时秦潋已经满头大汗地倒在地上，抱着自己的那条手臂拼命喘气，连话都说不出来。他的手……断了！

鹿鸣于听到动静，转身，结果什么都没看到，因为段休冥就站在她面前，将她的视野牢牢堵住。她听到好多人惊慌失措的声音，还看到詹祥不慌不忙地处理着什么，到处都是一团乱！

鹿鸣于抬眼，用询问的眼神看向眼前的人。段休冥却不甚在意地问："天冷了，晚饭吃火锅？"说着，他扫过她的肩膀，眸光冷了三分，视线再次转移到她脸上时，眼眸又带着笑。

此时喧哗声更大了，有人在喊救护车。鹿鸣于挪动着脚步张望，问："发生了什么？"

段休冥身躯一挡："不重要。"

画展最终还是闹腾了起来。一片嘈杂声中，鹿鸣于被段休冥拉了出去，但不是直接去吃火锅，他竟然把她带到了商场，买了新衣服，换上后，之前的那件被他扔了。鹿鸣于穿着新外套与他并肩走出店门，看到他面上的不爽之色，差不多懂了是怎么回事。

段休冥走路带风，一不小心拉开了些距离，他下意识往旁边伸手想拉人，却拉了个空，回头看到鹿鸣于气喘吁吁地小跑着，都没跟上他。段休冥又转身往回走了几步，牵起她的手。鹿鸣于喘了几口气，观察了一下他的步伐长度，又看了眼自己。

段休冥："下次我会注意。"差点儿忘了，他步子迈得大，走路太快，而她体能差。他停在原地等她气息恢复平稳，这才重新拉着她往前走。

鹿鸣于轻声问："你生气啦？"

段休冥挑眉："何止！"

鹿鸣于："拍了下肩膀，就生气啦？"

段休冥目露凶光："那是拍吗？他是想揽想搂吧！"说罢，他将鹿鸣于的肩膀一把揽住，搂得严严实实。想骂人，想说脏话，他快憋不住了。

鹿鸣于又问："你很容易吃醋吗？"

段休冥反驳："我没吃醋。"

鹿鸣于点了下头："然后就把人家的手掰断了。"

段休冥沉默了片刻，语气平静："不是掰的。"

他没继续说下去，也没有要解释的意思。鹿鸣于没有再问，只是在抬眼时，重新审视了他一番。

火锅店里，鹿鸣于在看群里消息，西子群正在聊今天的事。古怪的是，火没烧到段休冥身上，也不知道詹祥是怎么处理的。

段休冥将菜单递上，询问："看看？"

鹿鸣于："你决定就好。"

段休冥点头："能吃辣吗？"

鹿鸣于："吃。"以前不吃，现在能吃。

段休冥点了鸳鸯锅，微辣的和骨汤的。鹿鸣于安静地用着餐。

段休冥给她夹菜，随口问："你很少吃辣？"

鹿鸣于："你太善于观察了。"

段休冥转移了视线："抱歉，下意识的，冒犯到你了吗？"

鹿鸣于没有回答这个问题，她需要思考一下这种并没有引起她情绪波动的事算不算冒犯。

段休冥抽了张纸巾蒙在眼睛上："我不看，不观察。"

鹿鸣于一下子笑了出来："你看不见还怎么吃？"

段休冥仰头往后靠，面上依旧搭着纸巾，遮住大半张脸，只露出了一双薄唇。他的唇角扬起："你喂。"

长久的寂静，静到只有火锅煮沸的咕咕声。段休冥掀起纸巾一角看去，撞上了一双璀璨明亮的眼睛。但她快速隐去目光，低头用餐。惊鸿一瞥让段休冥愣了很久，再次看向她时，他已经看不到那种耀眼感了，只剩下深不见底的漆黑，如一口深不见底的幽井。

他微笑着伸手将纸巾揉成团。虽然只是一闪即逝，但她终于不像昨天那样浑身上下一股死气了，刚刚那瞬间，明显是……对他心动了？

今天鹿鸣于没有像昨天那么晚回去，但也不早。天黑得彻底，小区内的景观灯都灭了。夜色中，车子再次停在大门侧面，避开了监控。车门没开，鹿鸣于没有着急下车，她偏头往旁边望去。果然，他已经凑了过来。这次他没有禁锢她，只是温柔地亲吻，良久后才微微分开。

他近在咫尺,道:"我的内在和外在,你喜欢一个就好,别多想。"

鹿鸣于看着他的眼睛,一时间没说话。他又低头啄了一口:"感情可以慢慢培养。"

鹿鸣于缓慢又轻微地点了一下头。段休冥凝视着那双眼睛,看了很久后才开了车门锁。

鹿鸣于回到鹿家时,竟意外地没见到鹿秋良,倒是鹿霖和鹿芊坐在那儿。鹿霖脸上有一个红肿的五指印,一看就是鹿秋良留下的。鹿芊在哭,又在哭。杜文馨竟然从娘家回来了,此时正坐在兄妹俩对面,看表情似乎刚跟人吵完架。

鹿鸣于脚步没停,目不斜视地从三人面前走过,直接上楼回了房间。背后,三道阴冷的视线紧跟着她,令人无法忽视。

之后的几天,鹿秋良一直没怎么出现,早出晚归的,不知道在干什么,也似乎对鹿鸣于彻底放任不管了。鹿霖则是有些怪,特别是眼神。鹿芊从头到尾阴阳怪气的,但没再动过手。杜文馨又回娘家了,好多天没见着。

徐素月抢项目的事曝光了,但没有任何影响,反而让她被众多世家的长辈关注到,言辞之间都是赞赏。想成为人上人,就是要有魄力!

秦家大小姐的竞选很顺利,顺带推动了徐素月的项目方案落地。鹿霖找过徐素月几次,但都被她无视了,她完全不在意他。徐文俊终于知道了前因后果,想责怪亲妹妹,反被徐素月一通怒骂。这小妮子事业心爆棚,即将赚大钱。至于秦潋,正绑着石膏在家里养伤。

项目合同签订的那天,徐素月私下又给鹿鸣于打了一笔钱,但再次被鹿鸣于原封不动地退了回去。鹿鸣于的麻烦靠钱解决不了，眼下日子还算过得悠闲。

拿到后院门的钥匙后，鹿鸣于每天上午都会跟奶奶聊天。奶奶的状态一天比一天好，精神逐渐饱满，有时候还能跟着电视里的唱戏声哼两句。下午她则是出门跟段休冥约会，有时候去画展，有时候去西子湖坐船，到湖中央的小岛上喝茶，过得简单又快乐。

鹿鸣于在西子城住了十年，第一次知道西子湖中央还有这么好的景致。

又是一天晚上，天刚黑，段休冥没送鹿鸣于回家，而是把她带到了第一次见面的那个酒店，似乎有意提醒她什么。

湿地酒店深处的丛林除了有独立庭院房，还有一些小木屋构造的茶室或个人酒廊。此时两人就在一个小木屋中，自助式的个人酒廊很有氛围感，不大的空间很适合二人独处。

有些昏暗的灯光下，段休冥递来一杯酒。鹿鸣于接过，但没有喝。段休冥看着她，忽然走来将她抱起，让她坐在调酒的岛台上。他双手撑在她身体两侧，轻而易举地就挤了进来。

鹿鸣于身躯微微往后仰，但被他拉了回来，单手扶着她的腰问："不喝啊？"

鹿鸣于摇头。

段休冥紧靠过去，声线暗哑："你感受一下。"他的气息喷洒在她的脖颈处，"不认识的时候倒是可以，现在谈了二十天，又不要了。"

她推了推他："生理期。"

段休冥没点破她的谎言，就只是问："那你满意吗？"

鹿鸣于避开他的目光："晚点再说。"

段休冥撑起身躯，微微分开了些，道："我有幅画送到了西子城，明天去我那里赏画？"

鹿鸣于端详着他的神情，轻声问："真的只是赏画吗？"

段休冥眼神很直接，但唇角勾起的弧度很纯净："说得这么暧昧啊，我会误会的。"

鹿鸣于提醒道："生理期。"

段休冥点头："单纯赏画。"他的眼神中没有任何其他心思，很专注，也很真诚。

鹿鸣于："那下午去。"

段休冥："你上午要睡懒觉？"她一看就是作息不规律的类型，有时候还有很明显的黑眼圈，心里总有事压着的样子。

鹿鸣于："上午要陪奶奶。"

段休冥："我中午来接你，吃过午餐再去可以吗？"

鹿鸣于："好。"

他勾起唇角，单手扶住她，倾身吻来。

今天回家比平时早，段休冥将车开到鹿家时，发现门口还停着一辆车。"谁的？"他的语气带着一抹说不清道不明的压迫感。

鹿鸣于轻声回答："朋友哥哥的车。"

"是吗？"他挑眉，而后忽然一打方向盘，将车直接开到了大门口，正对着监控停稳。

鹿鸣于心里一惊，段休冥却强势开口："再有一周就来提亲。"

鹿鸣于朝他看过去。

段休冥偏过头，道："准女婿没必要偷偷摸摸，还是说你不肯给我名分？"

鹿鸣于深呼吸，将紧张感压了下去："事成之前，不能声张。"

段休冥皱眉，又瞥了眼那辆车，但还是抬手换挡，将车子开到了旁边角落里，避开监控后停下。鹿鸣于松了口气。

段休冥好笑地看着她："你这人真是奇怪，有时候胆量奇大无比，有时候又胆子小得一惊一乍。"

鹿鸣于抬眼，直直地看向他。段休冥与她对视，眼神充满了穿透力。鹿鸣于忽然支起上半身，在他唇角留下一吻，声音带着一丝不易察觉的恳求："你快一点儿。"

段休冥手掌瞬间握拳，压着声音开口："勾引我？"

鹿鸣于笑了下，退回副驾驶位，拉了拉锁上的车把手。段休冥目不斜视地看着她这番动作，随意地伸出手，按下开锁键。鹿鸣于开门下车，段休冥目送她走进门，开了车窗，抽出放在中控处的一根女士烟点燃。火光一明一灭中，他的眼睛一直盯着鹿家大门口处的那辆车。

朋友的哥哥……奇怪，他为什么突然想直接撞上去？

鹿鸣于走进大厅时，看到的就是徐文俊和鹿霖正在对峙的场面，两人的脸色都很差，几乎要打起来。她脚步一顿，十分想看热闹，但明哲保身为上，于是打算回房间。可这时，徐文俊忽然一步上前，拉住了她的手腕。鹿鸣于皱眉挣了下，没挣开。

徐文俊的语气有些急迫："鸣于，我有话跟你说！"

"啪！"鹿霖拍案而起，愤怒道："徐文俊，你少得寸进尺！"

徐文俊的手一松。鹿鸣于飞速躲开，站在旁边看着两人。

鹿霖不再给面子，大喝起来："你们徐家真是会抢东西，妹妹二话不说抢我的项目，哥哥还有脸跑来我家抢人！好啊，你们兄妹俩是商量好的，把我们鹿家往死里欺负是吧？"

徐文俊深吸一口气，道："月月的事我向你道歉，我会教育她。"

鹿霖打断："你能教育得了她？少说大话了！"

紧接着两人就你一句我一句地吵了起来。鹿鸣于在旁边听了半天，没听到什么关键信息，便闪身上楼回房间。她将房门反锁，并拿了张椅子抵在门后，拿出手机给徐素月发信息。

鹿鸣于：你哥在跟鹿霖吵架，扯了半天也没讲重点，发生了什么事？

徐素月：哦，他跟他女朋友分手了，准备去你家提亲。

鹿鸣于：……

徐素月：鹿霖骂他了？吵得凶吗？动手了没？

鹿鸣于：跟谁提亲？

徐素月：跟你啊，怕不怕？哈哈哈。

鹿鸣于：徐鹿两家现在关系差成这样，别说联姻，甚至有断交的可能，他来提亲？脑子不好吧！

徐素月：所以我说我哥是蠢货！不过我抢项目竟然还能帮你挡桃花，我是大功臣！直接把苗头掐死在摇篮里！快夸我！

鹿鸣于：真厉害！

放下手机后，鹿鸣于开始思考，这事有点儿怪。她刚想整理一下思路，就敏锐地发现有人进过她的房间，翻了她的东西。虽然对方刻意恢复了原样，但还是被她发现了。鹿鸣于皱眉，幸亏护照在徐素月那儿，画藏在那幅《棉花糖》后面。

次日，鹿鸣于照例去后院跟奶奶聊天。经过这么多天的努力，陶雅兰不再每日重复失忆，这两天甚至能记起鹿鸣于曾来过，能接上前日聊的话题。鹿鸣于偶尔也会试探性地讲起往事，都是一些很温和的事，奶奶也没有表现出激动，很正常地与她聊了起来。奶奶可以恢复，鹿鸣于坚信这一点。

到了中午，段休冥的车停在小区外的路边等人，对于每次白天来接人都要停这么远这一点,他挺不爽的,以至于开着车窗等人时,那表情凶得能吓坏路过的小朋友。

鹿鸣于一出来就看到他的臭脸,一副"老子脾气很大"的样子。她好笑地看着他,开门上车。段休冥的神色很快恢复正常,鹿鸣于觉得更好笑了,问:"你学川剧的啊?"

段休冥启动车辆,聊起了曾经:"其实我是在国外长大的,有点儿文化壁垒,不过了解过粤剧,其他的还在补。"

听到"粤剧"这个词,鹿鸣于先是愣了下,而后接上他的话:"难怪你是香江人却能吃辣。"

段休冥:"在国外被朋友影响的。"

鹿鸣于突然又问:"你是自己在那边,还是全家都在?"

段休冥:"我自己,不过我家里人会经常来看我,尤其是我哥,我叛逆期的时候他三天两头往国外跑。"

鹿鸣于眨了下眼睛:"哦。"

为什么只有他一个人从小住在国外?难道是私生子,所以名单上没有他的名字?但为什么私生子会跟兄弟的感情会这么好?又是一个奇怪的点。但这个话题有些僭越,鹿鸣于没多问。

不久后,两人抵达一家茶餐厅。段休冥很早就发现了,鹿鸣于爱吃广府菜,能吃辣,但不怎么吃,口味跟广府地区特别搭,还挺适合定居香江的。

鹿鸣于也是第一次来这家茶餐厅,这里并不是什么高端餐厅,没有包厢,但饭菜的味道很地道。

两人坐在大厅靠窗的位置。这回鹿鸣于主动点了她爱吃的菜。段休冥就坐在她对面看着她,视线跟着她的手移动,看着她白皙细长的手指翻页,看着她的发丝垂下来,又被她轻轻拢至耳后。她也不化妆,穿着很普通的服装,冷清又安静的样子。

段休冥知道这些都是假象，但还是不可避免地给予眼神关注。假就假吧，这张脸真是百看不腻。

过道上，向伊和桑琪走过，两人都看到了坐在窗口的鹿鸣于。桑琪眼睛还带着红肿，脚步下意识顿住。向伊本想打招呼，但看到坐在鹿鸣于对面的人，又识趣地拉着桑琪坐在了更远些的位置。

窗边的餐桌上，随着一道道点心上桌，鹿鸣于眼眸微微发着亮。一抬眼，就与看着她的段休冥对视上。

段休冥歪头，问："你这么喜欢吃早茶？"

鹿鸣于："嗯。"

段休冥唇角勾了勾："以后去香江天天吃，让你吃到腻！"

鹿鸣于微笑："吃不腻。"家乡菜怎么会吃腻？

段休冥刚想继续说什么时，放在桌上的手机振动起来。鹿鸣于不可避免地看到了来电显示。Isabel，很好听的女性英文名。鹿鸣于一愣，抬眼望去。段休冥已经快速接通了电话，神情很专注。

下一秒，成熟优雅的女声从听筒里响起："阿冥。"

音量有些大，伴随着一些奇怪的动静，鹿鸣于坐得近，听到了一部分。

另一头的人又说了句什么，段休冥举着手机看向餐桌对面，眼里有什么东西，欲言又止。鹿鸣于又是一愣，便将座椅往后拉开一些距离，其实刚刚那句她没听清，但离远些更好。

这通电话很快结束，段休冥的神情也变化得很快，身躯一下子坐直了，像是有什么重要的事情。电话挂断后地同一时间，鹿鸣于放下餐具看向他，平静地等待他开口。

段休冥先是沉默了两秒，而后严肃道："鹿鸣于，我有事要出趟国。"

鹿鸣于没有任何意外地点头，重新拿起餐具："好。"

段休冥顿了顿,道:"事情急,我不能陪你了。"

鹿鸣于依旧点头,问:"今天走?"

段休冥:"抱歉,现在就要走。"

鹿鸣于音色漠然:"没事,我可以一个人吃。"

"哗啦!"是座椅拉开时与地面摩擦的声音。段休冥上前一步跨至她面前,弯腰托起她的脸一个炽热的吻就这样落在她的双唇上!

他动作太快了,快到鹿鸣于来不及反应,诧异地微微放大双目。周围人群都被声音吸引,纷纷看过来,这一幕引起了小范围的轰动。

段休冥无视了那些视线,认真地望着她:"鹿鸣于,等我回来娶你!"话落,转身大步离开!

冰川蓝的跑车在主干道上飞驰,仪表盘的数字跳跃式增加,若不是有阻碍,段休冥还能开得更快。他脚踩油门,单手扶着方向盘,另一只手将蓝牙耳机塞入耳内,一道道指令从他口中说出,语速极快但语气平静:"詹祥,立即回香江与暗主接头。严天佐,保护好我爸,其他事不用管。"

"嗡——"宾利再次提速,以最快的速度冲向机场。

餐厅里,鹿鸣于安静地独自用餐,两人份的菜很多,她吃不完,于是将剩下的打包。走出餐厅时,她正好遇上同样用完餐的向伊和桑琪。桑琪双眼红肿得很明显,应该是哭了一晚上。

向伊并不知道内情,只知道桑琪失恋了。她见到鹿鸣于,很正常地打招呼:"跟男朋友吃饭呢?"向伊说着,又打趣道,"你们那个吻挺偶像剧啊,但他怎么走了?"

鹿鸣于回答得很平静:"他临时有事。"

"鹿鹿。"这时桑琪开口,"我能跟你单独聊聊吗?"

向伊有些惊讶地看向两人。

鹿鸣于点头:"可以。"

桑琪看着向伊,扯出一个比哭还难看的笑容:"向伊,我跟鹿鹿有话说,你先回去吧,不用陪我。"

向伊古怪地点头:"哦哦,好的。"

鹿鸣于与桑琪前往隔壁的一家咖啡厅,点了两杯热咖啡。桑琪通红着眼眶,眼泪大颗大颗地往下落,眼中倒是没什么恨意,只有无尽的伤心和难过,她甚至哭得说不出什么话。

鹿鸣于静静地看着她,喝了口咖啡。

最终还是桑琪先开口了:"刚刚那个是你男朋友吗?之前在另一家广府餐厅远远地见过一次。"

谈到段休冥,鹿鸣于沉默了一下,点头。

桑琪苦笑了一声:"难怪你根本不搭理徐文俊,你男朋友各方面条件都能秒杀他。"

鹿鸣于抬眼,反驳:"这跟徐文俊没有任何关系。"

桑琪神情苦涩:"我知道,你从来没有在意过他。"

鹿鸣于又低头喝咖啡。

桑琪似乎是受不了她的安静,忍不住道:"你男朋友为什么扔下你走了?这让我想起他跟我分手的那天。"

鹿鸣于握咖啡杯的手一顿,问:"你想说什么?"

桑琪:"那天,徐文俊也是这样毫不犹豫地直接离开,甚至还让我丢了工作。我在想,你男朋友饭都没吃就走,是不是也是为了其他女人。"

鹿鸣于抬眼,目光带上了一丝犀利:"你越界了。"

桑琪避开了她的目光,道:"对不起。"

鹿鸣于看着她,皱眉打量着。

桑琪依旧不敢与她对视，弱弱地开口："我只是好嫉妒你，占据了徐文俊的整个青春，他可能从来没有爱过我吧，他一直在等你。"

鹿鸣于眯起眼，看向窗外："清醒点，聪明点。"

桑琪一愣："什么？"

鹿鸣于放下咖啡杯，道："听向伊说你在大学里很优秀，本来可以进某上市集团总部，为什么来西子城，还去了徐氏？"

桑琪有些跟不上她的节奏，表情都迷茫了。

鹿鸣于："徐氏又不是世界五百强，值得吗？"

桑琪不解道："你……竟然问我这个？徐氏给我开的工资很高，工作轻松没有压力，他对我很好，除了你的事，基本上都听我的，我只是没想到他会为了向你提亲，和我撇清关系，就把我辞掉。"

鹿鸣于："你喜欢自我贬低？"

桑琪皱起眉："我没有，你在说什么？"

鹿鸣于："他除了家境，哪一点儿好？"

"他不好？"桑琪很意外，而后再次苦笑，"我不是什么富二代，他却是天之骄子，徐家长子的身份还不够好吗？"

鹿鸣于幽幽开口："长子……"

桑琪用疑惑的目光看着她。

鹿鸣于看了她一眼："徐家又不是单传，什么年代了，你以为徐家小公主只有骄纵没有能力吗？"

桑琪诧异："你在说什么？什么意思？"

鹿鸣于："你在大学得过好几次奖，拿过奖学金？"

桑琪点头："本来能保研的，但他要回西子城，我就跟来了。"

鹿鸣于："徐文俊除了家境，哪一点儿比你优秀？家境是祖辈拼来的，跟他有什么关系？哪怕算优点也不够分量，为什么要找比自己弱的，你扶贫啊？"

非物质扶贫，自我降价，把命门交到别人手里，让人随意拿捏。若一开始就去魔都发展，桑琪也不至于被随便辞掉，丢了工作。鹿鸣于也不知道自己哪里来的火气，突然就想发一通脾气。

桑琪看着她，眼神骇然，而后就是长久的安静，久到咖啡都凉了。

鹿鸣于稳了下情绪，道："抱歉，话说重了。"

桑琪却连连摇头："不，没有，你说得对，是我太恋爱脑，才导致了这个结果。"

鹿鸣于搅动着杯内咖啡："恋爱这种事，要么不谈，要谈就要谈一个优点多的，互补或共赢。"

又不知道过了多久，桑琪像是想通了，组织了一下语言道："谢谢你，你真的很好。"

鹿鸣于看向她："我也谢谢你，没有把那天的事告诉徐文俊。"

不然鹿秋良早就会知道她坐上了那辆车，并顺藤摸瓜查到詹祥的酒廊，再结合监控事件及之后鹿芊目睹的迈巴赫……是能让她关三次禁闭的程度！

一天后，国外贫民窟的某条街道上，一辆轿车飞驰而过，前后还有几辆车在护送，但都被拦截了。几声带了消音器的枪响声过后，子弹射穿了这辆车的后座车窗，车内的人影快速抱头伏低身躯，另一道明亮刺耳的哨响紧随而来！消音狙击！

司机快速拼命地踩油门，试图与子弹赛跑，但还是来不及。

"轰！"附近发生了巨大的爆炸，一瞬间各种碎屑漫天凌乱。

又是"砰"的一声，轿车撞在前方栏杆上，司机额角流血，彻底

第七章 没有软肋

失去意识。车停了下来，那个狙击他的人没有再活动，应该是被解决了，但周围开始响起密集的枪声及杂乱的爆炸声，双方对战激烈！

车后排，段立青大腿上插着一块黑色碎片。外面交战的场景混乱无比，根本分不清敌我。如果不及时撤离，有被波及的危险。他低头看了眼伤口，当机立断，一咬牙将其拔出，大量的鲜血顿时涌了出来，他扯下领带死死箍着腿部受伤部位的上端，给自己简易地包扎了一下。但很快，腹部又有血渗出，好在这处伤口没那么深。段立青满头大汗，一把扯下衬衫，继续给自己包扎。

车外，枪声还在持续，不断有火光闪耀，甚至有车辆被炸飞。也不知会持续多久……他深呼吸了几口气，紧抓着旁边的公文包去推门。该死，推不开！再这样下去，他会在这辆车里失血过多而亡。

就在这时，一阵引擎轰鸣声响起，一辆摩托车忽然从街道尽头驶来，那速度快得像是能撞飞一辆坦克！这人穿着一身黑衣，戴着头盔，手握一把不知名的枪，飞驰中身形藏匿在摩托车侧面。

从街道尽头冲到轿车旁的短短几百米，他一路点射。在段立青看来，随着摩托车轰鸣声越来越近，周围的枪声在一点点消失，只剩下更远处的战火还在持续。但这人显然不管那些，目标只有这辆轿车！

摩托车一个甩尾停在轿车侧面。黑衣人长腿一跨，朝着轿车后座大步走来，身后的摩托车倒地，他看都没看，头盔也没摘。只见他朝着车窗伸出手，忽然又顿住，收了回去。他将外套一脱，随意往小臂上一缠，绑住拳头，然后一拳就砸碎了车窗，从内部将车门打开，一把将段立青拖了出来！

段立青感觉自己的脑门被撞了一下，大腿上的伤流血更严重了。那一瞬间,他差点儿晕过去!将人拖出来后,黑衣人一把掀开头盔,低头看向被自己擒住的人。

段立青大口大口地喘着气,感叹道:"阿冥,段家万幸有你!"

段休冥则是伸手戳了下他的伤口,问:"你怎么还受伤了?"

段立青深吸了一口气,面色苍白:"轻点啊!"

段休冥偏了下头,威胁地撒开手,结果这一松,段立青又没站稳,差点儿栽倒。好在段休冥快速扶住了他,将他的胳膊搭在自己的肩膀上,搀扶着他往旁边安全的墙角靠着,只是边搀还边伸手拍了拍段立青腹部的伤口。"啪啪"两下,差点儿给段立青的魂拍飞出来!

段休冥语气带着笑:"练练吧,这么废!"

段立青狂喘气,扶着他的肩膀:"在练了在练了,底子不好,没天赋。"

段休冥看着他靠在墙边休息,目光扫向那个公文包:"就为了这东西,跟大嫂兵分两路,还差点儿把命搭上?"

段立青急了:"计划多年的,什么叫就这?而且有三份,我拿到一份,你大嫂那儿肯定没问题,还有一份我本来要去,没想到差点儿死在这里。"

段休冥瞥了眼远处还在交战的岔路口:"我去啊,来都来了。"

段立青抬眼看向他:"这不是安排给暗脉的事,又要麻烦你了,阿冥。"

段休冥双手抱胸:"那你记得还我人情,不过这是我第几次救你命来着?"

段立青伸手,比了个数字:"第八次,欠你八条命。"

段休冥笑出了声:"你还数着呢?"

段立青摇头:"没你我早就死了,我这命可能是硬吧!"

段休冥又扫了眼远处,战火快结束了。段立青忍着晕眩感,问:"你这么快赶来,香江那边安排好了吗?"

段休冥歪头看来:"我的事你少问。"

段立青小鸡啄米似的点头:"哦哦,越界了,暗脉的事我不问。"

段休冥笑了:"吓唬你呢!都安顿好了,爸那边有严天佐在,暗主那边我让詹祥去了。"

段立青继续点头:"我就是怕晕了,人来之前聊会儿天。"

段休冥:"晕不了,你扛不住了我给你一拳,保你立马疼得跳起来!"

段立青脸色变了变:"阿冥,对亲哥没必要这么狠。"

段休冥:"行,那你想聊什么?"

段立青:"聊聊你女朋友,谈多久了?"

段休冥:"二十几天。"

段立青一愣:"啊,这么短?"

段休冥偏头:"有什么问题?"

段立青:"你说过要提亲,闪婚啊?"

段休冥点头:"对,感情慢慢培养。"

段立青很赞同:"先骗到手再说!我跟你大嫂就是这样。"

段休冥诧异地看向他哥:"当年你是骗 Isabel 的?"

段立青立马摇头:"哦不,当初是你大嫂骗我!婚前我们还分过两次手,又和好了。"

段休冥惊讶:"这事我第一次知道!"

段立青点头:"以前你对感情不感兴趣,没跟你聊过……不过你们现在恋爱时间短,还在热恋期。"

段休冥想了想，摇头："她只有一点点喜欢我，不强烈，但我挺喜欢她的。"

段立青立马催促："那快点结婚，别等哪天她不喜欢你了，要跟你分手啊！还有，我跟你说，每个人的成长经历不一样，不是所有人都能接受你这副暴力凶残的样子。一定要温柔，要有耐心，别吓到人家，小姑娘会跑的。"

段休冥实在没忍住，开口打断："哥，你真的年纪大了。"

段立青喘着气道："没办法的事，我已经三十五岁了，你也别太难过，人都会老的。"

段休冥："好啰唆！"

远处的战火停歇，很快医疗人员冲了进来开始给段立青治伤。一队西装革履的黑衣人赶到，将这里围了起来。更远处还有一支全副武装的队伍，正在对此处进行全方位筛查。

段立青终于松了口气，眼中有劫后余生的庆幸。刚刚实在太惊险，若不是段休冥冒着枪林弹雨冲进来，他早就死了，根本等不到其他人前来营救。

段休冥神情倒是没什么变化，云淡风轻地脱下防弹衣，冲旁边人招了招手，又换了件新的，微敞的胸口，有强大冲击力造成的红肿。还好隔着防弹衣。但他什么表情都没有，也不觉得疼，那平静的样子不像是破局之人，也压根儿看不出来这一战有多危险！

周围的人看着这一幕，眼中满是惊讶。

段立青闭了下眼睛，压着情绪。

这时，一名戴着眼镜的年轻人捧着电脑挤进来，急急忙忙的，眼镜都歪了。他看了眼脸色苍白的段立青，又看了眼站在一旁精神饱满的段休冥，一时间不知道怎么打招呼。这位破局大佬是谁?他从未见过,好淡定!

段休冥率先冲这人开口:"地址给我,还有暗号。"

戴眼镜的年轻人傻眼了,看向段立青,一肚子的疑惑。

段立青喘了口气,吩咐道:"我弟,段休止,都听他的。"话落,他再也扛不住,头一歪晕了过去。

医护人员又是一通忙活,其他人则内心震惊,但面上并未表现出来。段休止?段立青的弟弟?第一次听说这个名字,看这信任程度明显是亲弟弟!大家都是第一次知道段立青还有个亲弟。不过弟弟好年轻啊,身手太厉害了,而且不怕死!就是兄弟二人年纪相差有点儿大。

震惊了一会儿后,眼镜青年上前与段休冥交接,在场的黑衣人更是严阵以待,随时听从安排。段休冥却没带一个人,支起那辆倒地的摩托车,戴上头盔,油门一拧,瞬间飞了出去!

西子城。鹿家书房的门反锁着。

"啪!"一个厚重的巴掌抽在鹿霖脸上,让他的脸迅速肿了起来。这是他一周之内挨的第二个巴掌!二十好几的人了,还要在家里被如此羞辱性地抽耳光。

鹿秋良阴沉着脸,问:"你把鹿家的脸面往哪儿放?外面的人会怎么说?"

鹿霖内心一股怨气,嗤笑出声:"鹿家还有什么脸?"

鹿秋良再次扬起手,又是一巴掌抽上去!

鹿霖抬眼:"爸,你打死我也不能改变鹿家在西子城名声扫地的事实!与其在乎这些虚名,还不如想想怎么让鹿家更上一层楼。反正都不要脸了,牟利不行吗?"

鹿秋良震怒:"鹿家的脸面是让你妈丢尽的!"

鹿霖深呼吸了几下，道："那爸你就没有错吗？十几年来，你一直在羞辱我妈！"

鹿秋良金丝框眼镜后的眸光犀利："你管到我头上来了？"

鹿霖愤怒地吼了出来："你还要自欺欺人到什么时候？到底是鹿家的祖业重要，还是那上不了台面的戏子重要？鹿鸣于她妈就是个戏子，你还要念念不忘多久？！"

"啪！"一盏热茶被猛地扔过来，滚烫的水淋在鹿霖的肩膀。鹿秋良阴森地看着自己的儿子："你真是口不择言，鹿家的事还轮不到你做主！"

鹿霖忍着肩膀处的烫伤感，逼视前方："这事已经定下，除非你有能力对抗秦家。爸，你做不到的，秦少已经很有诚意了！"话落，他也不顾鹿秋良的脸色有多差，转身离开了书房。

两天后，一架私人飞机从国外起航，飞往香江。休息室外，一名女子斜靠着门，一条腿随意地横搭在门框上。她一身黑衣，看长相很明显是混血儿，且属于锋利外显的那一种类型，利落的短发很是干练。此时她手中正把玩着一柄小刀，小岛在她的指尖旋转、飞出又回收，发出"唰唰"的声响。

私人医生走上前，请示："Isabel 小姐，段先生该换药了。"

Isabel 上下扫了医生一眼，如同透视一般要将人看穿，两秒钟后，她收腿放行。

休息室内，段立青与段休冥面对面而坐，正谈论着什么。敲门声响起的瞬间，两人默契地停止交流。医生上前，先给段立青换药，而后看向段休冥。

段休冥："我不用。"

段立青指着他衣领下方，意思很明显。段休冥扯了扯衣领：

"小擦伤。"

段立青点头,不再坚持。他这弟弟体能强得简直变态,完全不在意这点伤。

医生离开后,室内归于安静。段休冥开口问:"那行政总助怎么处理的?这事闹到了我这里,我得问一下。"

段立青微笑:"出局。"

段休冥:"单人还是幕后?"

段立青抬眼:"全部。"

段休冥挑起眉梢:"全部是指……"

段立青:"没时间查细节,直接一刀切,十个助理全部出局。"

段休冥扬起嘴角:"我真崇拜你啊,哥!"

段立青:"关键时期不得不这么做,在明面上做事就要小心翼翼,一点儿差错都不能有,哪怕错杀一万。"

段休冥点头:"那麻烦哥继续在前面帮我顶着,方便我在暗处做事。"

段立青笑了一下:"我们这一出双簧,唱得整个香江大乱,你功不可没。"

段休冥不甚在意地偏了下头:"不就是依计划行事吗?"

段立青赞赏地看着他:"你作风果断又有野心,爸妈真是给我生了个好搭档!"

段休冥挑眉而笑:"江山一人一半,不然我收你八条命。"

段立青:"当然,我们说好的。"

段休冥慵懒地往后靠:"我最后去香江收个尾,完事了就去提亲,你那边速度快点,别耽误我的人生大事。"

段立青来了兴致:"婚礼要不要我来策划?给你搞个亚洲级的婚礼!"

段休冥:"我要世界级的!"

段立青笑起来:"好!"

"咚咚!咚!"敲门声响起,带着明显的不耐烦。

"进。"段立青回应道。

只见 Isabel 一脚将门踹开,声音优雅但语气很凶:"段立青,你啰里吧唆的讲完没有?"

段立青站起身:"讲完了。"

Isabel 呵斥:"那就滚出来吃饭!"话落,她转身就走,也不管身后人跟不跟上。

"好的。"段立青立即抬脚,招呼着段休冥一起。

Isabel 走在最前面,步伐又大又快。段立青在后面小声问:"阿冥啊,你女朋友也会这么凶吗?"

段休冥思考了一瞬,道:"也凶,但不是这种吼,是那种暗戳戳得狠。"

段立青了然点头:"那还挺有意思的,我越来越好奇了!"

段休冥:"她还很神秘!"

这一天,鹿鸣于吃完早饭,发现鹿家来了客人,众人陆陆续续去了会客厅。鹿霖在招待,态度恭敬,甚至有点儿讨好。没多久,鹿秋良也出现了,仪态良好地与客人们交谈。

鹿鸣于则是去了后院看望奶奶,只是到了中午打算离开时,发现后院门上加了一把新锁,将她和奶奶锁在了这里。她皱了下眉,鹿家什么情况?有什么大事特地瞒着她?

陶雅兰不知什么时候出现在她身后,隔着玻璃门看向主楼。

这时,几人陆续从会客厅走出,鹿秋良和鹿霖笑着将客人们送出去。鹿霖一路将人送到了门口,点头哈腰的。鹿秋良则是送了几步后折返，在后院的那一门之隔处冲门后的祖孙俩幽幽地看了一眼。鹿鸣于下意识地挡在了奶奶身前，但身后的一只手拉住她，把她往后面的小屋带。

陶雅兰："小野，我柜子里藏着好东西，奶奶拿给你。"

"好。"鹿鸣于笑着转身。

小屋内，陶雅兰翻出藏在柜子里的各种小玩意儿和零食，小玩意儿都是十几年前的东西，零食有些都过期了。鹿鸣于将过期的都挑出来扔掉，然后跟奶奶有一搭没一搭地说话，一直到太阳落山，夜色将至。

"小野啊。"陶雅兰出声，满是皱纹的手伸出，抚摸着鹿鸣于的脸颊。

鹿鸣于轻声应着："嗯，奶奶。"

陶雅兰忽地眼睛开始泛红："奶奶还想跟你一起去看老虎的眼睛，去骑马，去坐过山车。"

鹿鸣于笑了出来："看老虎眼睛可以，其他不行。"这么大年纪了坐过山车，奶奶也是想得出来！

陶雅兰问："你知道上午来家里的那几个人是谁吗？"

鹿鸣于皱眉："不认识，不重要，奶奶你别管他们。"

陶雅兰眼眸暗了暗："秦家人，我见过的。"

鹿鸣于惊讶："奶奶，你记起什么了？"

陶雅兰没回答，只是抚上她的眼角："小野，去展露你的野心。"

鹿鸣于微愣。陶雅兰却笑着，一把将她推到门外，关上了门。

"啪嗒！"门从里面反锁了。鹿鸣于快步走到窗旁："奶奶？"

下一秒，她看到陶雅兰忽然从旁边拿起一把水果刀，而后猛地将刀尖刺进了自己的心口！鹿鸣于瞳孔瞬间剧烈收缩！

"奶奶！"她的声音尖锐而凄厉。她用力拍打窗户，拼命用脚踹门，但是踹不开。

陶雅兰的声音从屋里传出："小野，别管我这个老太婆了。走，别愧疚。小野，你走啊，走！"她大喊着，血色之中一片狼藉！

惊叫声四起，用人们惊慌失措地找钥匙，开门冲进来。鹿鸣于双手颤抖着捂住嘴，亲眼看着奶奶躺在血泊里，一双眼睛大睁着看着自己。奶奶已经发不出声音了，但她看懂了奶奶的话：小野……走……

四周一片杂乱，慌张的喊叫声此起彼伏，小小的后院满是人。

鹿鸣于感觉自己的喉咙被堵住了，发不出一丝声音，连呼吸都在消失，她的心脏在剧烈跳动。她最后看了奶奶一眼，然后毫不犹豫地转身，冲向鹿家大门，边跑边拿出手机。她的手指冷得仿佛没有血液在流，不停地颤抖，划了好几次屏幕才解锁。

可还不等她冲出鹿家大门，一条手臂就猛地横来，拦腰挡住了她。鹿鸣于跑得飞快，被这股冲击力一挡，当即就栽倒在地。鹿霖单手禁锢着她，另一只手夺过她的手机，冷硬地将她一路拖向侧院仓库。

鹿鸣于指尖战栗，从口袋里拿出一根金属短发簪，一把刺进鹿霖的手臂。这一刻的鹿鸣于双目通红，却没有一滴眼泪，她死咬着牙，狠狠地又是一划，用力往下一扯！鹿霖怒喝了一声，一把将她手中的东西夺过，扔在了一旁。他的手臂上全是血，却依旧没放开鹿鸣于，野蛮地将她拖进仓库。

鹿鸣于感觉自己在耳鸣，听不见任何声音，她用最后的力气看了眼门外。暮色漆黑，那根紧绷了十年的弦在这一刻终于断了。

"哗——"双手双脚被拉起，锁链扣死。仓库门闭合，鹿鸣于

第七章 没有软肋

又一次被关在了这里，黑暗又窒息。她大口大口地呼吸，调整着心悸感，睁大眼睛死死瞪着前方。慢慢地，她的听觉恢复了，但她的呼吸短而急促，窒息感依旧环绕着她。

透过门缝，她听到外面慌乱无比的声音。救护车的鸣笛声、脚步声、尖叫声……乱了好几个小时后，外面才归于平静。

深夜，仓库门被打开，鹿芊一脸冷意地走进来，手握一条皮带。鹿鸣于抬头，神情淡漠地看着她。鹿芊手一甩，将皮带抽在地上，发出"啪"的一道脆响："这样你都不怕，你可真是吃了熊心豹子胆！"

鹿鸣于只问了一句话："我奶奶呢？"

"死了啊！"鹿芊冷笑着道，"开不开心？你的软肋终于不存在了，她死了，死得透透的！"

鹿鸣于垂下眼，一动不动。

鹿芊一步步逼近："你可真是冷血，说好的祖孙情呢？看到那种场景你却一滴眼泪都不掉，看看你现在这张脸，我是一点儿没看到你伤心难过啊。"

鹿鸣于轻叹出一口气："奶奶……用生命为我铺了一条路。"这条路用尸骨与血铺就，布满荆棘！

鹿芊怒骂："你又在显摆你受宠是吗？你这种女人活该被关在这里！"

鹿鸣于却不再说话，继续低着头，眼神灰暗得没有一丝光。这场长达十年的较量，是她输了，功亏一篑。

鹿芊忽地一皮带抽过去："你给我说话！求饶！快点，求我！"

鹿鸣于躲了躲，背上挨了一下，但她没有太大感觉。

鹿芊边抽边骂:"鹿鸣于,你这个贱人!你跟你妈一样,都是抢别人老公的贱人!"

"我不叫鹿鸣于。"终于,她开口了,声音断断续续,但每一个字都说得很清晰,"我叫鹿鸣野,妖都,鹿鸣野。"

鹿芊最受不了这个名字,听到这样的话,她更疯了,猛地冲上来,一巴掌狠狠扇过去,愤怒地大骂:"闭嘴,你就是鹿鸣于!你是戏子之女,你妈妈是上不得台面的戏子,你体内流着卑贱的血!"

鹿鸣于的脸被打得偏在一旁。

"戏子?"她的声音很轻,带着笑意,忽而又调出一丝玩味,"我妈妈是国家一级演员,非物质文化遗产粤剧传承人……她是……"说着,鹿鸣于抬起了头,用那双如星辰般耀眼的眼眸直视着眼前人,她的声音坚定而有力,红唇张开,一字一顿:"大青衣!"

鹿芊的瞳孔开始剧烈收缩,她最受不了鹿鸣于这样的眼神,带着令人不可忽视的闪耀。鹿芊开始疯狂地用脚踹她,用手捶她:"闭嘴!我要把你的眼睛戳瞎。戏子就是戏子,卑贱的戏子怎么比得过我的父母?"

鹿鸣于看着她,眼眸锋利,像是站在高处俯视众生,带着顶级的嘲讽和傲慢,嘲笑着世人丑陋不堪的灵魂:"大脑空空的世家女。"

鹿芊对上了那双眼睛,那眼神对鹿芊来说称得上致命。鹿芊被彻底激怒了,她的瞳孔在剧烈颤动,人猛地冲过去:"我要杀了你!"

她扬起皮带,重重地抽打。但下一秒,鹿鸣于伸手握住了皮带一端,而后用力一拽。鹿芊毫无防备地往前跌倒,跌在了鹿鸣于面前。两张脸距离极近,这是鹿芊第一次这么近地看自己这个堂妹。那惊世的容貌真是越看越令人发狂,再配上那双如同在烈火中淬炼过的眼睛,让人不禁汗毛立起,战栗不止。鹿芊呆住了。

"哗啦!"锁链拽动的声响传来。鹿鸣于双手连同锁链一起,环在了鹿芊的脖子上。鹿芊大惊,迅速想挣脱,但这个缠绕方式,她越挣,铁链勒得越紧。鹿鸣于什么表情都没有,就这么蔑视着她。

鹿芊慌乱大喊:"放开我,松手!你疯了,你想谋杀吗?你敢杀人吗,你这个疯子!"

鹿鸣于气息微弱,说出的话却骇人至极:"有何不敢?"

她明明没有用力,鹿芊却感觉自己快要窒息了,眼前发黑。在这个姿势下,她被迫对上鹿鸣于的眸光。

虽然她不想承认,但是这张脸真的好美,因为受伤和囚禁的关系又显得虚弱,有些妖冶破碎,头微仰着,还露出了美人筋,有汗珠在往下淌。她眼底满是杀意,带着淡淡的嘲弄之色,像在看一个即将被自己亲手摧毁的玩具。

她真的会杀了自己的,就在这里,此时此刻!鹿芊双脚不断踢蹬着。

这时,"砰"的一声,仓库门被推开,鹿霖冲了进来,他一把将鹿鸣于挥开,将鹿芊搂到怀里。鹿芊站都站不稳,倒在鹿霖怀里拼命咳嗽,内心的恐惧感涌出,甚至不敢与鹿鸣于对视。鹿鸣于却只是淡淡一瞥,拖动着锁链靠墙而坐,整个仓库里全是刺鼻的血腥味。

鹿霖先将鹿芊送出去,然后又折回来,怒瞪着鹿鸣于。他手上还缠着纱布,很长一条划伤,差一点儿就得缝针了。这些都是拜鹿鸣于所赐!他呵斥:"你这个疯子!"

鹿鸣于理都不理他，抱着膝盖继续坐在地上。

鹿霖怒骂："我跟你说了多少次要识相点，你想干什么，杀人吗？"

鹿鸣于偏头，发出一声不屑的轻笑。

鹿霖果然跟鹿芊一样被激怒，大声质问："你笑什么？"

鹿鸣于抬眸，眼底的锋芒再也不加掩饰："笑你们的死期快来了。"

鹿霖捡起地上的皮带："你是不是还想挨打？"

"随便。"鹿鸣于冷淡得像是没有感情。

鹿霖胸口一阵阵起伏，但最终还是出去了，并将仓库门上了好几道锁。

随着大门再次合上，鹿鸣于垂下头，神色不明。此时的她仿佛没有了情绪，大脑在高速运转，她开始复盘今天的事。客人、秦家、奶奶的话……秦家人来鹿家做什么？鹿霖那卑谦的姿态，是跟秦家定下了什么协议？还特地把她锁在奶奶的后院，是她见不得人，还是怕她知道什么？鹿秋良那遥遥一望又是什么意思？

良久，鹿鸣于缓缓抬眸，盯着仓房的那扇门。一片中漆黑，那双眼睛如火如炬，迸发出的锋利与压迫令人心惊胆战！没有软肋的她，什么都不怕！

第八章

爱我一下

鹿芊被送往医院。她不配合，在医院走廊疯了一般大喊大叫，最终鹿霖和杜文馨只得联手将她绑在病床上，强行接受治疗。但鹿芊还是在喊，喊得声嘶力竭："那是我的丈夫，我的！"

杜文馨上前想把她抱在怀里，却被狠狠咬了一口，若不是躲得快，手就被咬破了。死命挣扎中，鹿芊的伤口二次裂开，众人又是一阵忙活。

杜文馨心疼地看着女儿，实在说不出话。鹿霖轻声退出了病房，在门口遇上了面上带笑的鹿秋良。

鹿霖心下一惊，喊了声："爸？"

鹿秋良微笑："做得很好，前夫娶小姨子，闹得全城看笑话，再把自己的亲妹妹逼疯。"

鹿霖的脸色瞬间变得铁青。

鹿秋良和煦地笑着，甚至还拍了拍儿子的肩膀："继续啊，鹿家早晚会交到你手上。"

此时，杜文馨走了出来，呵斥："这又关我儿子什么事？是秦家长子指定的，秦鹿两家本就有联姻协议，更何况，得罪秦家的后果你承担得起吗！"

鹿霖也开口："确实是秦少一手推进的，我们不过是被动接受。"

鹿秋良却说："母亲去世，婚宴肯定是不能办了，孝期三年。"

鹿霖立即道："这个事我已经沟通过了，秦家说可以先订婚，但希望我们鹿家能低调下葬。"

杜文馨不屑："那老太婆都疯多少年了，天天在后院，还有几个人记得她？哪怕高调办葬礼也不会有人来。"

鹿霖皱起眉："可惜，婚宴变订婚宴。"

鹿秋良诡异地笑了下，缓缓开口："是可惜了。"

杜文馨双手抱胸，冷声问："现在老太婆死了，能牵制鹿鸣于的人不在了，她再跑出去，我们怎么跟秦家交代？"

鹿霖皱眉："婚约在身还能跑？"

鹿秋良笑得如沐春风："关起来养着。"

杜文馨脸色难看，恶狠狠地盯着鹿秋良："要关就关在秦家，我不同意把她关在鹿家！"

鹿秋良："鹿家的事还轮不到你做主。"

眼看父母即将吵起来，鹿霖连忙岔开话题："秦家很急，我们先商量下她礼服的事，现在她浑身是伤，那礼服不能穿了。"

杜文馨烦躁地一摆手："反正是冬天，让她穿长袖。"

一处独栋别墅里，秦漵右手戴着最先进的3D打印骨折支架，除了手不能动，无其他影响。此时他正坐在沙发上，左手拿着手机在看，手机屏幕上是一幅放大的画，看得他眼中惊艳连连！

敲门声响起，秦漵关掉屏幕，开口："进来。"

秦媛推门而入。

秦漵笑道："姐，联姻的事搞定了吗？"

秦媛："家里就是太宠你了！"

秦漵还是笑："姐，我是秦家唯一的男丁，你唯一的弟弟，不宠我宠谁？"

秦媛皱眉："你想一辈子当纨绔啊？"

秦潋摊了摊手："纨绔怎么了吗？我又没有野心，姐，你有就好了，我只想吃喝玩乐！"

秦嫒瞥了他一眼："但愿十年后你还是这么想，不会跟我抢家产。"

秦潋："我只想娶那个鹿鸣于，越快越好！"

秦嫒冷笑："已经给你办好了。爸妈亲自去的，订婚宴就在两天后，满意了吧？"

秦潋有些不满："不是说直接结婚吗，怎么变成了订婚？"

秦嫒："有点儿小意外，但不重要，订完婚你直接把人接走不就行了？不过我警告你，别悔婚，想玩就在外面玩，结了离、离了结，还不如不结！"

秦潋摆手："这次肯定不会。"

秦嫒扫了他一眼："你最好是。"说完，她就离开了。

"叮"的一声，一条信息跳出来，秦潋点开。

舒仁坤：秦少，回个话，订婚宴我来不及赶到，不过婚礼一定得请我啊！

秦潋：放心，你可是立了功的！

他回完信息退出聊天框，重新点开某社交平台，在那个账号里继续往下翻。看到账号主人认证的学校，全球 Top 1 艺术学院在读？那可真是够优秀！账号公开了很多幅作品，尤其是最近的一幅水墨画，实在惊艳，不光很多圈内人士给予了高度评价，连圈外人都一眼沦陷，比他姐还要强。

原本整个西子城没人知道这些，但实在太巧。秦潋爱玩，不仅是在西子城玩，还结识了一大帮外地朋友，他又在某个群里显摆过鹿鸣于的相貌。好巧不巧，那个群里的舒仁坤也在皇艺就读，虽是不同专业，但见过鹿鸣于，直接将人认了出来。

第八章 爱我一下

得知真实情况后，秦潋原本想玩玩的心态就变了，立即让家里人去提亲。强占了再说！

次日晚，仓库门打开，鹿鸣于被用人带着前去洗澡、擦药。她浑身都是伤。而后，她就被关在了三楼的小房间里。

没多久，鹿霖拿着那部磨砂白手机出现，张口就命令："解锁。"

鹿鸣于冷漠无视。鹿霖也不废话，拉起她的右手按在了指纹锁上。屏幕打开，鹿霖毫不客气地开始翻阅，可惜聊天记录被删除了，什么都没翻到，其他文件夹也都是空的，连照片都没有一张。鹿霖没在意，点开鹿鸣于的朋友圈，以她的名义发布了一条订婚消息，昭告全城。

做完这一切后，鹿霖又抓起鹿鸣于的左手想继续解锁。这部手机里一定有东西，她一直用的是双系统。

但这时，鹿鸣于猛地抓起桌上的水杯一磕，杯子应声而裂，玻璃碎裂开来。下一瞬，她毫不犹豫地将手指按上去，划开自己的拇指，毁掉了左手指纹。血顺着指尖一滴滴落下，在地面聚成一摊，她却始终面无表情。

用左手指纹才能解开的主系统，里面装的是她的整个未来，她不会允许任何人破坏！

鹿霖呵斥："告诉我密码，快点！"

鹿鸣于不慌不忙捡起地上的玻璃，扬手就朝鹿霖刺过去，但她的速度太慢，力气又太小了，鹿霖反手就将她推倒在床上。

他气得咬牙切齿："你可真是够烈的，宁死不屈啊！"

鹿鸣于手上的血沾染了床单，红了一片。

鹿霖摔门而出，怒喊："王管家，创可贴！"

用人们又是一阵慌乱，进来包扎伤口。

清晨，鹿鸣于被用人们推进了鹿家最大的衣帽化妆间。这儿一直是杜文馨用的，角落里挂着一件长袖礼服。几名化妆师、造型师走进来，开始给她做造型。

鹿鸣于伸手抓起桌上的一根尖锐的发卡，抵在自己的喉间，冷漠开口："叫那几个狗东西进来见我。"

第一次见识这场景的化妆师们都吓呆了，惊恐得立在原地不敢说话，一名用人立即去喊人。

鹿霖推门而入，用蛮力夺过那发卡扔在一旁，他强忍着打人的冲动，警告道："识相点，鹿鸣于。"

鹿鸣于抬眼，沉静开口："我要看奶奶。"

鹿霖大吼："你奶奶死了！"

鹿鸣于："葬礼呢？"

鹿霖："今早低调下葬，没声张。晚宴很重要，你少惹事！"

鹿鸣于语气坚定："我要送奶奶一程。"

鹿霖："事后再去！"

鹿鸣于很强势："我现在就要去。"说罢她又伸手抓向化妆桌——那儿有的是尖锐物品，同时，她还扫了眼鹿霖的咽喉。

鹿霖往后退了一步，他手上的伤还隐隐作痛，他很清楚此时此刻鹿鸣于什么都做得出来，鹿芊现在还在医院里躺着呢！

对峙中，杜文馨走了进来，冷声道："让她去，毕竟是最后一眼了。"

鹿鸣于在墓地见到了鹿秋良。他今日没再穿唐装，而是一身黑色西装，打理得一丝不苟。

鹿霖上前喊了声："爸。"

鹿秋良回身，温和地笑笑："来了。你俩都拜一拜祖母。"

鹿霖不会在这个节骨眼儿上犯事，听话地上前跪拜。鹿鸣于却盯着鹿秋良,开口:"奶奶自杀是你暗示的吗?"

鹿霖猛地抬头,眼神不住地往他爸身上打量。这种发展是他从未想过的,但细想也不是不可能!

鹿秋良还是微笑:"我听不懂你在说什么。"

鹿鸣于没再继续交谈,走到了墓碑前。遗照里的陶雅兰脸上带笑,她一直是个很优雅的老太太。鹿鸣于伸出手,抚摸着奶奶的照片,又缓慢地抚摸过整块墓碑。她摸了一遍又一遍,舍不得走,伤感蔓延开来。

天空下起了小雨,雨滴落在鹿鸣于的脸上,衬着她发红的眼角,好似在流泪。但她没有眼泪,她的眼睛早在十二岁那年哭伤了。

香江,明亮的礼堂里,段忠信、段立青父子正在发表演讲,怒斥暗脉的暴行。台下,海量的闪光灯不断。同一时间,地下室的一条走廊内,两道黑色身影并肩而行,两人岁数相差很大,一年长一年轻,但同样锋芒毕露,姿态霸气。

昏暗的灯光下,两道阴影交错,径直走向一扇厚重的大门。门被推开,两人依次入内,而后门再次闭合。屋内灯光明亮,摆放着沙发和办公桌。这里竟然是一间隐藏的办公室!

段畀付拍了拍眼前年轻人的手臂,递来一根雪茄,笑道:"阿冥,辛苦了。"

段休冥拒绝了那根雪茄,点燃了一根女士烟,随意往沙发上一坐:"不辛苦,分钱,分权,分地盘,快。"

"哈哈哈,"段畀付大笑起来,而后故作凶狠地呵斥,"你跟我还真是不客气,跟你爸要去!"

段休冥叠腿而坐,身体往后靠:"我爸那儿的是我爸那儿的,三叔你这儿的是暗脉交接，该给我的一分不能少。"

段畀付抬手点他："你小子就是会顺杆爬，整天一副要夺权造反的样子，我还没骂你呢，说好的做戏，结果那车差点儿被撞翻，你谋杀啊！"

段休冥弹了下烟灰："都是小场面，你堂堂暗主怕这点东西？"

段畀付："少来！你不知道三叔身上有暗伤啊？年轻时候救你祖父留下的，现在我年纪大了，哪能跟你们年轻人一样这么莽撞！你哥也真是，和你一起胡来！"

段休冥笑着起身，屈指在他三叔腹部弹了下："这肌肉，还暗伤呢？"

段畀付指了指自己胸口："在里面啊！"

段休冥开始催促："快点儿说正事，我急着走！"

段畀付："晚上家族的庆功宴不去了？"

段休冥想了想："那我明天走。"

段畀付翻开文件，开始聊正事："这次段家内部洗牌很成功，该清理的都清理了，有问题的全部揪了出来，一次性完工，很好！"

段休冥："要清洗就大规模地进行，慢吞吞的不是我的风格。"

段畀付赞赏地点头，继续道："再说说外部，重创了陈、泰两家，他们果然上当了！你们兄弟俩虽然莽撞，但这招引蛇出洞打了两条蛇的七寸。段家明暗两脉的合作很完美，果然还是亲兄弟最有默契！"

段休冥："别夸了，再夸我直接当暗主得了，你退休吧！"

"臭小子！"段畀付瞪了他一眼，"别掉以轻心，最后两天的收尾工作，还需隐藏真实目的。新闻舆论那里你再忍忍？"

段休冥无所谓道："随意，都是暗脉了，要什么名声，他们又不知道我是谁！"

段畀付笑看了他一眼："我先跟你透露下一步的计划，你爸的意思是打开内地市场。"

段休冥一愣："不继续向海外扩张？"

段畀付笑着看来："内地的市场很大。听说你经常去玩，应该了解了不少，计划展开之前，你当个先驱者探探路？"

段休冥点头："我喜欢国风文化。"

地下室入口处，一群黑衣人在站岗，一动不动。严天佐双手抱胸站在一旁，安静等待，詹祥闲来无事瞎逛，还时不时帮站岗的兄弟们整理衣领。

严天佐被他晃得头疼，呵斥："你有完没完？我崩了你啊！"说罢，还故意将手摸向后腰。

詹祥耸肩："无聊嘛，大佬们都在忙，我没事干啊！"

严天佐想了想，突然问："唉，等这边收尾工作结束，我也想去西子城玩几天，你跟我换换呗？"

詹祥："求我。"严天佐开始骂人，詹祥却笑着打开手机副系统，"哎哟，说起西子城，让我来看看美女们给我发消息没。"

严天佐双眼一亮："西子城真的遍地西子吗？"

"那当然！"詹祥边说边点开了聊天软件，"叮叮叮"的一阵急促声响起。

严天佐羡慕极了："你手机里有多少西子好友啊，这么多人找你？"

詹祥的笑容却瞬间消失了，他看着贺松发来的信息，整个人脸色大变。他猛地收起手机，夺了严天佐后腰处的枪，"砰砰砰"，直接把门锁崩开了！

严天佐大惊："你疯了，暗主和少主在密谈！"

詹祥却无视了他，直奔地下室！站岗的黑衣人集体把手摸向后腰，看向詹祥的目光一瞬间杀意迸发。詹祥在狂奔时，快速朝后方打出一个手势，冲着他来的杀意立刻消失，一个个黝黑的枪口也放了下去。但严天佐吓坏了，二话不说跟了上去！刚才詹祥打出的手势，是最紧急的事态下才会用到的，可以无视任何重要场合直接冲！这是出了什么大事？

地下办公室里，交谈在继续。这时，急促的敲门声响起。段界付抬起眼，黑眸之中闪过一丝幽深："你的人，找死吗？"

段休冥也皱了下眉，走过去开门。门外是詹祥面色发白、惊慌失措的脸。他快速在段休冥耳边说了句什么，拿出手机里的信息让其过目。

会议室内的气压骤降，段界付合上了文件，目光犀利地看过去。只听见段休冥的声音响起："在哪儿举办？给我把那酒店炸了。"

詹祥额头上满是虚汗："哥，冷静一点儿！"

段休冥一双眼眸看来，同时情绪爆发："那还不安排行程，你脑子呢？"

"马上！"詹祥立即照办。

段休冥关上了门，转身回到办公桌，这次他没落座，只用双手撑在桌面上，身躯往前倾斜，抬眸道："继续。"

段界付翻开文件，加快了语速。明明他在主位上坐着，但在气场上却像是弱了一节，来自对面的压迫感太强了，甚至在讲完后，段界付感觉到自己后背在微微出汗。他呼出一口气，抬眼看向撑着大半张办公桌的后辈，合上了文件。

段休冥的声音平静："没了？"看到段界付点头，段休冥转身就走。

机舱内,段休冥把玩着手中的矿泉水瓶,一言不发,詹祥在旁边也不敢说话。

不知过了多久,段休冥看向他,问:"她朋友圈发的什么?"

詹祥将手机递上:"我也没有她那个号的好友,这是截图。"

段休冥没去接手机,就只是垂眸看了眼,又喝了口水,问:"她加我用的是小号?"

詹祥瞥了眼冥哥的神情,说了实话:"应该是,这才是她的大号,用了很多年,高中和大学的好友,还有西子圈的人,加的都是这个号。"

段休冥笑了,笑容意味不明:"漂亮!"

机舱内的气氛有些恐怖,詹祥只能放轻呼吸。他将手机调至静音,主系统里的消息还在一个劲儿地往外跳。

严天佐:詹祥,发生什么事了?我不敢问冥哥,你快说啊!

严天佐:搞快点儿,我带兄弟们准备好了,是干什么去?带我啊!

严天佐:我要爆发了,我跟你是上下级吗?我们不是平级吗?到底什么事只有你知道我不知道?

严天佐:詹祥,你给我回信息!

詹祥一个头两个大,干脆切了副系统,跟贺松聊了起来。

贺松:晚宴你来吗?话说你这几天去哪里了?腹黑女突然就订婚了,吓我一跳!

詹祥:你少说两句,要死人了。

贺松:谁死?

詹祥:全部吧,不知道。

秦、鹿两家的订婚晚宴如期举行。宴会厅里,秦潋西装革履,手臂上的骨折支架更精简了,搭配着礼服甚至还有些时尚。此时他正被人群围在中心,人人都在恭贺他。鹿家父子和杜文馨也在,招待着前来的宾客,鹿芊没有来,她还在医院。

后台,鹿鸣于身旁跟着数名保镖,当然,不是在保护她,而是看管她,她走到哪儿,这群人就跟到哪儿。她无视了这些视线,走向卫生间。保镖都是男性,无法跟进来。

鹿鸣于将几个水龙头全部开到最大,用水声制造噪声,混淆门外保镖的听觉。徐素月就站在旁边,一张脸难看至极。

水流声不断,徐素月开始了狂喷:"到底发生了什么事,你还好吗?订婚又是什么鬼?!礼服为什么是长袖?还有这什么破香水?俗不可耐,谁给你喷的?是喷了一整瓶吗?难闻死了!"

鹿鸣于站在镜前,通过镜面看向身后的人:"不聊这些,先解决问题。"

徐素月整个人都快爆炸了:"你怎么不生气?快点儿告诉我发生了什么,秦潋就是个烂货啊!"

鹿鸣于沉静开口:"两件事。"

徐素月深呼吸了几下,点头:"你说!"

鹿鸣于:"护照。"

徐素月一把递上:"我带来了!"

鹿鸣于将之藏在衣服里,继续道:"手机在鹿霖那里,磨砂白的。"

徐素月朝外面看了眼:"可拿到了又怎么样?那些保镖……"

鹿鸣于打断她,道:"照做。"

徐素月:"好!"

宴会签到处,鹿霖正在招待宾客,与人谈笑时笑得合不拢嘴,好似跟秦家订个亲就能立即跻身世家龙头似的。

第八章 爱我一下

徐素月整理了一下表情，抬脚走去："霖哥哥。"

鹿霖一愣，转身看向她时双眼发亮："月月！"

徐素月维持着面上笑容："恭喜啊，霖哥哥！"

鹿霖温柔地开口："你好久没这么叫我了。"

徐素月垂着头，道："以前是我不懂事。"

鹿霖伸手揉了揉她的头发："在我这里，你可以一直不懂事。"

徐素月扬起脑袋，突然道："你抱抱我好吗？"

鹿霖又惊又喜地看着她，上前将她抱在怀中。徐素月快速伸手，探向他的口袋。

鹿霖："月月，别乱摸！"

徐素月脸都绿了，但声音甜甜的："我就要！"

鹿霖声线发紧："这么多人看着。"

徐素月："那好吧，不抱了。"

两人分开后，鹿霖还想说什么，但徐素月已经快步离开，跑得飞快。

秦潋看到这一幕，笑着走过来："怎么还抱上了？多抱一会儿啊！"

鹿霖回味着那个拥抱："别打趣了，她害羞。"

鹿鸣于在卫生间没待多久，门口的四名保镖就开始催促。过了一会儿，杜文馨走进来，一脸冷色："晚宴开始了，你想拖延时间？"

鹿鸣于镇定地抬脚，走向宴会厅。走廊上，她与迎面而来的徐素月错身而过，两人对视的瞬间，手机滑进了鹿鸣于的袖口。与此同时，徐素月还跟杜文馨打了个招呼："杜阿姨，恭喜啊！"

西子城机场，詹祥边走边开口："冥哥，车已经让人开来了，就停在外面。但哥你要不要冷静一下？你冲过去不会要杀人吧？"

段休冥紧抿着唇一言不发，快步踏出机场大门，浑身冷气直冒。这时，手机振动了一下，他随手划开一看，脚步一顿，停在了原地。

鹿鸣于：抢亲吗？

下面还附带了一个定位地址。

詹祥站在他身旁不知所措，他不知道冥哥为什么突然停下来，而且气氛也有点儿不对。刚刚冒着一股杀气，现在又变成了怒气，说不上来的古怪。

段休冥抬头看着远处天空，头微偏，眯起了眼。

詹祥心下一惊，知道冥哥这是不爽到了极点。他试探道："哥？"又怎么了？他真是不懂啊！

段休冥向旁边伸出手："钥匙。"

詹祥立即将车钥匙递上。他现在是真的摸不透冥哥想法，也不知道自己该干啥。以前没处理过这种事，他没有经验啊！段休冥接过钥匙，打开车门，坐进了驾驶位，轰地一脚油门，扬长而去。詹祥被那尾气熏得眼睛都闭上了，差点儿叫出来。开这么快，疯了啊！他来不及整理情绪，赶紧坐上另一辆车追去。

订婚宴上，先是一阵热场，调动起全场气氛后，男女双方走上高台，面对面而立。

司仪依照流程推动到了求婚环节。秦潋看着眼前一身礼服的鹿鸣于，非常满意，止不住地笑。哪怕身穿长袖礼服，一点儿皮肤都没露出来，她也依旧美得惊人！

司仪给两人递上话筒，秦潋拿出求婚戒指，深情开口："鹿鸣于，嫁给我好吗？"

台下的宾客都开始鼓掌，现场的气氛非常高涨！

第八章 爱我一下

在百来人的注视下，鹿鸣于抬手，将话筒递至唇边，冷静的声音彻响全场："我不嫁细狗。"

宾客们集体惊呆了，诡异的气氛笼罩在整个宴会厅上空，死一般的寂静。秦家人全部豁然起身，脸色铁青。秦媛更是一道视线直逼鹿家人，她虽然看不上自己这个弟弟，但绝不允许这种羞辱性事件发生在秦家人身上。

鹿家就更别说，鹿霖直接呆在了那里，大脑一片空白。杜文馨强忍着想要呵骂的冲动，在座位上气得胸口上下起伏。鹿秋良也脸色大变，但还是维持着风度。鹿家敌不过秦家，这下要闯祸！他同样不可思议地看着鹿鸣于，想不通的点有很多。

按理说陶雅兰去世，还是当着她的面自杀，留下无比血腥又残忍的阴影，这种心理创伤必然极大，正常人应当会被崩溃和悲伤填满，变得浑浑噩噩。今天早上她去祭拜的时候，强烈的伤感都快溢出来了，不可能作假。可现在是怎么回事？鹿鸣于怎么能这么冷静，在宴会上狠狠咬了所有人一口？

前方高台上，秦潋震惊地看着眼前的人，看着这张绝世容颜，死都没想到她会冒出来这句话，他强忍着打人的冲动，表情扭曲起来："你知道你在说什么吗？"

鹿鸣于用审视的目光上下打量他，像在看一个垃圾，更羞辱人的言辞也冒了出来："你是在夜场工作的吧？"

秦家人的怒骂声已经响起，纷纷冲着鹿家人而去。其他宾客则是大声交谈起来，现场忽然变得无比喧闹。谁都没想到平日里乖巧安静的鹿鸣于一张嘴这么犀利，还是在这种场合下，简直不把任何人放在眼里。

鹿霖猛地站起身，想要冲过去夺走鹿鸣于的话筒。不能再让她开口说话了，现在的鹿鸣于是什么场合都不顾，连她自己的名声都不要了。

鹿霖冲得极快,可还没跑两步,旁边突然伸出来一只脚把他绊倒。鹿霖直接摔了个狗啃泥,并且因为他冲得特别快,这么一摔还带着强大的冲击力和惯性,导致他撞在了一张餐桌上,将那桌子整个都撞翻了!"哗啦啦!"菜肴和酒水洒了一地,也泼了他一身!于是,这宴会就更乱了。

徐素月淡定地收回脚,嘴里还骂了句什么。徐文俊眼珠子都快凸出来了,难得的没有去责怪这个妹妹。原本这场订婚宴中最难受的就是他,谁知道会发生这种变故。只是……接下来要怎么办?徐文俊看向高台,面色无比复杂。鹿鸣于拒绝了秦潋的求婚,原本他应该高兴,可他不理解,鹿鸣于怎么会说出这些话,这根本不像她啊!

此时,中间的某张桌子上,忽然有人高喊一声:"鹿二小姐真牛!"

坐在同一桌的众人集体震惊地看向贺松。贺松喊完立马低头,还吃了口菜,仿佛刚刚那句话不是他喊出来的。

隔壁桌的郝路生也惊呆了,但听到贺松的高喊,他一个没忍住爆笑出声。其他年轻人也逐渐开始笑,或看热闹或嘲讽,总之什么样的笑都有。年轻人嘛,就是这样憋不住情绪。

一时间,宴会现场热闹非凡。司仪赶紧站出来主持大局,用他生平最快的语速重新调动气氛。干了这么多年主持,他还是第一次遇到这种事,简直能上新闻了!订婚宴的双方都是世家,不管女方是什么态度,今天这礼必须成!

"让我们恭喜两位……"话还没说完,"砰"的一声巨响,宴会厅的大门被人一脚踹开。力道之大,让那双开门都晃了好几下,摇摇欲坠地像是要掉下来。

众人的目光不可避免地从高台上转移到大门处。

第八章 爱我一下

那是个穿着无领西装的高大男子,梳着港风背头,露出了全部五官,轮廓硬朗,眸光锋利逼人。只见他迈开步伐,大步流星,速度快到起风,掀起了西服一角。他无视了现场乱七八糟的情况,谁都没看,直冲着最前方而去。那长过道被他几步跨完,他一下子就来到了鹿鸣于面前。

段休冥先是伸手,指尖在她的话筒下方轻轻一拨。"啪!"话筒就这么被他一指弹飞,同时他单手一捞,直接将鹿鸣于扛在了肩头。段休冥掂了掂,转身就走。话筒才滚落在地,发出撞击声响。

他实在太快了,速度堪比猎豹。段休冥从头至尾一句话没说,更没有给过其余人半个眼神,眸色狠厉得像是要将这酒店轰碎,肃杀之气溢于言表!

现场惊呼声四起,无数年轻人站起来起哄,莫非这就是传说中的抢亲?

混乱中,一个高脚杯突然扔向两人。是盛怒之下的鹿秋良扔的,他就喜欢往人身上砸东西,此时看到这一幕再也忍不住了。

眼看那红酒杯即将落到鹿鸣于身上,一只手倏地伸出。只见段休冥头也不回,一手扶着肩头的鹿鸣于,另一只手快速朝后侧方抬起,一把接住这杯子。下一秒,"啪"的一声,玻璃杯被他捏爆,在他掌心碎成渣!他的手在半空握拳,停顿。

不少人看到此景,大气都不敢出,一股莫名的恐惧感从众人的脚板底涌上天灵盖。

瞬息后,段休冥眸光闪烁,猛地挥臂,往后一甩,将那些玻璃碴原封不动地朝鹿秋良掷了过去。数不清的玻璃碎片飞射,在灯光下泛起寒光,像是细碎的暗器,角度刁钻,精准锋利。

保镖们大骇,冲过去想要挡在鹿秋良身前。然而,虽然挡住了大半致命部位，但玻璃碴又小又多，鹿秋良依旧被射中！碎片划过了鹿秋良的脸颊、脖颈和手，但凡是露在外面的皮肤，基本上都被划出了猩红的伤口，血珠瞬间溢出，一路往下淌。还好他戴着眼镜，挡住了眼部，不然眼睛可能会瞎！还有更多细小的碎片深入了皮肤内部，需要去医院取。

这一手明显不对劲，保镖们震惊得停在了原地。现场出现了慌乱，还有好多人吓得想钻桌底，年轻人们则是兴奋到开始尖叫。

现场乱糟糟的。一个订婚宴，从女方出口羞辱，再到陌生男子抢亲，已经够刺激了，这会儿竟然还上演了打斗戏码。那头也不回的一甩，血色飞溅，跟拍电影似的，鹿秋良脸上都开血花了！

段休冥一套动作行云流水，从头至尾只有扔玻璃碴前一瞬的犹豫，扔完他就扛着鹿鸣于继续往前直奔大门。

鹿秋良高声喊："拦住他！"他再难维持优雅的风度，满脸的血，整个人都陷入了失控状态。呆立在原地的保镖们猛地回过神来，冲了过去。

宴会厅大门近在咫尺，保镖们快速聚过来，离得最近的已经拦在了门口！

鹿鸣于被扛在肩头，视野有限，看不见大门的情况，只能看到好多保镖，还有疯了一般的鹿家人和秦家人。她感到自己被极轻地颠了一下，下一秒，眼前的景象晃动了起来。她垂着头，看到几名保镖倒在地上，面色扭曲地捂着膝盖。段休冥动作快准狠，鹿鸣于甚至都不知道他是怎么出的手。周围还有更多的保镖想追过来，但根本来不及。

之后，整个宴会厅越来越远，最终在她的视线里消失。

两人离去后，宴会厅彻底炸开，众人都站起来大喊大叫的，反应快的人已经拍了视频。

秦家人冲过来跟鹿家人对峙、怒骂，贺松兴奋地打着字，徐文俊慌里慌张的，不知道该干什么，徐素月则是跷着二郎腿，笑得那叫一个爽。

鹿鸣于趴在段休冥的肩头，一动不动，她感受到他在下楼梯，一步两三个台阶。紧接着，他们走出了酒店。

打开车门前，他似乎难以压制怒火，忽然伸出手掌，"啪"地拍了一下鹿鸣于的屁股上，很轻的一下，但他不知道的是，他碰到了鹿鸣于的伤口。鹿鸣于一瞬间冷汗直冒，疼得咬住了嘴唇。

段休冥感受到了她的颤抖，声音冷硬："我用劲了吗？你要不要这么夸张？"她身上散发出廉价的香水味，毫无品位，谁给她喷的？熏得他五感受限，头晕又火大。

鹿鸣于低着头，没再说话，奶奶在她面前去世的后劲上来，她现在痛苦压抑得不行！

他打开车门将她塞进了副驾驶座，再重重关上车门，绕到另一边上车，启动离去。

宴会厅里的喧闹依旧在进行，跟火山爆发似的。秦漱已经气疯了，这是他此生遇到过的最大的羞辱，都是拜鹿家所赐。秦、鹿两家不断争执中，杜家也不可避免地被波及，还有大量的世家在看笑话。

现场的年轻人们则是纷纷起身，聚在角落的几张桌子旁交谈起来，笑声不绝于耳，把这场订婚抢婚的闹剧玩成了酒会盛宴。要知道这种热闹一辈子也见不到一次啊！

没多久，詹祥赶到，贺松立即双眼放光地前去迎接。詹祥平时就跟这帮年轻人玩在一起,基本上天天出来喝酒,这会儿跟回了老家似的,自然而然地坐在人群里了。

贺松兴奋地敬了他一杯:"你怎么才来啊?错过大场面了!"

郝路生也开口:"太精彩了!不过那猛男是谁啊?还是第一次见,不是我们西子城人吧?"

徐素月扫过来一眼,自顾自地喝了口酒。

有人忽然开始惊叫:"见过啊,杜文馨出事那天!"

"我想起来了,有个穿浴袍的人,就是他!"

"对,我也看到了!我当时还奇怪呢,但八卦太震撼了,只看了一眼就没再关注。"

"怎么每次大场面都跟这个人有关系?这人怕不是鹿家的克星吧!"

…………

众人又热聊了起来。

詹祥先是朝远处正在争吵的秦、鹿两家的人看了眼,而后看向贺松,小声问:"闹得很大?"

贺松狂点头,也压低了声音:"对,你是来给冥哥处理后续的吗?那赶紧忙吧,估计你未来几天要头疼死,闹得太大了!"

两人厮混了这么久,他早就搞清楚了詹祥在段休冥身边的定位。

詹祥严肃地点了下头,问:"死人了吗?"

贺松满脸问号。

詹祥神情平淡道:"没死人,那有什么好处理的?"

贺松惊呆了。

段休冥驱车前往公寓,始终目视前方,一个眼神都没有给旁边的人。鹿鸣于感受到了一股压迫感,偏头看了他一眼。

"别看。"他的声音有些冷。

鹿鸣于将视线转到车窗外。在飞速倒退的城市夜景中,她察觉到一个关键点:有件事他应该知道了,或者说,他早就心知肚明。也对,他洞察力那么强,之前是让着她,陪她玩而已,今天自己彻底激怒了他,此时他在压着即将爆发的怒火。

鹿鸣于闭上眼,深呼吸,情绪如潮水般退去。再睁眼时,眼底已经一片清明,她用仅存的理智再次调动大脑高速运转,思考着对策。但很遗憾,这是个无解题。在他超高的洞察力下,再完美的谎言和对策都是徒劳,在真诚面前,所有的阴谋阳谋都必输无疑。他真诚,她虚假。

超跑的速度很快,没多久两人就抵达了公寓。车停下后,段休冥绕到另一侧打开车门,再次将她扛了起来,进了电梯也没放下,一路扛进了公寓。公寓很多天没人住,一片漆黑中只有从窗外透进来的城市夜光。

晃动中,鹿鸣于藏在身上的护照落在地上。段休冥看了那护照一眼,一脚将其踢到了角落。鹿鸣于感觉自己被按进了沙发,下一秒,男性的气息扑面而来,沉重又充满侵略性。

他一直在忍耐,但在看到护照时忍不住了。是护照,不是通行证,她根本没想去香江,全部都是局!他一把脱了外套并把它扔在一旁,然后解开了她领口的纽扣。

鹿鸣于推了推他,没推动。她开口:"我不想。"

他停了下来,声音带着一股火气:"你不想?都抢亲了你还是不想?"

鹿鸣于偏头,不与他对视:"我真的不想。"

段休冥盯着她,很久,最终,他音色带着冷意:"鹿鸣于,你跟我说实话，你根本没想跟我发展，对吗？"他一直都知道她感情淡，没那么喜欢他，但他想问的是，她是否有意向和他发展一段关系。

沉默片刻后，她给了回答。"对。"

"好。"他单手撑着沙发，另一只手替她将衣领扣好，随后起身，走到窗边点了根烟。

很安静，谁也没有说话。他站在黑暗中，让人看不清脸，红光忽明忽灭。无形的压迫感自窗边卷席而来，笼罩在整个客厅，像是随时会爆发。

她看着他将一支烟抽完，摁灭，大步而来。他将她双手扣在沙发上，双膝跨在她身体两侧，一股无法反抗的大力让她动弹不得，被圈住，被禁锢。

他的表情和音色都察觉不出喜怒："鹿鸣于，你耍我？"

鹿鸣于顿了下后，点头："抱歉。"

她知道，这才是他真实的愤怒状态，也是他第一次让她感受高威压下的恐惧，但她只能被动地接受一切，并且尽可能保持真诚，实话实说。

段休冥双眼迸发出了一股凶狠的劲："你玩弄我的感情，利用我？"

鹿鸣于："是。"

扣住她手腕的力度骤然加大："你在我面前倒是坦诚！我是不是该高兴？"他低声道。

鹿鸣于叹气，问："你想打我？"在体能悬殊的情况下，她没有任何反抗的余地。

"打你？"段休冥似是笑了下，眼神更冷了，"来说说看，你是怎么想的？"

鹿鸣于沉默不语。

段休冥："那行，说说你的局？"他的手开始用力，"我是你千挑万选，最好的利用对象。那你是什么时候开始布的局，当你发现我能左右贺松的时候？"

鹿鸣于哑口无言。

段休冥缓缓压了下去："你可真是玩了一手漂亮的借刀杀人、金蝉脱壳啊！"

鹿鸣于："对不起。"

段休冥双眸冰冷："第三次见面你就在利用我，对吗？"

鹿鸣于："是。"她轻叹一口气，他果然都知道。

段休冥冷笑："监控？"

鹿鸣于："是监控和引擎声，我不确定，但要试一试。"

她不仅利用了他身为酒廊幕后老板的操控能力，还利用了一个时间差替自己开脱。她看出来那天他对她有想法——他当然会想，那时候的独处太暧昧了，她只给了他一个眼神，然后直接下车就走了。那么，他一定会在车上冷静一会儿再离开。极致地利用！至于监控，那是一个意外惊喜。

段休冥咬牙切齿："之后呢？也是你的局？整整一个月，一步步勾着我。你很会啊！"

鹿鸣于承认："延迟满足。"

段休冥心底一阵冰凉："好一个延迟满足，真是惊人的手段！你现在这么坦诚，是我没有利用价值了？"

鹿鸣于："没必要了。"

"没必要？"段休冥重复着这句话，"请问鹿小姐，我这把刀，你用得如何？趁手吗？"

鹿鸣于避开了他的视线："对不起。"

段休冥呼出一口气，气息危险至极："说软话，做狠事，拿捏人的真心，高明！来，露出个胜利者姿态给我看看？"

鹿鸣于："我没有心情。"

段休冥笑了出来，带着轻微的颤音："你利用我，我愿意，我让你利用！你让我抢亲，我当然会来，抢完你跟我说反悔了，你有一丁点儿喜欢我吗？别告诉我……谈恋爱也是假的！"他这辈子的温柔都用在了她一个人身上！

鹿鸣于偏过头："对不起。"

良久的沉默下，气氛冷到窒息。她感受到他的呼吸喷洒在她脖颈处。他用力将她挤进沙发，炽热的双唇吻在她脖颈间。

"你爱我一下会死吗？！"他的声音压抑着怒意。

鹿鸣于很无力："但我真的……爱不动。"

这句话杀伤力太强，他瞬间不动了。又过了很久，段休冥撑起身躯，一只手托起她的脸颊，让她与自己对视。

她的眼神很空洞。看着那双无神的眼睛，他心中的一口气顿时泄光了，手上的力气也瞬间消失。他缓缓出声："鹿鸣于，这就没意思了。"

鹿鸣于："对不起。"

段休冥垂着头，让人看不清她的神情："最后一个问题，你当初……为什么找上我？"

放浪？她不是，一见钟情更不可能。所以，她为什么会在两人不认识时说出那句话，还说了两次？

鹿鸣于："第一次，我要自己选。"

段休冥讥讽地笑道："好，选得好，真会选，选了个姓段的。"

鹿鸣于看向他："你在段家是什么身份？"

段休冥盯着她的双眸："暗脉少主。"

鹿鸣于的四肢逐渐冰凉,猜错了啊,他不是边缘人物,他就是那个新闻上说的狠狠压了段氏继承人一头的暗脉少主。可是,前段时间最乱的时候,他为什么不在香江,而在西子城?他天天都在西子城!人不在,却可以搅动风云,这也是她判断错误的最关键点。

鹿鸣于反应了过来,他跟她不一样,身处这种高度,做局根本用不着亲自下场。可这种身份的人竟然被她利用,还用了一次又一次,此刻说什么都晚了。

她的眼神有些暗淡,问:"你是不是有其他名字?"

"段休止。"段休冥自嘲地笑了声,"我本来想用这个身份来提亲。"

鹿鸣于再次沉默,原来段休止不是什么旁支大哥,是他在段家对外公开的身份。

新闻里,香江现在很乱。暗脉少主是段家最重要的核心人员,风头盖过了继承人。段家内部正在大规模洗牌,甚至蔓延了整个香江,波及多个豪门。而眼前的这个人,就是主导这次洗牌的关键!他魄力惊人,手段狠辣,对付继承人,对付暗主,对付家主……以摧枯拉朽之势扩张着自己的版图。

很多人在分析和预测,段家的继承人要换人,家主或许都要变,洗牌过后,他极有可能从暗转明,甚至在不久的将来,明暗两脉的掌控权都将落在他手中,到时候香江段氏就是他一个人的天下了。

好可怕的人!

对了,他说过……有点儿不方便,要等一段时间才行。原来那个不方便,是要干那么多事。他还说很快……看来那场战争他胜券在握。她抽到的竟然是张王炸!

鹿鸣于不禁问："你对付过多少人？"新闻里的形容都快到赶尽杀绝的程度了！

段休冥笑得很不屑："这怎么数得清！"

鹿鸣于又问："惹你的人是什么下场？"

段休冥声音薄凉："死。"说罢，他松了手，两只手撑在她身体两侧，没有身体的触碰但居高临下，问，"怎么了，害怕？"

鹿鸣于垂下眼眸。他是随时可以捏死她的存在，比鹿家、秦家恐怖数倍的庞然大物。她赢到了最后，也输得彻底。

段休冥看着近在咫尺的她，低声叹气："也对，小鹿再倔强，终究是草食动物。"

话落，他伸手，隔着衣服轻揉着她的手腕，黑暗中，也不知道有没有被他捏红。

她缩了一下，他便没再继续，松开她的手退回到了窗户处，从那盒女士烟中抽出一根。

也不知从什么时候起，他家中只有女士烟了。

他没有抽，而是将那根烟把玩在两指之间。

鹿鸣于："我能打听一下，我的下场吗？"

利用这样的人当武器，她真是够大胆，也够疯。她破开了牢笼，却踏进了地狱。

也好，死在他手里，比死在鹿家好。起码不恶心。

段休冥："什么下场？"

鹿鸣于："你会怎么报复我？"

段休冥："我报复你干什么？莫名其妙。"

鹿鸣于哑然。她竟然走对了最关键的一步，他不会对拥有过的女人下手。他对敌人够狠，也有上士无争的胸襟。还真是她千挑万选，最好的利用对象！

黑暗中,段休冥的神色不显,他终于点燃了那根烟。少顷,他声线微沉,语气恢复到了坦然:"你什么打算?"

鹿鸣于:"出国,现在。"

他掐灭了烟:"送你去机场?"

鹿鸣于:"谢谢。"

"哪个机场?"他问。

鹿鸣于:"浦东。"

段休冥神情淡漠:"西子机场不去,非要走浦东,你跨洋?"

鹿鸣于:"嗯。"

段休冥套上外套,捡起地上的护照走过来。递给她时,他将她凌乱的衣领整理了一下,又顺手将她碎发拢至耳后,问:"身上有钱吗?"

鹿鸣于:"有的。"说罢,她拿出手机订机票。

段休冥亲眼看着她想订最便宜的特价机票转乘,他很自然发了句牢骚:"我真服了。"他呵斥,"卡号发过来!"说罢,他开了灯,走到茶几旁拿手机。

灯光亮起的一刹那,鹿鸣于看到了旁边的那面墙,目光顿住。墙上多了一样东西,上次来还没有。

段休冥顺着她的视线看去。

那是一幅很大的油画,有着强烈的视觉冲击,画作名为《破晓》。中央是一片黑海,海底藏着巨兽和怪物,而它们想要涌出去攻击一艘小船,小船孤零零地漂泊在海面上,被海浪掀起,危机四伏。

整体黑暗的画面中,一缕透亮的光从最上方撕开乌云,向小船挥洒而下,落下星星点点的光斑。凑近了才能看清,那是文字碎片。每一个字都是汉字,字体是狂草。这种字体带有强烈的感情渲染，豪放张扬！这些字大小不一、错落有致地排布，每一个字都飞向小船。拼凑起来是一句话：请务必、永远，拯救自己于水火之中。如同神的指引，令人头皮发麻！

落款很小，藏在船身处，是两个字：里予。两个字分别写在船头和船尾，用金色的笔写就，与破晓之光相呼应。字体依旧是狂草，写得潇洒又恢宏，尤其是"予"字的最后一笔，如同一把锋利的弯刀，但不仔细寻找都看不到。这画家的字带有极强的个人风格，他不仅会画，还会写！

鹿鸣于看得出神。

段休冥随口问了句："你知道这字体吗？"

"草书。"鹿鸣于此时的心情有些怪，问，"这幅画你从哪里弄来的？"

段休冥："在妖都买的。"

他不会看草书，难辨字形，找了专业老师学了一段时间后，拼出了这句话。当时他的感觉只有两个字：震撼！之后他又去了那个画廊一趟，却没再见过画家里予的作品。前段时间他突发奇想，让人将画带到了西子城，想约她赏画。

段休冥此时语气有些淡："离开前跟你约好的赏画就是这幅，现在点评一下？"

鹿鸣于犹豫着道："这幅画与人的共鸣度极强，但是……"

段休冥挑眉："但是？"

鹿鸣于真诚开口："心境不够开阔，下笔不够大胆，思维有些循规蹈矩。"

段休冥："何以见得？"

鹿鸣于指着那些字："神启文字能看出来，小船在渴望被拯救，这是弱者思维，把自己放在了一个被动的角度。"

段休冥:"你说得很矛盾,文字不是让人自我拯救吗?"

鹿鸣于坚定地反驳:"那应该反过来画,让这些字从船体飘出,而非从天空落下!"

段休冥眼神闪烁:"继续。"

鹿鸣于开始了疯狂的批评:"这幅画里的元素这么多,浪花、海怪、文字、乌云和光,将小船包围,船又小又破,摇摇欲坠,只知道逃,被动又孤独。"

段休冥凝望着她,目光如炬:"别停,说下去。"

鹿鸣于的声音大了些:"为什么不引导海怪自相残杀,利用浪花乘风破浪,利用乌云和光去闯?"

段休冥开始了引导:"还有吗?大胆点。"

鹿鸣于:"或者,换个视角,"说到这里,她眼底闪出了锋芒,"不做小船,成为那海怪和惊涛!"

段休冥眼中满是惊艳:"你有猎人思维。"她的这番话比神启文字更令人震撼!

鹿鸣于迷茫:"那是什么?"

段休冥双目染上了一抹细碎的光,不明显,藏在眸色中稍纵即逝。这种思维,她用得很顺手,甚至刚刚都说了出来,但她自己不知道,这女人怎么会这么矛盾?要是早点被他遇到,发掘一下,他都不敢想她现在的成就能有多高。

他靠近她,伸手想触碰她的眼角,但最终还是将手放了下来,目光扫着她的脸,从上到下,扫过她的五官,停在了她的眼眸。他轻声开口:"鹿鸣于,要不要再利用我一次?"利用他铺路,利用他的一切往上爬,他受得住。

鹿鸣于定了定神,摇头:"不会了,对不起。"他对她的好实在无可挑剔,她不会再利用他了。

段休冥又看了她一会儿，就再也忍不住了。他突然倾身将她揉在怀里，吻住她的唇。他的气息滚烫厚重："我今天……要强迫你。"是在陈述，并非询问。

"嗯。"她声音平淡，没有情绪。

他责骂起来："你就这么没感觉？"

她却没有再回应。段休冥停了下来，深呼吸几下后，低头看着近在咫尺的她，像是要把她看穿。良久，他叹气，闭上了眼，再睁开时，他又一次替她整理好衣领，而后松了手，退开两步站定，语气恢复到了最初："觉得累就把我忘了，别愧疚。"

别愧疚……听到这句，鹿鸣于的心脏忽然嗡鸣。

段休冥晃了下手机："卡号给我。"

鹿鸣于："不用……谢谢你。"

段休冥直视着她："鹿鸣于，我要面子的。"

鹿鸣于："我不是很理解你这个面子。"

段休冥态度很强硬："不管是分手还是决裂，麻烦你鹿二小姐，风光又体面地活给我看！"

鹿鸣于低头，拧起了眉。

段休冥抬了下手，道："这样，你画展上的那幅画我买了，五千万够不够？"

鹿鸣于抬头，用异样的眼神看着他。

段休冥瞥过来一眼："嫌少？五亿。"

鹿鸣于："说反了，那幅画很小，不值这么多钱。"

段休冥皱眉："两千万？"

鹿鸣于想了想，道："十万。"

段休冥抿唇盯着她，道："你在羞辱谁？我，还是你自己？"

鹿鸣于眨了下眼睛："那，二十万。"

段休冥气得都不想多说话，呵斥："卡号！"

鹿鸣于："走平台交易。"

段休冥呼吸都顿住了，开启了嘲讽模式："就那幅破画，你还挺当回事，居然走平台交易！"他骂得一点儿不留情面，走平台让詹祥去！

段休冥头也不回地夺门而出，走在前面，一路走到电梯再到车旁，都没有再看鹿鸣于一眼，也不管她跟不跟得上，可见是真的要气到爆炸。

车子从公寓出发，行驶在道路上，朝着机场飞驰。车内的两人都没有说话。鹿鸣于将手机副系统解锁，将鹿霖发的那条朋友圈删除。

段休冥目视着前方，开得很快，只是在开了一段路后，他瞥了眼后视镜："你朋友的哥哥是吧？"

鹿鸣于一愣，看向后方。只见一辆轿车紧跟其后，就在跑车后面，并且还在加速。是徐文俊的车。

"他追你啊？"段休冥不咸不淡地问了一句。

鹿鸣于思考了两秒，决定说实话："高中追了我三年。"

段休冥冷笑，问："在一起过吗？"

鹿鸣于继续说实话："你是我的初恋。"

段休冥挑了下眉，用余光看了眼旁边的人，没再问。

后面的那辆车紧跟不舍，段休冥开在中间的车道，右边是一辆运货的卡车，又大又高，若是翻倒，能轻易将这辆跑车压扁。这时，后方的轿车忽然加速变道，一下子卡在了左边的快车道上，与段休冥的车并驾齐驱，段休冥就这样被左右夹住了，前后方也都有车。

鹿鸣于看向身边人。他神情淡漠地把着方向盘，没有任何情绪。而徐文俊驾驶的轿车又开始了骚操作，渐渐地向这边靠近。很明显是想将车逼停！

开车时人都会有下意识的自保行为，在当前的情况下，通常的做法，要么刹车停下，与后方的车相撞，要么大脑一片空白，为了躲避左边的车，不顾副驾驶位有人，往右打方向盘跟大货车相撞。在紧急且不冷静的情况下，选后者的概率很大。一旦发生这样的事，坐在副驾驶位的鹿鸣于会受重伤，甚至被碾成肉渣！徐文俊在赌，赌段休冥会踩刹车。他喜欢赌，是个赌徒。但是……鹿鸣于眯起眼，这个赌注凭什么是她？

可让徐文俊没想到的是，段休冥车速不减。鹿鸣于往中间靠了靠，以防一会儿撞到出车祸她直接挂了，关键时刻还是要自救。

此时，段休冥瞥了眼后视镜，眼神闪过不屑。紧接着，他的手掌朝她伸出，拉起她的手，十指相扣，另一只手猛地向左一打方向盘——"砰！"徐文俊车的右前侧撞到了段休冥车的左侧车门，车身瞬间凹进去了一块！

徐文俊猛地一个急刹，方向盘差点儿没打稳。好不容易稳住后，他擦着旁边栏杆停下，车的一侧都擦出了火星！段休冥却只是扫了眼后视镜，眼底闪过一丝暗讽。其间，他的车稳步前行，刹车碰都没碰，甚至脚都没松开过油门。逼停徐文俊后，他又猛地一踩油门，车子继续往机场开去。

这一切发生在电光石火之间，他自始至终什么话都没说，面上云淡风轻，动作风驰电掣。开到一半，他突然看了眼两人相握的手。他将她的手一丢，双手扶紧方向盘。

鹿鸣于在看他。

段休冥的余光散发着冷意:"要是那个男的出事,你会害怕吗?"在她面前,他不再掩饰自身的凶性。

鹿鸣于:"我会为你鼓掌。"

段休冥偏头,意味不明地看了她一眼。刚刚的事她看懂了?

第九章
鹿鸣于野

段休冥开得飞快，他们没多久就抵达了机场。鹿鸣于将乘坐今天最后一趟飞往伦敦的航班。除了一部手机和一本护照，她什么都没带。

　　取完登机牌，她转身朝段休冥走去。段休冥站在不远处，那辆暗夜绿大牛就停在门口，他不管，也不看她，面无表情地看着旁边，也不知道在想什么。

　　看到鹿鸣于走过来，段休冥抬手一指："你的手机。"

　　鹿鸣于将手机拿出，想还给他。

　　"不是这个意思。"段休冥伸手挡住她，道，"手机里有管家，提供一键服务。"

　　鹿鸣于一愣，看着他。段休冥语气又凶了起来："记得用！"

　　鹿鸣于点头，没有拒绝。

　　段休冥抿着唇，定定地看了她一会儿后，轻声问出了一句话："鹿鸣于，我们到底分没分手？"

　　鹿鸣于刚想开口，一声大喊从门口传来："鸣于！"

　　徐文俊不知道怎么又追到了这里，面带焦急，直冲着鹿鸣于而来。

　　段休冥的怒意在胸膛内爆开，他大步上前，手一捞，一下子就将鹿鸣于搂在了怀里。徐文俊猛地停下脚步，看向眼前二人。段休冥站在鹿鸣于身后，一手搂着她的腰，另一只手将她整个圈在怀里,高大的身躯将她完全包裹,下巴还放在她的头顶,占有欲爆发至巅峰。他微笑着问:"这就是你的未婚夫?"

鹿鸣于面色古怪:"你当时都没看见?不是他。"

"哦……不好意思。"他说得平静,但那副不把人放在眼里的样子很欠打。

徐文俊压下想打人的冲动,开口自我介绍:"我们两家是世交,我们是从小一起长大的青梅竹马。"

"青梅竹马。"段休冥琢磨着这个词,倏地一紧手臂,将鹿鸣于朝自己的方向揽得更紧,让她的腰腹全部贴紧自己,低头在鹿鸣于的耳后亲了一口。他轻声道:"青梅竹马,嗯?"

鹿鸣于身子一僵,差点儿没站稳。他知道她的敏感点。

段休冥的手紧托着她,让她整个身体都往后倒,稳稳地靠在自己身上。鹿鸣于感觉自己整个人都被包裹、环绕,没留一丝缝隙。而后,她听到了耳边人的笑声。

"我是她的男朋友。"段休冥抬眼看向徐文俊,笑容张狂,语速有力,"天降。"正所谓竹马不敌天降!

徐文俊脸色一瞬间难看至极。

段休冥又伸手托起鹿鸣于的下巴:"亲我一下?"

鹿鸣于没有任何犹豫,踮起脚吻上他的双唇。一吻过后,段休冥偏头看向徐文俊,笑容带着挑衅的意味。徐文俊的瞳孔在剧烈收缩,他的眼神扫过两人紧贴着的身体,这种亲密程度不像是刚谈的状态,而是已经跳过了暧昧期。他是过来人,很清楚这代表了什么。

"鸣于!"徐文俊一瞬间感觉世界都崩塌了,他声嘶力竭地喊,"你怎么会变成这样?"

鹿鸣于在段休冥怀里出声:"我变成什么样?"

徐文俊:"我十四岁就认识你了,我们是青梅竹马!"他的声音在颤抖,眼眶通红,眼睛里闪着水光。

鹿鸣于:"所以?"

徐文俊:"你是不是在怪我没有继续追你?但我是个正常男人啊,你一直冷冰冰的,我身边出现了一个温柔的女孩子,我当然把持不住!没有人能在二十岁把持得住!"

鹿鸣于回望身后之人,某人刚刚在公寓就把持住了。

段休冥很拽地来了句:"我跟他不是一个物种,他是废物。"

鹿鸣于没忍住笑了下:"赞同。"

徐文俊咬牙切齿:"鸣于,你从小就是大家闺秀,你那么乖,那么听话,你不接受我就算了,怎么能私下跟人……"他说不出最后的那几个字,他接受不了。

鹿鸣于冷漠地看着他,眼底冒出了缕缕火光。她什么时候乖,什么时候听话了?大家闺秀?她什么时候是什么大家闺秀了?

段休冥将鹿鸣于搂得更紧,低垂着下巴靠近她,声音在她的耳畔处响起:"这也能算青梅竹马?"段休冥说着,都快笑出来了。鹿鸣于沉默着低头。

徐文俊崩溃地大吼:"你笑什么?你们到底在笑什么?"

"笑你愚蠢。"段休冥说完这句话后,又低头亲了一口鹿鸣于的脸颊。他的小鹿,不是任人拿捏的乖乖女,她是旷野鹿王!用手段搞得几个世家一团糟,玩感情把他耍得团团转。还乖?还听话?

似乎是有些迷恋,他又顺着她的脸颊吻到了她的嘴角,温热轻触。过后,他轻叹了口气,搂住鹿鸣于的手松了松。差不多了,她该走了。

只是手还未完全放下,外面又一辆豪车急速驶来,停在门外。

那是一辆红色的法拉利,全球限量五百九十九台,比詹祥的那台车还厉害。段休冥的动作顿了顿,手重新搂住她,他看着那人从副驾驶位一侧下来,大步冲过来。

来的是秦潋,他的手上还绑着支架。司机在停车,看体态不是普通司机,倒像是保镖。

段休冥低眸瞥了眼怀中的人,又看了眼那男的,问:"未婚夫?"

鹿鸣于轻叹了口气。可还不等她叹完,她的脸就被一只大手托起,轻轻转向侧面,与此同时,他低头而来。这个吻不似以往热切,也不是蜻蜓点水,但温热的占有不急不缓地落下,分开。

"不许承认。"段休冥霸道地开口。

秦潋离两人不远,亲眼看到这一幕,开始疯狂怒骂。但无论是鹿鸣于还是段休冥皆没有理会,一个眼神都没飘过去。两人颇有种私下吵得天崩地裂,但一致对外的默契。

"想我了给我打电话。"段休冥说完这句话就松了手,而后将她轻轻往后拉了一把,"去吧,别伤到了。"

"好。"鹿鸣于看着他,应了下来。只是不知应的是哪一句。

秦潋大喝着想拦截:"鹿鸣于,你给我站住!"

段休冥高大的身躯一挡,语态狂妄:"今天她要走,天王老子来了都别想拦。"话落,他将外套往旁边一扔。

詹祥不知什么时候出现的,在一旁接住了他的外套。

秦潋冲撞而来:"你找死!"

段休冥抬手,击碎了对方的骨折支架,然后五指一握,碎裂的声音响起。

"啊!"秦潋一下子倒在地上,浑身冒汗。

段休冥踢了他一脚:"去医院躺着。"

"咔嚓"一声，秦潋腿部的骨头也断了。

这时，那名司机兼保镖已经停好了车，快步冲来，二话不说开始攻击。徐文俊也扬起了手，之前没动手是因为觉得自己没胜算，但秦家的保镖在前面挡着，情况就不一样了。

段休冥迎上二人，毫不犹豫地挥拳！不就是打架？什么青梅竹马，什么未婚夫，统统干废他们！鹿鸣于没有去安检口，而是站在一旁等待。

詹祥拿着外套走来，道："鹿二小姐，你现在可以直接去过安检，也可以留在这里看热闹，放心，今天你要走，谁也拦不住。"冥哥说的。

鹿鸣于："你不去帮他吗？"

詹祥都没朝那边看，笑道："哦，我不是负责打架的那个。"他也能打，但远没有严天佐能打，两人跟着冥哥，有各自擅长的领域、不同的使命。

鹿鸣于重新看了眼战况，是她多嘴了。此时的徐文俊和那保镖正被揍得趴在地上爬不起来，秦潋在混战中又挨了几下，段休冥一脸的不爽。周围的人都聚了过来，现场有些乱。

"这也打得太狠了！"

"快上去把人拉开，别打死了。"

"这男人这么猛，谁敢拉啊？"

鹿鸣于又问："那现在呢？引发了混乱。"

她倒是不担心后果，他那种地位的人根本不在意这些吧？但这里不是他的地盘，而香江段家的洗牌正处于关键时刻，他的身份不方便公开，鹿鸣于好奇他会如何处理？

詹祥还是笑："没事。"

这时，远处走来几个人，西装革履的，每人手中都提着大袋大袋的东西，左手烟，右手包。这帮人走向人群，见到男的就发包烟，见到女的就从公文包里拿钞票。

"没事，没事，拍网剧呢！"

"见者有份，见者有份哈！"

"大家扮演一下群演，来来来！"

"小朋友，没有准备零食，给你零花钱。"

发了一圈后，人群中还真有人尽心尽力地演了起来，鹿鸣于看得一阵沉默。

不等机场的工作人员过来，段休冥已经打完，迅速收手。那群黑衣人把徐文俊和秦漱以及他的保镖带走了，边走还边夸他们："演得不错！给你们加戏！"

段休冥看到鹿鸣于还在，便冲她走去。他除了衣服有些皱，一点儿事没有。

"冥哥，给，我去处理。"詹祥将外套递还，走向迎面而来的工作人员。

段休冥接过外套，在鹿鸣于面前站定，两人的距离不再像刚才那样亲密，而是拉开了近两米的距离，透着疏离感。他低眸看着她，并未出声，神色不明。良久后，鹿鸣于抬脚上前，她将脑袋靠在他的胸口，双手环上了他的腰，轻声道："谢谢你。"

段休冥眼中闪出微光，站着没动，任凭她抱着自己。他口气蛮横："鹿鸣于，别搞我，我脾气很大的。"他感受到她贴在他胸膛上笑，皱眉，"每次凶你你都笑，你在笑什么鬼东西？"

鹿鸣于放了手，抬头道："没别的意思，就是羡慕你有肆意妄为的底气。"

她真的好想成为他这样的人，什么都不在乎地活着。不用步步为营，没有如履薄冰，强大到无论好坏都不介意显露人前，无畏又坦荡，锋芒毕露无须藏。

段休冥依旧站着不动，冷嘲：“你难道不肆意妄为？玩弄我的感情不也是勇气可嘉？”

鹿鸣于："勇气和底气是不一样的。"

段休冥深深凝视着她，一言不发。她为什么会说出这样的话？

"那么，再见了。"她转身。

段休冥没挽留，但也没有离开，他一直站在那里，看着她走进安检口。她一次都没有回头，走得毅然决然。段休冥看着她的身影越走越远，最终隐入了人群。不知过了多久，他转身离去。

鹿鸣于停在一面镜子前。通过镜面，她看到身后那个人久久停驻，也看到了他抬起又放下的手。直到他走了，她才重新挪动脚步。鹿鸣于来到登机口，安静地坐下等待登机。她透过玻璃看向外面的夜空，天气很好，适合飞行，不存在延误。很好，一切都好，她赢了，她会一步步爬上世界之巅！

段休冥斜靠在前车盖上，看向辽阔的星空，这该死的天气是真好啊！

他点燃一根烟，没多久，几辆车驶来，停在了路边。鹿秋良和鹿霖大步而来，身后带着十几名保镖，一群人将段休冥团团围住。

鹿秋良脸上的伤口已经处理过了，但他再也难以维持气度，目光阴毒地看着眼前人。

鹿霖开口责问："你破坏了我妹妹的订婚宴，想过后果吗？"

段休冥声音不悲不喜："什么后果？"

鹿霖："西子城世家不会放过你，会联合起来对付你这个搅局者，世家联盟不能接受这件事！"

段休冥面无表情地弹了下烟灰："令人期待。"

鹿秋良放出狠话："信不信我现在就让你死在这里？"

段休冥笑得不羁："尽管放马过来。"

鹿秋良面色狰狞无比："给我打！"

十几名壮汉一拥而上，段休冥不急不缓地灭了烟，起身上前，搭在手臂上的外套被他一把掀飞！

半小时后，段休冥坐在车前盖上玩手机，远处倒了一地的人。那群保镖被打得爬不起来，鹿秋良和鹿霖正趴在地上吐血。再远一些是围观的吃瓜群众和大量工作人员，场面很是热闹。

没多久，处理好事情的詹祥走过来，看着他道："冥哥，搞定了。"

段休冥点着头，没什么反应。

詹祥又道："鹿二小姐走啦？"

段休冥："嗯。"

詹祥："出去旅游散心？"

段休冥："鬼知道！"他现在连两人分没分都不知道！

詹祥："但冥哥，你把她爸和她哥都打了一顿，不用顾忌什么吗？"

段休冥皱眉："我不是顾忌了吗？"

詹祥："没把人打死是吧？"

段休冥懒得多说，站起身拍了拍那辆车的侧门："让那废物赔。"

詹祥诧异于话题转变的速度，只能蒙蒙地发了个音："嗯。"

段休冥一脸的冷色，补充道："上次逼停导致的车损，他全责，让他赔！"

詹祥点头:"这下舒服了!"虽然不差这点钱,但很爽!

一天后,伦敦。

皇艺纯艺工作室建筑楼每层都被隔开成数个画室隔间,其中一个隔间内,鹿鸣于正在巨大的墙面上铺着纸张,准备作画。

调色时,门口一个不怀好意的女声响起:"哟,听隔壁专业的人说你假期回国闹出了大事了,订婚、悔婚、抢婚、脚踏两条船、羞辱男方、得罪世家,成了当地的笑话。"

此女名叫陈辣,与鹿鸣于同专业,是她的竞争对手和死敌,上学期两人为了奖学金争得头破血流。陈辣是为了荣耀,鹿鸣于是因为穷。

看到鹿鸣于没反应,陈辣直接走了进来:"那个舒仁坤竟然知道你在国内发生的事,到处散播,全皇艺的华人都知道了,大家都在背后说你坏话呢!"

鹿鸣于语气平静:"诋毁也是一种仰望,你莫非……在仰望我?"

陈辣怒喝起来:"谁要仰望你?你自傲什么啊?我是在幸灾乐祸!"

鹿鸣于:"陈辣,你什么时候跟那些人一样不入流了?我一直把你当最强对手,你现在跟我的手下败将们同流合污,是自降身份吗?"

陈辣的脸色一下子就变了,她思考了片刻后,踩着高跟鞋冲了出去。没多久,其他隔间里传来了吵架声,吵得很凶,并且怒气还在蔓延。争吵从一楼到二楼、三楼,最后到了外面,甚至吵到隔壁专业去了。

天黑后,"战斗"完的陈辣回到鹿鸣于的隔间内,嘴角抽搐地看着已经开始画第二幅画的鹿鸣于。

"你把我当枪使?"她反应了过来,暴怒道。

鹿鸣于没理会她,安静地继续作画。

陈辣生气地大吼:"我在跟你说话啊,鹿鸣野,你聋了啊!"

鹿鸣于开口,声音很轻:"你让我安静一会儿。"

"我就不!"陈辣火气上来了,抬脚"砰"的一声踹在一块木板上。

鹿鸣于终于回头看她,淡淡道:"你喜欢就拿去踹吧。"

陈辣继续骂:"你搞什么啊?一副死气沉沉的样子,你家里死人了啊?"

鹿鸣于手一顿:"我最后一个至亲去世了。"

陈辣脸色骤变,隔间里一下子安静下来,静得落针可闻。两秒钟后,陈辣忽然上前,用力将鹿鸣于抱在怀里,用手拍着她的后背。"对不起。"她紧皱着眉,很是愧疚,"我不知道……我……对不起,真的对不起!"

鹿鸣于推了推她:"放开,要窒息了。"她身上疼,这女人还抱得死紧。

陈辣赶紧松手,有些不知所措。

鹿鸣于放下画笔:"你这两天别吵了,我头疼。"

陈辣:"哦。"

鹿鸣于开始整理东西,没再说话。

陈辣担忧地问:"你怎么不哭啊?"

鹿鸣于:"哭不出来。"

陈辣:"那你总要发泄一下,我陪你?"

鹿鸣于:"你想个发泄方式?"

陈辣:"我们去喝酒吧,我请你,不醉不归?"

鹿鸣于点头："好。"

陈辣拉着她就往外走，又道："我们去打人吧？"

鹿鸣于还是点头："好。"

夜晚，两人前往一家餐吧，面对面而坐，点了酒、薯条和鸡翅。陈辣狂吃狂喝，鹿鸣于却很沉默，她吃不下东西，只时不时抿一口酒。

陈辣吃饱后，举起酒杯跟鹿鸣于碰了下："喝！喝醉了就能哭出来了，发泄很重要的。你就是把自己逼得太紧了，劳逸结合知道不？"

"知道。"鹿鸣于点头，喝下了那杯酒。

陈辣也喝完自己的杯中酒，继续满上，道："你也别难过了，哦不对，你使劲难过。"

鹿鸣于没由来地说了句："我讨厌'鹿鸣于'这个名字。"

陈辣感觉很奇怪，道："我不是一直叫你鹿鸣野吗？哦，你说其他人？那你跟他们说啊，多大点事！"

鹿鸣于低头："嗯，多大点事，矫情。"

"呃……"陈辣有些手足无措，解释道，"不是矫情，你太难过了，哭不出来才会这样，亲人离世本就是世间疾苦。我外婆去世的时候，我颓废了一整年呢，你真的已经很好了！"

鹿鸣于摇头："我一点儿都不好，我累死了。"

陈辣开始随口出主意："唉，要不你找个男人发泄一下。"

鹿鸣于看向她，开口："找了。"

陈辣手一抖，差点儿把酒瓶子摔了："啊？"陈辣惊呆地看着她，眨了眨眼睛，"那……感觉如何？他帅吗？"

鹿鸣于眼角的笑意一闪而过："很帅的。"

陈辣提议:"那要不多找几个?找更帅、更好的?"

鹿鸣于垂眸:"不会有比他更好的了。"

陈辣震惊:"这么高的评价,是有多好?"

鹿鸣于想了想,道:"全世界最好。"说罢,她拿出手机翻了翻香江新闻,诧异地发现风向变了。

惊!香江浑水竟是段氏明暗两脉联手做局!

令人头皮发麻的布局!段氏大洗牌!

段氏江山扩张!陈、泰两家被重创!

暗脉少主手笔惊人,不要名望,钱权尽揽!

可怕的段氏,无敌的凝聚力!明暗两脉从未有过分歧!

…………

鹿鸣于看得一愣一愣,然后反应了过来。这种顶级豪门的真实信息不可能在网上查到,但凡出现在新闻里的,向来都是烟幕弹。什么啊?大骗子!鹿鸣于摇了摇头,放下手机。

陈辣在惊讶,喝了口酒问:"那人是有多好多帅啊?你这毒舌竟然能说出这种话,感觉好直接带过来陪读呗!"

鹿鸣于沉默了一会儿,道:"男人影响我拔刀的速度。"

"说得好!"陈辣举杯跟她碰了下,道,"除非那男人本身就是把宝刀!"

鹿鸣于握杯的手顿在半空,眼神意味不明。

陈辣撇头,呵斥:"喝啊,你干什么呢?"

鹿鸣于一口饮尽,又问:"你说生离和死别,哪个更痛苦?"

陈辣像是喝高了,双手高举:"当然是同时进行!buff 叠满才够爆炸!"

鹿鸣于叹气,喊了声:"陈辣。"

陈辣:"喊本姑娘大名作甚?"

鹿鸣于:"我好想把你毒哑。"

陈辣:"你神经病啊!"

西子城,湖景公寓。

段休冥一身汗地从拳击室回到楼上,洗完澡出来时,在客厅里看到了詹祥。詹祥手中捧着一幅画,问:"冥哥,画带回来了,要挂起来吗?"

段休冥皱眉扫了那画一眼,烦躁地挥手:"丑爆了,简直污染我的眼睛!把画框拆了叠起来。"

詹祥二话不说照做。

段休冥偏头看向窗外,天很蓝,空气很好。也不知道她想他没。估计是不想,他不给她发信息,她就从来不主动找他。气死了,真分了是吧?

詹祥拆着画框,开口:"冥哥,西子城世家放狠话要对付你,那个酒廊被他们查出来了。"

段休冥:"酒廊?哦,林中酒廊。"差点儿忘了他开了个酒廊。

詹祥笑着道:"酒廊无所谓,他们也只能查到了这里,不过我们还要继续在西子城待着吗?要不换个城市玩玩?反正香江的收尾工作也结束了,严天佐天天跟我吵,让我带上他,游遍祖国大好河山。"

段休冥沉默着没出声。

詹祥端量着他的神情,道:"鹿二小姐又不在西子城,我们在这里也无聊嘛!等她散心回来,再找她咯!"

段休冥:"先回香江吧,家族庆功宴我都没去。"

詹祥已经将画框拆完，问："行，这个折起来是吧，要带回香江吗？"

"嗯。"段休冥看着窗外，淡淡地应了一声。

这时，詹祥发出一声惊疑："咦？"

段休冥转身看来。只见那画框里的画作背面，一张纸飘出，缓慢又左摇右晃地往下荡。詹祥原本要去接，但在看到那张画纸上的内容后，手顿在了半空。一只修长的手伸过来接住画纸，段休冥拎起这幅画的一角，皱眉端详。

詹祥站在旁边瞪大了眼睛，他看呆了。

这是一幅水墨画。不大的纸张上，一只似虎似豹的凶兽从黑海中腾出，张开了血盆大口，放肆地露出利齿和恐怖的牙床。随着它的咆哮震怒，那黑色的海面翻滚出汹涌的波涛。凶兽背后有一对正在燃烧的翅膀，同样是墨色。黑翅自它背后伸展，以黑火的形态延伸，一路往上，像是要破开苍穹，亦似是要从画面里飞出来！

整幅画以墨色为主基调，或浓或淡，唯有那眼睛，是水墨中唯一的红！凶兽侧身而立，眼睛红似火焰，带着灼热感，中间加了一笔黑色的竖瞳。这点睛之笔妙极，那凶兽如同活了过来，带着凶残、霸道以及睥睨天下的气势，直直盯着观画之人，让人下意识想挪开眼，不敢与这火焰做的眼睛对视。

凶兽展翅，在海面咆哮，是觉醒？不……是踏海称王！这已经不是一幅画了，更像是某种意志。好惊人的魄力！整幅画的流畅感令人叹为观止，随手几笔的点缀皆妙笔生花，甚至连留白都恰到好处。

詹祥忍不住惊叹出声："冥哥，这画……这画好厉害！"

段休冥没有应答，盯着这幅画，眼眸闪烁出惊艳。

詹祥还在惊叹:"这是什么动物啊?虽然不伦不类的,但是好帅,啊!"

段休冥声线低沉:"山海异兽,穷奇。"

詹祥:"穷奇?我都不知道怎么形容,怎么这么帅啊!踏海咆哮,展翅称王!"

段休冥凝着眉:"水墨国潮。"

詹祥:"冥哥,我们回国发展真是个正确的决定,这种艺术,国外可没有。"

段休冥依旧在看着这幅画,良久都没有出声。

詹祥突然反应了过来,再次大叫:"哥,这是鹿二小姐的画啊,她画的?好厉害!"说完他又开始看那幅《棉花糖》,人快傻掉了。这两幅画真的是一个人画的吗?差距也太大了吧!

段休冥则开始寻找她的署名,他盯着穷奇那飞扬的翅膀……找到了!翅焰就是字,也是署名。字写得可不小,占了整幅画的五分之一,跟画融合在一起,是一个草书的"野"字。还是草书中的狂草,落笔潇洒又锋利,何等的桀骜与狂妄!

段休冥定住,盯着这个字久久不能回神。他猛地转身,看向墙上的那幅《破晓》。

从两幅画的风格和带来的视觉冲击感可以看出,它们就是同一人的作品,更别说还有这极具个人风格的草书。段休冥意识到"里予"其实是一个字,只是在《破晓》这幅画中将字拆分了写。这个画家的化名是个单字——野!鹿鸣于野的"野"!没有画家"里予",只有画家"野"!

段休冥的瞳孔不可抑止地震颤着。竟然是她?

半年前她能画出《破晓》以示决心,现如今她又画出了《穷奇》彰显野望。对比《破晓》,《穷奇》更上一个层次。难怪她把

《破晓》评得一文不值，这《穷奇》画得可不是一般的盛气凌人！

段休冥突然就读懂了她的内心。她遇到了什么事，才会如此迫切地想拯救甚至改变自己，利用一切往上爬？

但……小船历尽千难万险后不是乘风破浪，也并未接受什么神灵救赎，而是选择把自己变成凶兽，入魔成狂，露出利爪，腾飞翅膀，扇动飓风。她说过，要成为海怪与惊涛，亲自掀起风浪去战斗。

世界上怎么会有这种女人？她全盘否定了曾经，甚至言辞激烈地批判过去的自己。背道而驰的蜕变，以全新的面貌往前冲。这样惊天动地的勇气与决心，实在是太狠了！

段休冥闭上眼，声音闷在了胸腔内，他低声道："我要疯了。"

他安静了很久，久到詹祥都不敢说话。手机振动，詹祥拿起来看了一眼，悄悄地退了出去。几分钟后，詹祥接了通电话回来，举着手机问："冥哥，徐家妹妹找，见吗？"

段休冥睁开眼，恢复了镇定："谁？"

詹祥捂着手机话筒，小声道："徐素月，鹿二小姐在西子城唯一的朋友。见见？"

段休冥套上外套："见！"

湿地林中酒廊白天不营业，詹祥泡了三杯茶放在桌上。

徐素月在看手机，幽幽道："我就知道那条朋友圈不是鹿鸣于本人发的，她小号虽然不怎么用，但也不可能发这种内容。"

段休冥偏头："小号？"

徐素月："嗯，她小号上之前发了条订婚的内容，应该是鹿家人干的吧。"

詹祥看向旁边："冥哥，我们猜反了。"

段休冥沉默以对。

这时,徐素月又将一个大包裹放在桌上:"这是给鹿鸣于的。"

段休冥皱眉:"她不在我这里。"

徐素月:"我知道,她回学校了嘛!开学都好几天了,她还是延期报到的。你是他男朋友,不去看她吗?"

詹祥一脸震惊:"什么学校?"

徐素月比他更震惊:"你们不知道?她在读研啊!"

段休冥绝望地闭了闭眼。首先,那是小号;其次,她带护照是急着去学校报到。那他跟她吵什么?好……这下玩大了。

徐素月看了过来:"这事都不知道,你算哪门子的男朋友啊?"

段休冥脸色一瞬间变冷,但又无话可说。

徐素月又道:"不过你在订婚宴上抢亲,简直是牛坏了,不然她都不知道怎么回学校。"

詹祥很好奇学校的事,连忙问:"鹿二小姐在哪个国家,什么学校?专业是什么?"

徐素月:"伦敦,皇艺,纯艺。"

段休冥补充道:"英格兰皇家艺术学院。"但缺钱为什么要读纯艺?她脑子里到底在想什么?

詹祥快速拿起手机查资料,惊叹:"全球艺术类院校 Top 1,这么牛?鹿二小姐真厉害!"

没想到徐素月有些不高兴:"别喊她鹿二小姐了。"

詹祥:"为什么?"

徐素月在标签上写下地址和墓位号:"这是她亲生父母埋葬的地方。"

"等等,"詹祥惊呆了,"亲生父母?鹿鸣于不是鹿家二小姐啊,她是鹿家的养女?"

徐素月摇头:"不,她是鹿家二小姐,但不是鹿秋良和杜文馨的女儿,她是鹿老爷子次子的女儿,她父亲当年为了跟她母亲结婚,放弃了鹿家继承权,离开西子城,去了妖都发展。鹿鸣于是在妖都长大的,十二岁父母双亡才被接来西子城。"

詹祥一拍脑门,看向旁边:"冥哥,原来重点在这里,我们一直搞错了啊!"

段休冥继续看向窗外。在妖都长大……难怪她会说广府话,喜欢吃广府菜。他忽然问:"鹿家对她不好?"

徐素月:"那可真是太差了!你们想象不到的差,简直是虐待。"

詹祥惊讶地问:"哪种虐待,没收手机?"

徐素月:"收手机算什么啊?是关禁闭,逼她抄《女诫》,体罚,强制联姻,还不让她画画,不让她读书……太多了!"

段休冥皱了下眉,看来事情的严重程度已经超出了他的想象,订婚宴的玻璃飞刃还是手下留情了,机场的那一架也打轻了!

詹祥替他喊了出来:"这么变态,那么好的学校都不让她读。既然不是亲生父母,我们还顾忌什么?冥哥,订婚宴和机场那两次下手都太轻了啊!"

段休冥问:"还有吗?"

徐素月摇头:"没有了。"

段休冥却坚定道:"一定还有其他事。"

徐素月:"没有其他事了,我俩是最好的朋友,她什么都跟我说,而且这些事还不够吗?已经很严重了啊!"

"不够。"段休冥的神情冷漠,"谁说朋友就一定要知无不言、言无不尽?"

从那两幅画上,他看出了很多问题,不仅是这些,还有她离开前的那番话及那双空洞无神的眼睛。结合起来看,她是将所有的情绪都压了下去,她内心藏着大事!

徐素月不满地开口:"我从小跟她一起长大,我很了解她,起码比你了解。"

段休冥却冷嘲:"我敢保证,这世上没有一个人了解她。"

徐素月低头思考了一会儿,而后点头承认:"你说的可能是真的,先等她安顿下来我再去问吧,但不管怎样,她都很让人心疼。"

"她要的不是心疼。"段休冥强势打断,声音漠然,"那是她自己的选择。"

徐素月愤怒地看过来:"你这个人怎么这样啊?"

段休冥背过身去的同时抬了下手:"送客,订机票。"

徐素月猛地站起身,大声说:"用不着送,我真是后悔来找你们!"

詹祥则是淡定地拿出手机:"回香江?"

段休冥:"去妖都。"

刚走到门口的徐素月惊诧地回头。

"好的,哥!"詹祥快速订机票,同时朝徐素月走去,"徐家妹妹,我送你到门口,就不送你回去了,有点儿忙,见谅啊。"

段休冥看向窗外,陷入沉思。她遇到了困境,但她拒绝了旁人的心疼和怜悯,不想把自己放在弱者的位置。能画出那幅《穷奇》来否定《破晓》,很明显她的野心很大。她需要的是伯乐,是外界的欣赏和尊重,是对她存在的价值的肯定!

他决定去一趟妖都,了解她的过去,了解她到底是个怎样的人。

酒廊外,詹祥将人送到门口,徐素月突然转身,问:"你们会去伦敦吗？"

詹祥点头："看冥哥那状态，必然啊。不过话说回来，鹿小姐的秘密真多，都惊讶到我了。"

徐素月将那一大包东西递上："那你们帮我把这些带给鹿鸣于。"

詹祥："是什么，需要托运吗？"

徐素月将包打开："这是精华，这是隔离，还有这些祛疤膏，你帮我带给她。"

詹祥震惊又不解："祛疤膏为什么准备了十盒，你搞批发啊？而且这些不能去那里买吗？"

徐素月："你不了解她，她肯定不会自己买。"

詹祥无语地看着她："冥哥可以给她买啊。"

徐素月皱眉："不是急需品，她未必会收。"

詹祥翻着白眼："我说徐家妹妹，冥哥是男的，买回来往那儿一放，她还能退？她不用给谁用？这道理你想不明白吗？"

徐素月恍然大悟："对哦，你好聪明！"

詹祥古怪地看着她："这就聪明了？你平时接触的人是有多蠢？"

徐素月："别提了，我都怀疑我哥那蠢货是不是我妈亲生的！"

当天，两人抵达妖都一处公墓。詹祥查着墓位号，嘀咕起来："怎么不是合葬？"

段休冥很安静，手捧鲜花和香一路寻找。很快，两人找到了鹿鸣于父母的墓碑，虽不是合葬，但离得不远。当两人站在墓碑前时，气氛有了一些变化。詹祥看着那墓碑上的名字，人愣住了。

段休冥沉默了片刻后，吩咐道："查。"

詹祥立即拿出手机照办。广府地区他们熟，有人脉，网都铺满了。没多久，詹祥看着手机上的内容开口："鹿鸣野是她十二岁以前的曾用名，去了鹿家后改名鹿鸣于。我猜是被逼着改的。"

段休冥看着墓碑上的那三个字，心情说不上来的复杂，原来她那个"YE"的昵称及画家艺名，是"鹿鸣野"的"野"。鹿鸣于和鹿鸣野，两个名字一字之差，却有着天壤之别。

詹祥还在看手机，声音继续："我受不了了，冥哥！鹿小姐这是什么人生经历啊？她的秘密也太多了！"

段休冥问："还有什么？"

詹祥惊叹地开口："你知道她妈妈是谁吗？粤剧传承人，大青衣啊，这也太牛了吧！我一开始还以为鹿小姐是中了基因彩票，谁知道是稳定遗传，她妈妈巨漂亮！"

段休冥："继续。"

詹祥语气带上了崇拜："她爸爸也好牛，太有担当了。为爱放弃继承权，来到妖都白手起家，是当年那个行业里的领军人物。她父母都好优秀，但十年前车祸双双身亡，真的很可惜！"

段休冥："天妒英才。"

詹祥越看越叹气，摇着头道："她爸爸的公司被吞并了，什么都没留下，她妈妈那里也什么都没了，而那年她才十二岁，太小了，被吃得骨头渣都不剩。"

段休冥凝眉沉默着。出国读研的学费和生活费都是她自己卖画赚的，如果不是他惜才，大手笔地把画的价格翻了好几倍，她需要卖多少画？还有那天，她小心翼翼地问他是不是很有钱。她应该有什么事，需要一笔资金，但那件事最后没有做，她就没有要他的钱。

那是她唯一一次喊他"阿冥"，她那么坚强的人，难得露出脆弱的一面，必然不可能是小事。她身上发生过很多事，他都不知道。

詹祥突然又一惊一乍起来:"原来鹿小姐小时候是国学天才,国画和书法手到擒来,获奖无数!"

段休冥:"能看出来,天赋异禀。"

鹿家不可能给她请老师,十二岁之后,她应该都是自学的。自学的水平都能高成这样,不是天才是什么?

"这双眼睛好亮啊。"詹祥指着那张获奖照片,"我从来没在西子城的鹿二小姐眼里见过这种神态。"

段休冥也看到了那双眼睛,如烈火,如星辰!他猛地挪开视线,眉头拧起。不能看,太冲击心灵了。如此璀璨的眼睛,怎么会被折磨到那般黯淡无光?分开的那天,他亲眼见证过她的眼睛有多空洞。她什么感觉都没有了,他的亲吻、怒骂,甚至逼迫,她都没感觉,也就分析《破晓》那幅画时,她眼底的光芒亮了一些,但也只是一丁点,与照片上的明亮不能比。她本该有的闪耀和光芒被彻底冰封,只留下些许锋利和反抗。

詹祥还在继续翻看,边看边感慨:"鹿家到底对她做了什么啊?这性格变化好大。但鹿小姐太强了,这都能考上皇艺,厉害!"

段休冥缓缓开口:"确实厉害。"

如此压迫之下她还能画出《穷奇》,这种意志力不是一般人能有的。鹿家、秦家、西子城世家联盟商会……以一人之力对抗一座城!

"上香。"段休冥道。

詹祥立即点燃香,递上。祭拜过后,詹祥不解地问:"她身上没多少钱,为什么还非要去读学费这么贵的学校,就因为是Top 1?"简直是不顾一切。

段休冥:"同圈层的灵感交流,不同国家的文化碰撞,这对艺术家来说很重要，在家里闭门造车能画出什么？"

詹祥还是不理解："但这学费对她来说太贵了啊，而且纯艺不好就业，她咋想的？她明明很聪明，但这步棋看上去没有规划，她到底在干什么？"

段休冥看着远处天空，眯起了眼。

她想出名。不为利，只为名。一切的一切结合起来，这个目的简直太明显了。给她几个亿她不要，买画还非要在平台交易，但无论是画廊还是画展都有很高的抽成。是因为明面上的交易能增长名气？段休冥不是绘圈人，不懂其中的套路，但大致能猜到她想做什么。

纯艺不好就业，但在艺术这方面绝对权威。她想当名家，世界名家，她想拥有社会地位，在艺术界封顶的那种。这是绝对的自信！好蓬勃的野心！她不是西子城西子，她是妖都鹿鸣野！

段休冥再也压不住内心叫嚣的情绪，大步往外走。

詹祥连忙跟上："冥哥，我来安排行程，一起去皇艺找嫂子？"

"别叫她嫂子，她现在满脑子想着赢，哪有空跟我谈恋爱！"段休冥眸光闪烁，"我飞伦敦，你去香山澳。"

詹祥："为什么？"

段休冥："挪一笔资金去西子城，以段休止的名义投资个艺术展馆，要大型的，找个繁华一些的地方，现场造！"

詹祥："好是好，但为什么不先划笔钱给鹿小姐？她应该非常需要资金赞助。"

段休冥没回答他的问题，又道："还有，世界十大画廊是哪几个品牌？去接触，挑一个收购。"

詹祥："呃……好的。"

段休冥的计划一个接一个:"他们世家联盟的商会不是放了狠话吗?你去西子城铺网。"

詹祥震惊:"等等,铺网?"

段休冥越走越快:"把你的天赋全发挥出来,放开手干!"

詹祥蒙了:"这么大动作?"

段休冥:"打开内地市场,干他们!"

詹祥有些兴奋:"好的,冥哥,终于轮到我大展身手了,两年内一定搞死他们!"

段休冥突然一顿,道:"留口气,别搞破产了。"

詹祥不解:"这又是为什么?"

段休冥:"最后一刀让她自己捅!仇,要亲自报才爽,让她爽!"

香山澳。詹祥与严天佐碰了头,将事情处理好,顺便吃了顿饭。

严天佐气得不行:"那天到底发生了什么事,我是不配知道真相吗?我兢兢业业地在香江办事,冥哥不带我就算了,你小子也不回我信息,信不信我揍你!"

詹祥摆了摆手:"我真的刚忙完,你是不知道那场面,冥哥都快杀人了。"

严天佐更生气了:"是什么最高机密事件,为什么不需要我参与?那我这一身武力是干吗用的?"

詹祥:"真用不上你,而且是冥哥的私事。"

严天佐脑袋一歪:"啊?私事?"

詹祥点点头:"情感问题。"

严天佐惊呆了:"情感?女人?不会吧?"

詹祥:"嘿,还真是为了女人!"

严天佐震惊到不行:"什么女人能让冥哥允许你开启最高级别紧急状态,勇闯密谈室?当时你手势再晚一秒,你就会被射成筛子你知道吗?"

詹祥想了想,后怕道:"那会儿谁还顾得上啊?是真急,冥哥连手机密码都告诉她了……"

严天佐眼珠子都快瞪出来了:"到底是哪个女人,特殊成这样?"

詹祥摆了摆手:"可别提了,冥哥在她身上各种情绪失控,你见到能吓一跳那种。"

严天佐忽然想到什么,笑了起来:"嘿,我知道了,公海邮轮上的那个吧?当时冥哥就打了个最高谈判级别的噤声屏退手势,惊呆我了!"

詹祥先是愣住,紧接着眼中浮现出了一抹惊恐:"等等,公海邮轮上的又是谁?"

严天佐迷茫了一下,紧接着与詹祥一起惊恐起来。两人对望,一时间无比沉默,诡异的气氛开始蔓延。

詹祥率先开口问:"我先来,冥哥跟公海邮轮上的那个是怎么回事?"

严天佐回答:"睡了一晚上,在顶层房间。"

詹祥直接情绪爆炸:"那他在西子城难道是演戏的吗?还准备了那么多计划呢。"

严天佐开口:"该我了,冥哥跟西子城的那个发展到哪种地步了?"

詹祥:"都快谈婚论嫁了,他这次冲过去就是抢亲的,很认真谈的那种!"

严天佐也要爆炸了:"好家伙,所以冥哥这是有两个?那他这是在跟段家祖训公然叫板,这暗脉少主他是不想当了吗?"

詹祥揉着太阳穴:"你让我想想,我要分析一下。"

严天佐却不可抑制地直接说出来:"谈恋爱就算了,结婚还这么搞的话,会被段氏除名的!段家为了避免内斗和分裂,祖训非常严格。"

詹祥双手抱头:"我知道,我知道,你别喊了!"

严天佐还在喊:"冥哥顶风作案不会是想造反吧?这次香江洗牌事件是他的提前演练?"

詹祥忽地抬起头:"你说话注意分寸!"

严天佐反应了过来,一瞬间严肃:"詹祥,如果冥哥的意图是造反,必然会有一战,那可是能够掀翻整个香江。"

詹祥反问:"所以?"

严天佐右手摸上了后腰:"秘密太大了,有件事我必须问清楚。"

詹祥扫了眼他的动作,冷笑:"怎么,你想杀我灭口?"

严天佐眼底闪出了杀意:"不好意思,如果是真的,那是机密,必须灭口。"

詹祥将手机高举而起:"信不信你开枪前,我一键炸了这里,跟你同归于尽?"

严天佐的手臂紧绷:"我只有一个问题,段家,冥哥,你选谁?"

詹祥手心都在出汗:"一起说?三秒。三、二、一!"

严天佐:"冥哥。"

詹祥:"冥哥。"

两人同时松了一口气,一个甩了甩放在后腰上的手,一个将手机扔在桌上。

严天佐喘着气道:"事情还不一定是真的,我俩倒是差点儿把对方搞死!"

詹祥擦着额头上的虚汗:"你太激动了,我跟你又不是段家培养的人,都是一早就跟着冥哥的,这有什么可怀疑忠心的?"

严天佐:"我必须怀疑啊!我又不是你,哪里知道你是什么心理活动?"

詹祥用力拍了下桌子:"这话题打住,还轮不到我们乱猜。你思维不要这么发散行不行,有病?"

两人都不再说话,低头猛吃饭。

又是一天后,中午,皇艺的纯艺工作室建筑楼。陈辣托着腮看鹿鸣于调色,问:"你为什么不跟我去吃那家炸鸡?"

鹿鸣于皱起眉:"油。"

陈辣:"不行,必须吃!"

鹿鸣于:"难吃啊……咽不下去。"

陈辣:"晚上去喝酒吗?"

鹿鸣于还是摇头:"不去了,我今天先把作业完成。"

陈辣:"那行,我先自己喝点,晚上十一点来找你,一起再喝点,不醉不归!"

鹿鸣于叹了口气:"陈辣,你耳朵呢?"

陈辣:"好着呢!"

鹿鸣于:"顶级耳背。"

陈辣背上包:"我先走啦!"

鹿鸣于:"赶紧走吧。"

画室归于安静,只剩下沙沙的纸张摩擦声。

第十章
撞碎南墙

一名老教授将段休冥领进纯艺工作室建筑楼,微笑着开口:"这里就是了,感谢您的赞助!"

　　段休冥点头:"我自己逛,不用带路了。"

　　老教授自然同意,又交代了几句后离开了。

　　段休冥一层层闲逛,没多久就在一个工作室隔间里看到了熟悉的身影。他把脚步放轻,驻足在走廊上。她没察觉到他的出现,他便找了个阴影处靠墙而立,静静地看着。

　　她左手拿着一把刮刀,用了很长时间搞出来一幅抽象画,描绘的是色彩斑驳的海市蜃楼。

　　段休冥点点头,好看,无论是笔触还是构图水平都很高,色彩搭配很绝。她的色感真的太好了,应该是天生的。她果然是左撇子,用左手作画。

　　她没发现外面走廊上有人,拿出纸继续。段休冥再次点点头,他第一次在婚礼包厢里见到她的时候就发现了,她作画抑或赏画时专注度极高,像是进入了一个小世界,不出声打扰的话,她会自动屏蔽周围的一切,眼中只有作品。

　　第二幅画是……泼墨?只见她等墨半干后,蘸取了青色颜料,开始落笔写字。三个字,一个人名:段休冥。

　　潇洒的草书,是他的名字!段休冥一挑眉,唇角的弧度扩散开。幸亏他去学了草书辨字,不然此时都不知道她写的是他的名字。什么啊，喜欢他？

接下来她开始写"段休止"，而后是"对影成三人"。

原谅他不懂艺术家的跳跃性思维，但他依旧心情愉悦，无论是"段休冥"还是"段休止"，都是他。她想他了？

可很快，段休冥的笑容消失，因为她写的东西开始不对劲了。她又蘸取了朱红色颜料，写下了另外三个字：成为他。紧接着开始不断重复，疯狂叠加、覆盖。将"段休冥""段休止""对影成三人"都盖没了。他看着这一幕，心中微惊。

接下来，她又开始调色，是如星云又如绿松石般的青绿色。蘸取后，她开始写下一些别的东西。落笔突然变得无比桀骜猖狂——

安得倚天剑，跨海斩长鲸。
受命于天，既寿永昌。天逆我？叫他亡！
一身转战三千里。
我花开后百花杀。
杀杀杀杀杀杀杀！

每一个字都看得人心惊肉跳，而她还在继续。

誓死方休？那就打！撞南墙！撞破南墙！撞碎南墙！

病态荒谬！歇斯底里！一层层地叠加，不断将之前的字覆盖，这本应凌乱、难辨字形的草书与色彩结合，让这幅画带上了极强的冲击力，呈现出一种无法形容的诡异美。

"啪！"她突然扔了笔，猛地提起那盆墨，"哗"，再次泼墨。

随性的一泼，那些字只被覆盖了一部分，但因为叠加，本就看不清的字变得若隐若现。

等待墨半干的时间里，她没停，换了支笔调色。这回又是朱砂红，她接着写——

我欲——

她忽然顿住。段休冥呼吸也跟着一顿，大气都不敢出。她的笔就停在半空，颜料滴落，一滴又一滴，染得浑身都是也不在意。约莫一分钟后，她写下四个大字：我欲登天！随后开始了叠加，又用"野心"两个字覆盖，接下来开始狂写"最强"。

如此疯狂的野心，她的灵魂都快冲出来了！

段休冥背靠着墙，硬朗的五官隐藏在昏暗的光线中，变得模糊柔和。老天爷……他无法形容此时的心情，她绘画时竟然是这种状态。他算是知道她藏起来的情绪去哪儿了，原来是创作。真是会用，难怪她能画出《破晓》和《穷奇》。她那脆弱不堪的身体怎会爆发出如此恐怖的精神力？他恨不得把自己的力气给她用！

泼墨为背景，草书为基调，无数的文字，不同颜色的颜料，叠加了一层又一层后，直到看不清字，整幅图呈现出了一种很特别的肌理，最终形成一幅泼彩画。在深色墨中，那青与红的撞色真是绚丽，将色彩的碰撞玩出了花。

泼墨泼彩作画都是用毛笔，而她的书法也是用毛笔。文人笔墨，她将两者结合了起来，创造出极致的中式美学！段休冥眼中展现无尽的欣赏，她真是个天才！

她开始了最后的勾勒、补景、点缀……良久后，她终于完工了。段休冥依旧按兵不动，她还未落款。可最后他发现，她把笔放下了，没署名。

哦，应该叠起来了是吧，绘画中途她写过的"野"字，从中间透了出来，隐隐约约能看见，相当于落款，也与这幅画彻底地融合。但她用的是普通颜料，纸张也一般，精致和细节上大打折扣，配不上画作磅礴而惊人的意志！

这世上的名家作画，尤其是泼彩，都是用最稀有最珍贵的纯天然矿物颜料，再讲究点的会去觅去淘，为了石矿大打出手的情况都有。花心思和精力研磨，用天价矿石作画，这些她都没有。段休冥替她可惜。

鹿鸣于画完，开始收拾一地的凌乱，收拾完了，画也干了，她开始装裱。段休冥没上前帮忙，只静静地看着她忙碌。

七分画，三分裱，这些在欧美都不便宜。她没有父母，没有团队，没有钱，什么都得自己来。在皇艺就读，光是学费和生活费一年加起来就几十万，颜料、纸张、装裱材料什么的没条件挑剔，西子城的事情又压得她喘不过气，鹿家差点儿毁掉她的人生。此时她还能站在这里画画，简直是开了挂。

不对，她自己就是那个挂，太强了！她这种可怜兮兮又拽上天的样子，矛盾得让段休冥的心跳都在加速。真是个神经病！难不成搞艺术的都是神经病？请问这种神经病该怎么追？

终于，她开始给作品起名。段休冥清楚地看到她在侧面写了两个小字：嫉妒。

这幅作品的名字竟然叫《嫉妒》？段休冥一时间连感慨都不知道如何开始。她嫉妒他？嫉妒他能打？他觉得有些可笑，他竟然被自己喜欢的女人嫉妒了，离谱又合理。

她渴望得到他有而她没有的东西！他们是完全不一样的两种人，无论是人生还是各自擅长的领域，不仅不同，甚至有些地方还截然相反。

　　眼看她忙得差不多了，段休冥放轻了脚步，打算离开去外面等待。但这时，"砰"的一声响从画室传来。段休冥回头，看到她撞在货架上，身体正往地上栽。他一个箭步上前，抱住了她。

　　时间已经是晚上十一点，她本来身体就很差，再加上高强度作画，以致晕倒，嘴唇颤抖，脸都是白的。他将她抱在怀里，快步往外走。

　　走出建筑时，迎面遇上一个女子，大冬天的，穿着火红的裙子，外面套个黑色风衣。段休冥皱起眉，将鹿鸣于抱得更紧，将她整个笼罩在怀里，从这人身边走过。

　　只是没想到对方突然拦下了他："等等！"陈辣酒都醒了，盯着他问，"你是谁，你要带她去哪儿？"

　　段休冥有些不耐："医院。"

　　陈辣眯起眼："你怀里的人叫什么名字？"

　　段休冥的耐心已经到了极限："鹿鸣于。"

　　"回答错误，放开她！"陈辣猛地就上前抢人。

　　但段休冥一个错步绕开，将怀里人再度拢了拢："鹿鸣野，妖都人，可以了吗？"

　　陈辣一愣："你是她什么人？"

　　段休冥："我也不知道我是她什么人。"话落就大步离开了。

　　医院的单人病房里，鹿鸣于依旧昏迷。检查时，医生掀起了她的袖子，站在一旁的段休冥瞳孔顿时一缩，连医生都吓了一跳，诧异地看向她的胳膊。伤口已经结痂了，但是那伤口看上去不正常，像是被锁链囚禁造成的。

　　"你出去。"段休冥沉声道。

等医生离开病房后,他走上前,轻轻掀开她的衣服,将她的手腕、脚腕都检查了一番。四肢都有伤。他又解开她的领口查看,前面没有。紧接着开始检查她的后背。他顿住,良久后才继续检查她的下肢。伤集中在后背、手腕、脚腕,是很明显的铐锁和抽打的痕迹。段休冥看着躺在病床上的人,双眸里的情绪在跳动。鹿家对她做了什么?

  他的记忆涌上来,抢亲那天,他拍了她一下,她就浑身颤抖。当时他还骂她……谁能想到那里竟然有伤?后来在公寓,他担心把她的手腕被捏红,揉的时候她缩了一下。原来根本不是在躲他的触碰,她是在疼!那股刺鼻的香水味让他五感受限,完全没察觉到她伤痕累累。之后他发了脾气大步离开,没去关注她的情况。她浑身都在疼,她追得上吗?

  这时,手机振动了一下。

  詹祥:冥哥,这是徐家妹妹让买的东西,清单我整理好了。

  段休冥快速一拉,看到了最下面一行:祛疤膏十盒。

  段休冥皱起眉。看来不是第一次了,这是一种常态,这根本不是体罚。难怪她有几次说的话都奇奇怪怪的——"你有暴力倾向?""不是揍我?""你想打我?"他当时只觉得莫名其妙,甚至因为她的不信任而生气,谁承想她是下意识的提防。她在害怕!

  段休冥端详着她的脸,睡着了还皱着眉,眼睫毛在快速颤抖。做噩梦了?他给她拉了拉被子,走出病房。

  病房的门开合,医生和护士轻声进出,都在忙碌。走廊一处的阴影角落,段休冥拿出手机,拨通了詹祥的电话:"查鹿家,手段不限。"

  电话挂断后,是长久的安静。他斜靠在走廊墙壁上,在阴影中抬眸,看向远处的那扇病房门,一动不动。

鹿鸣于梦到了奶奶所在的后院。一门之隔，鹿秋良幽幽的一眼看来……奶奶举起了水果刀……

鹿鸣于猛地睁开眼，大口大口地喘气，一身的汗。下一秒，她忽然警惕起来，看着周围无比陌生的环境，以及旁边吊着的药瓶。这是什么东西？在给她注射什么？

她刚想坐起来，一双手伸过来扶住了她肩膀，身旁响起一个熟悉的声音："葡萄糖。"

鹿鸣于诧异地看过去。段休冥就在床边上，冲她眨了下眼："睡吧，没事。"

鹿鸣于还在愣愣地看着他。段休冥握住她的手："真人，你先休息。"

鹿鸣于缓缓躺了下去，闭上眼，沉沉睡去。段休冥的手没松开，一直握着。后半夜，她没再做噩梦，睡得很沉。

鹿鸣于再次睁眼已经是第二天中午，她恢复得不错。手背和小臂上都有针孔，她输了液，应该还抽了血。病房里没有人，旁边摆放着食物，还是温热的。她坐起身，边吃边回忆。她是出现幻觉了吗？她看到了段休冥。昨天她是在工作室晕倒了，谁送她来医院的？为什么来这么贵的私立医院？谁付的钱？疑点太多了。

鹿鸣于吃完食物，拿起手机看了眼时间，下床收拾了一下，准备回学校上课。

下午的课程繁重，鹿鸣于学起来很认真。第一节课下课后，她快步走出建筑楼，与上同一堂课的几名同学一起狂奔向校车搭乘点。皇艺有三个校区，她今天下午的课分在两个校区，这里的上完，要去另一个校区继续上课。还没跑出去几步，身旁突然传来响指声，鹿鸣于脚步一顿，扭头看去，然后呆住了。

段休冥看向她："跑这么急，你去哪儿？"见鹿鸣于不说话，段休冥又冲她打了个响指，"发什么呆，你不是在上课吗？"

鹿鸣于眨着眼睛："去另一个校区上课。"

段休冥有些疑惑。这学校读个研这么麻烦，还要分几个校区上课？

鹿鸣于这会儿还在惊讶，段休冥竟然出现在了她面前。这才过去三天，他不生气了？他不是脾气很大的吗？

段休冥朝远处招了下手，立即就有一辆车驶来。司机下车后，将车钥匙递上。这是一辆白色超跑。鹿鸣于身旁的校友们都惊呆了，因为眼前这辆超跑，是全球限量款，还是定制色！

段休冥替她打开了副驾驶位的车门。鹿鸣于站着没动，脑子里还在想昨天晚上在医院病房的事情。哦，原来不是幻觉。

段休冥看着她："愣着干什么？上车啊。"

鹿鸣于走上前坐进去。段休冥替她合上门，绕到驾驶位启动车辆，问："哪个校区？指路。"

鹿鸣于一路扮演着没有感情的人形导航，段休冥安静地开车，把人送到后，又下车给她开车门，还是像以前一样，每一个细节都很到位。鹿鸣于走出去两步，又回过头，欲言又止。

段休冥冲她扬了扬下巴："先上课，有什么事下课了说。"

鹿鸣于点了点头，转身走进教学楼。

上课时，她的手机快爆炸了，各种信息冲了进来。有好奇的，也有阴阳怪气的。

这两天，隔壁专业的舒仁坤也不知道听了谁的指使，在学校里疯狂传她的流言蜚语。鹿鸣于本就是话题人物，一直在风口浪尖上。陈辣也听到了风声，发了很多短信给她，竹筒倒豆子般一通讲，把那天晚上看到的一幕告知了她，顺带附上一些乱七八糟的猜测。

鹿鸣于一条信息都未看，反手将手机静音，学霸属性爆发，开始专注听课。下课后，鹿鸣于整理好东西，边思考边走出建筑楼。她翻了下手机，信息真的多，炸得她头疼。挑了几条回复后，她给陈辣去了个电话，这女人给她发了五十几条信息，夹杂着大量的情绪用语和标点符号，她实在不想逐条看。

陈辣一秒接通，问："唉，舒仁坤说的那个抢亲的人，是不是今天那个车主？你知道那辆车多少钱吗？还不是有钱就能买到的！"

鹿鸣于："略知一二。"

陈辣情绪激动，高喊："他是你跟我说过的那个人吗？昨天他把你带走了！"

鹿鸣于："是他。"

陈辣又问："你真的脚踏两条船啊？你踏的是巨轮吧！你订婚是不是被逼的？快说啊，急死我了！"

鹿鸣于："我祖母上午下葬，下午大伯一家就让我去订婚，你自己想。"

陈辣："我懂了，那你要不要跟舒仁坤约个架？我给你拉横幅！"

鹿鸣于："闲的……"

她挂完电话往外走，一出去，就看到了站在空地上的段休冥。那辆车就停在附近，他没在车里，随意走动着观赏着皇艺校园里的风景。这是个艺术气息很浓郁的学校。鹿鸣于走上前，一时间也不知道开口说什么。

段休冥将车钥匙递给她："有驾照吗？"

鹿鸣于："有。"

段休冥又问："会开车吗？"

鹿鸣于摇头:"不会。"

段休冥的语气不容拒绝:"但这辆车是给你的。"

磨砂白的手机,限量款超跑,他选的东西总是优雅又显尊贵。

段休冥看着她:"试试?"

鹿鸣于:"我没开过这种车。"

段休冥打开车门,将车钥匙塞进她手里:"现教。"而后头一偏,"开,上路。其他的事我来搞定。"

鹿鸣于看了他一眼,坐上车。这是她初次开跑车,段休冥在旁边手把手教着,她上手很快,开得很顺畅。

段休冥给她指路,车子开到了一处餐厅。想在英格兰吃点好的很难,美食荒漠绝非浪得虚名。但并非没有好的,食材处理是关键,这家餐厅就出乎意料地还可以。

餐厅里,两人面对面而坐,用餐时相对无言。但吃到一半,段休冥忽然喊了声:"鹿鸣野。"

鹿鸣于握着餐具的手顿住,抬眸看向他。

段休冥随意抬了一下眼:"我不喜欢你现在的名字,我喜欢你的曾用名,鹿鸣野。"

鹿鸣于沉默地点点头,观察着他。他却专注用餐,很平静,甚至还顺手给她夹了菜,眼中没有一丝波澜。

饭后,天已经黑了。当段休冥将车钥匙再次递上时,鹿鸣于却拒绝了。段休冥的目光停在她的双眼上,让她坐到副驾驶位上,问:"住哪儿?"

鹿鸣于给他打开手机导航。她住的不是学生公寓,没那么好的条件,住所有些偏远。抵达后,段休冥下车,从车里拿出一个手拎包,问:"住几楼?"

鹿鸣于:"三楼。"

段休冥抬脚就往里面走，开门进入后又逛了一圈，那自来熟的样子，仿佛这里是他住的地方。这是个一室一卫，没有客厅和厨房，不大的桌子上放着几本书和一个电磁炉，东西少得夸张，极简到不像有人住。她物欲极低。

鹿鸣于就站在一旁，歪着脑袋看着他。

最后，段休冥指着那张单人床，皱眉："这床两个人睡不下。我睡哪儿？"

鹿鸣于眨了下眼睛："你……要不住酒店？"

段休冥："那你跟我一起？"

鹿鸣于："不。"

段休冥："那我打地铺。"段休冥将手拎包递上，"你那个朋友，徐什么，让我带给你的。"

鹿鸣于微愣："给我的？"

段休冥："对。"

鹿鸣于惊讶："我以为这是你的行李。"

"我就来了个人。"段休冥相当坦然，脱了外套后就往浴室走，"我去洗澡，用你的毛巾。"不等她反应过来，他人已经走进去，关上了浴室门。

鹿鸣于人都傻了，但浴室里的水流声已经响起，她总不能冲进去。她叹着气打开那个手拎包，里面是一些日常护肤品，还有海量的祛疤膏，大概……五十盒？搞批发呢？

忽地，手机一阵振动，有信息进来。

徐素月：你男朋友去找你没？我让他给你买的东西他买了吗？你身上有伤口吗？

徐素月：我给詹祥列的清单里有十盒祛疤膏，他有没有买够？也不知道他有没有当回事，算了我给你寄，给我地址。

鹿鸣于看着这两条信息，一阵沉默。

浴室磨砂的玻璃门上有阴影在晃动。鹿鸣于回复了信息，将东西整理好，转身走到旁边阳台上，点燃了一根烟。

二十分钟后，段休冥穿戴整齐地从浴室里走出来，一抬眼就看到她在阳台上。那里有张单人椅，她随意地叠腿而坐，看着远处的城市夜景。夜风将她的发丝吹动。大衣的袖口遮住了半个手掌，只露出白皙又修长的手指。她指尖把玩着一个打火机，时不时地转动，像是在思考。他就这样安静地看着她，看了足足五分钟。

她自己或许不知道，这一刻，她的女性魅力已达极致。与作画时的状态不一样，与在西子城时也不一样，她在这里，随性又自由，有着另一种魅力。

段休冥推开阳台门走过去。鹿鸣于看了他一眼。

段休冥先是看向她的眼睛，又扫了眼她手中的打火机，问："你肝肺功能好吗？"

鹿鸣于一脸茫然。

段休冥："内脏运转不给力，还抽烟喝酒？"

鹿鸣于红唇微张，惊讶于他说这些。段休冥仿佛知道她在想什么，道："我代谢水平高，可以这么玩，你不太行。"

鹿鸣于思考后点点头，放下了打火机。

段休冥又道："明天去体检，你需要针对性疗养，养好了，你想怎么抽怎么喝都行。"

鹿鸣于："明天上课。"

段休冥："那就周末。"

鹿鸣于撇开眼，皱了下眉。

段休冥语气强势："你不去，我会把你绑过去。"其实昨天晚上在医院已经检查过一遍了,但还有一样不对劲。

鹿鸣于抬眼:"我没说不去,周末去。"

段休冥:"那你皱什么眉?"

鹿鸣于看着他,不说话。段休冥也不追问,推开了阳台门:"外面冷,进去吧。"

段休冥还真的打了地铺,也不讲究,直接往地上一躺,随便拉了条毯子就睡下了。

黑暗中,鹿鸣于侧躺着,面朝他的方向睁着眼睛,说不上来是什么心情。她还没缓过神来,他怎么就来了呢?还住她家。而且……段氏的暗脉少主打地铺?不可思议。

地上,他那惯有的凶巴巴的声音响起:"看什么看?睡觉。"

鹿鸣于翻了个身,闭上了眼。

深夜,段休冥被一阵急促的呼吸声惊醒。他起身一看,发现鹿鸣于一身的汗,紧闭着眼睛在大口喘气,似乎有什么想喊出来。又做噩梦了。他坐在床头将她抱住,让她靠在他的怀里睡。他避开了那些伤口,轻抚着她瘦到脊骨突出的背。没多久,鹿鸣于的呼吸稳定下来,人沉沉睡去。又等了一会儿后,段休冥确定她已经安稳了,便放轻动作,起身走到阳台上。

他拿出手机,联系詹祥:查到没?速度。

此时国内是白天,对面很快回复了信息。

詹祥:查到了一部分,但不是全部,等我筛查确定后整理一下,明天晚上前一定交代清楚。

过了会儿,对面又发了一条。

詹祥:冥哥,使劲对鹿小姐好行吗?不要出轨,算我的私人请求。

段休冥:你脑子有病?

回完,他忽然顿住。詹祥查到的那部分内容是什么,才会让他说出这种带有强烈个人情绪的话?

早上,鹿鸣于醒来时,房间里空无一人,但桌上放着一份温热的早餐。她洗漱完,吃掉了早餐。没过多久,段休冥开门走了进来。天气很冷,他却只穿了一件开衫,领口微敞,露出了一部分皮肤,流畅的胸肌若隐若现,整个人热腾腾的。鹿鸣于定定地看着他,目光顿住。

段休冥一脸莫名其妙:"怎么了?我晨跑。"

鹿鸣于还在看,并起身走过去,伸手,葱白指尖拨开他的衣领探入,指着他胸口一处淤青,问:"这是什么?"

段休冥的视线追随着她手指移动,呼吸变了频率:"中弹了。"

"中弹?"鹿鸣于惊讶。

段休冥解释道:"防弹衣只能做到不让子弹进入身体,挡不住冲击。有些肿,快好了。"

鹿鸣于看向他,眼底闪过一丝好奇。他干什么去了会中弹?好刺激的人生。紧接着,她又看向那处淤青,手指轻轻按了一下。她这一按,让段休冥的眸色倏地暗了下去。鹿鸣于带着探究的目光微微仰头。两人离得很近,近到彼此能感受到对方身体散发的热量。

她问:"是在国外的时候?"

"嗯。"他应了声,目光定在她的双唇上,看到那好看的红唇一开一合。

她又问出一句:"中弹是什么感觉?"

段休冥把视线挪开,回道:"隔着防弹衣的话,是一股冲击力。"

鹿鸣于:"疼吗?"

段休冥抿唇没有回答。疼，但没她疼。

鹿鸣于垂眸，继续看向那处淤青，轻声问："这是你的常态？"

"嗯。"他声线低沉，依旧只是应声。

鹿鸣于又问："你不怕死吗？"

段休冥重新看向她，缓缓道："现在有点儿怕了。"

"哦。"她清冷的眉眼难得染上了一抹光泽，在晨光中细细晕开。她松了手，将他的衣领遮好，转身去收拾东西，准备去学校上课。段休冥站在原地没动。

鹿鸣于拎着包从他身边走过："我去上课了。"

段休冥套上外套："我送你去。"他没再让她开车。

路上，鹿鸣于心里怪怪的，十二岁以前，爸妈每天都会接送她上学。现在她都二十二岁了……段休冥的心情也很怪，送她去上学是什么鬼？上学……还挺新鲜！

两人一路沉默着，直到抵达校区，段休冥下车给她开门，手指掸了下她微皱的衣领："今天几点下课？我来接你。"

鹿鸣于："今天要去画室。"

段休冥皱眉："又画到十一点？"

鹿鸣于："不确定，可能十点，也可能十一点吧。"

段休冥很不满："你身体受不了，别这么晚。"

鹿鸣于："其他人也是这样啊，还有凌晨才走的。"

段休冥："这么卷？"他还真没注意其他隔间的情况，果然在这种顶级学府就读不可能轻松。

鹿鸣于："反正很晚，你不用管我。"

段休冥："我又不读书，晚上来给你送饭。"

不远处，陈辣走得飞快，走到一半，突然一个急刹车，看过来时，好奇得半个身子都在倾斜。没多久，见那辆超跑开走了，陈辣才冲过来，用肩膀撞了鹿鸣于一下，兴奋道："喂，住一起了？"

鹿鸣于眼中闪过一抹无奈，道："收起你的好奇心。"

"不行，这堂课我跟你一起的，你必须在课上跟我讲清楚！"陈辣一路跟着她，上课也挤在她旁边，一个劲儿地问，"他叫什么名字？"

"段休止。"

"干什么的？"

"纨绔。"

"啊？那他很闲啦？陪读吗？"

"不清楚。"

"他明显是硬汉风格啊，怎么会开这种有点儿梦幻又高贵的车？"

"给我的。"

"送给你了？快，借我开开，就现在！"

"滚。"

"太好了，我要在城市街头飙三圈显摆显摆！"

"你给我去挂耳鼻喉科。"

一天的课结束后，鹿鸣于在画室作画，建筑楼里的其他隔间都亮着灯，这个时间点，纯艺专业的学生基本上都在这里努力，连贪玩的陈辣都在另一处隔间忙碌着。

晚饭时间，段休冥带着热腾腾的饭菜出现了。鹿鸣于正好画完一部分，停下来休息，回头惊讶地看着他。

段休冥："你这是什么眼神？我不是说过要给你送饭吗？"

"门禁很严，你怎么进来的？"这都不知道是她第几次诧异了。

段休冥将晚餐递上："反正我能进来。"

鹿鸣于打开后吃了两口，愣了愣："中餐啊？"

段休冥："中餐怎么了？这里又不是没有中餐馆。"

鹿鸣于摇头："这个味道不像是附近饭店的。"

段休冥没说话，就看着她吃。能是饭店的吗？是他找了营养师，根据她的身体情况定制了菜谱，又请了香江的厨师飞过来，现场给她做的。她这病恹恹的身体得好好养养。

鹿鸣于吃完还要继续画，她延期了几天来学校报到，欠了一堆作业。段休冥没打扰她，退了出去，同时，手机有消息进来。

詹祥：冥哥，你先有个心理准备。

冬天很冷，段休冥站在纯艺工作室的建筑楼外，在寒风中站了三个小时。詹祥发来了监控视频和照片，他把它们反反复复看了很多遍，直看到手机都快没电了。

他看到了那天发生的事情的全部经过。血色飙飞之中，她目睹了祖母自杀的一幕，很明显是崩溃了。但之后，她毫不犹豫地转身就跑，她非常冷静，有着强大的情绪控制能力！她差一点点就能跑掉，却在门口被她的堂哥一把拖走。

她挣扎了，甚至依旧冷静地留了后手，她将堂哥的手臂刺破，划开一个血淋淋的大口子。那一瞬间，她的眼睛里迸发的狠劲让她看起来像一头恶狼！真是干得漂亮！

可她还是没能摆脱被关进仓库的命运。那个窄小阴暗的仓库里没有监控，没人知道里面发生了什么事，只有门开开合合时，拍到了些许画面。她堂姐手握皮带气势汹汹地进去，又捂着一脖子血被人扶出来。

詹祥用了些手段，拍到了鹿家仓库的内部照片。事情已经过去了很多天，照片虽然清晰，但无法复原当时的完整现场。鹿家这些天忙坏了，一家四口除了杜文馨全部在医院里躺着，既要忙着处理外界的流言，还要跟秦家赔礼道歉，暂时没功夫处理这个仓库。照片拍到了锁链和血。血都干了，只剩下黑色。

段休冥在医院里看到她身上的伤后，大致能猜到发生了什么，但真相还是太残忍。

紧接着发来的还是照片，詹祥用尽手段，找人把鹿家翻了个底朝天，拍到了海量的废弃纸张，是从另一个仓库里翻出来的。天哪，她竟被逼着抄了多少遍《女诫》？这是什么鬼东西，鹿家为什么要让她抄这个？字体也不对，不是她最擅长的草书。字迹明显有变化，从一开始的歪歪扭扭，到后面开始流畅，一看就知道是右手写的，她抄多了，竟然用右手重新练了个字体出来。

最后，是她十年来在医院看病的记录……密密麻麻，多到翻不完。不是正常生病，全是外伤，她被打过多少次？还有，十二岁时她住了好几天院，病历单上的诊断结果简直触目惊心。那年发生了什么？

父母离世，孤立无援，在陌生的城市被亲戚虐待。之后，这样的日子持续了整整十年。她的身心被摧残到快碎成渣……她是怎样将破碎的自己一点点拼起来的？怎么做到能来皇艺读书的？怎么重新站起来，甚至露出了利爪，挥出了重拳？

手机只剩最后百分之一的电了。夜色中，段休冥的神情不显，用发凉的手指拨通了严天佐的电话："邀请西子城鹿家四口前往公海，好好招待，留口气。"

挂断后，手机彻底没电黑屏了。他又在原地站了一会儿，转身走进了建筑楼。鹿鸣于今天结束得早，正在收拾东西。她转过身，看到段休冥走进来，刚想开口，就被他抱在了怀里。

这个拥抱有些不太一样。他将她整个人笼罩在怀中，她能感受到他是带着寒风来的，可并不寒冷。他的双臂有力，胸膛宽厚。他将脑袋深深埋在她的肩膀上，闭着眼睛，呼吸沉重。这一刻，时间都仿佛静止了。鹿鸣于被抱着，她仰着头，睁着眼睛，察觉到了一种厚重的情绪，说不清道不明。

段休冥抱了很久才放开她，问："画完了？"

鹿鸣于疑惑地看着他，点点头。段休冥伸手整理了一下她皱起的衣领，道："回去吧。"

回去的路上，两人都很沉默，他不说话，她也就不说。只是忽然间，他伸出手，越过了中控处，将她的手拉起。鹿鸣于低头看着两人相握的手，有些发愣。

段休冥的声音响起，带着一丝不甚在意："不想给我拉手就甩开。"话落，他却用力将那只手握得死紧，鹿鸣于有点儿无语。

回到住所后，鹿鸣于发现家里多了几件男士换洗衣服。某人一副要长期住下来的样子，像是回到自己家，很自然地走动，给手机充了电，然后大摇大摆地坐在床上。

鹿鸣于看着眼前的人，有些迟疑。

段休冥倒是淡定："看我干什么？看我是靓仔？"

鹿鸣于："我想洗澡。"

段休冥挑眉："洗啊。什么意思，要我帮你？"他站了起来，微笑，"我很乐意。"

鹿鸣于满脸困惑，眨着眼睛后退了一步，道："不用了，谢谢，我的意思是浴室门是玻璃的。"

段休冥偏头："磨砂的，我看不见。"

鹿鸣于："很怪，不习惯。"

段休冥起身:"我去阳台,你洗完我洗。"

鹿鸣于在后面喊住他:"你买毛巾了吗?"

段休冥头也不回:"我用你的。"

鹿鸣于有点儿抓狂,他到底什么情况?横冲直撞地霸占了她的家。

阳台上,段休冥听着浴室里水声响起,刚刚谈笑风生的神情一瞬间消失。他背过身去,看着阳台外的城市夜景。思索了片刻后,他拨通了段立青的电话。

"哥。"段休冥喊了声,道,"我遇到点困难,想找你沟通。"

段立青惊讶地看了眼手机来电显示,确定是自己的弟弟本人后,直接一挥手让所有人离开办公室,清了场。他实在是不可思议,道:"你十六岁之后就很独立了,八年来这还是你第一次向我求助。"

段休冥:"我走的路没你吃的米多,我几岁,你几岁?"

段立青笑道:"你今天找我,让我想起了你小时候,爸妈忙,你调皮又霸道,别人压不住你,我就带着你,跟养儿子似的。"段立青感慨起来,"你一眨眼就长大了,变得强大又能独当一面,十六岁进暗脉,十八岁当上少主,之后就变成你保护我,守护家族。"

儿时的记忆涌出,尽是温馨的画面,段休冥却沉默无比。他有的,她没有。

段休冥抬眸,漆黑的瞳孔看向这座城市最中心:"我会继续保护你,也请你稳坐高台,挡住明刀。"

"必然!"段立青说着开始进入主题,"你遇到了什么事?放心,哥永远在你身边。"

段休冥:"我想问问感情的事。"

段立青一愣,道:"你感情遇到困难了?那婚礼……"

段休冥:"延期吧,她亲人去世了,要守孝。"

段立青声音温和:"生命至高无上,亲人去世肯定很难过,你要多担待些。"

段休冥停顿了两秒,道:"但我跟她吵了一架,差点儿分手,可能……已经分了?"

段立青震惊得一时间说不出话,良久后开始给他出主意:"别问,就当没分!"

段休冥:"我也是这么想的,不过她没空谈恋爱。"

"怎么会吵那么严重,是不是有什么误会?她有事没告诉你对吗?"

段休冥拧了下眉:"我当时太凶了,她没机会说。她应该也没打算告诉我。"

段立青叹了口气:"正常的,这世上就是有一种类型的女子,心里装着大事,不往外露。"

段休冥反问:"你怎么这么了解?"

段立青来气了:"你大嫂她也什么都不跟我说!"

段休冥:"Isabel 不是很外放?"

段立青叹了口气:"她这个人是孤狼属性,能讲的都是些小事,大事从来不主动提,越大的事越不说,太气人了!我俩热恋期的时候,她连个招呼都不打,独身闯进亚马逊人类禁区,直接消失了三个月,我一度以为被冷暴力分手了,难过了好久!"

段休冥来了兴趣:"后来呢?"

段立青:"后来她突然出现,没事人一样一切照旧,住我的房子,用我的东西,花我的钱,半夜还爬我的床。我气炸了,跟她提了分手!"

段休冥:"那你们分了吗?"

段立青:"没,她把我打了一顿。"

段休冥有点儿无语。

段立青又道:"人类禁区的危险你最清楚,是会死人的!我竟然还是半年后才知道,你说她心里多能装事?干大事的女人啊,往往都波澜不惊。"

段休冥问:"这种闷声不说的,是不信任对方,还是觉得对方帮不上忙?"

段立青:"都有吧,但对方应该主动问。"

段休冥:"知道了。"

电话挂断后,浴室的水流声也停了。段休冥听着动静,没回头。此时,他忽然就懂了那天她在机场说的话——勇气和底气不一样。

她的各项才能皆是顶配,唯独缺乏底气。她没有靠山,没有强大的长辈领路,就像是一个木桶,由长短不一的木板围拼而成,其他木板都很高,唯有一块木板低矮,那么木桶里水便永远只能够到最矮的木板的高度,上不去。而那块低矮的木板,就是她的底气。

她很聪明,来到世界名校丰富自己,扩张网络知名度,在各个画廊刷脸,用名气作为基石来增长底气。她嫉妒他,想成为他,原本还想利用他,拿他来铺路,可他在公寓发了脾气,把她搞愧疚了。

这时,浴室门打开,脚步声响起。段休冥转过身,定睛看着她。他的目光追随着她,看着她走向墙角开始吹头发。吹风机的声音响起又消失。她吹完头发,朝阳台看了过来,眼神带着询问。

段休冥推开阳台门走进去,脱了衣服,进浴室。

让她出名!